Paco Ignacio Taibo II

Der Schatten des Schattens

Aus dem Spanischen von Harry Stürmer

Assoziation A

Titel der Originalausgabe: Sombra de la sombra
(Editorial Planeta Mexicana, México, D.F. 1986)

© der deutschsprachigen Ausgabe, Berlin/Hamburg 2010:
Assoziation A | Gneisenaustr. 2a | D-10961 Berlin | Tel. 030-69 58 29 71
hamburg@assoziation-a.de | berlin@assoziation-a.de
www.assoziation-a.de

ISBN 978-3-935936-63-7

Lektorat: Theo Bruns & Rainer Wendling
Titelgestaltung und Satz: kv
Druck: Winddruck Siegen

Inhalt

Kapitel 1
In dem die Freunde Domino spielen

»Na los, spielen Sie schon den Doppel-Zweier, verehrter Dichter: Ein Mann Ihres Formats wird sich doch nicht lange bitten lassen«, sagte Pioquinto Manterola lächelnd.

Der Dichter sank in seinem Sessel zurück, nahm den Hut ab und trommelte mit den Fingern gegen den Schädel, als wollte er seinem Kopf den Rhythmus eines Liedes einhämmern, das nur er zu hören vermochte. In der anderen Hand drehte er den Doppel-Zweier, um ihn schließlich mit einer sanften Bewegung über den Marmortisch zu schieben.

»Da haben wir den Salat«, bemerkte der Anwalt Verdugo von der anderen Seite des Tisches und kippte – als wollte er unterstreichen, dass es bei dieser Spielrunde nichts mehr zu gewinnen gab – den Rest seines Tequilas in einem Zug hinunter. Er atmete tief durch und mit einem kaum vernehmlichen »Sie erlauben« genehmigte er sich auch den Rest aus dem Glas des Chinesen.

Der Chinese legte den 2-er/3-er an, wodurch Manterola nun im Besitz des letzten Spielsteins mit einer Drei war.

Siegesgewiss zog Manterola zwei Runden vor Ende des Spiels ein schmutziges Taschentuch aus der Jackentasche, schnäuzte sich geräuschvoll und störte damit die Konzentration der anderen.

Pioquinto Manterola, der Journalist, war noch keine 40 Jahre alt, auch wenn er manchmal aussah, als hätte er sie bereits weit überschritten. Die runde Brille auf der gewaltigen Hakennase, die frühzeitige Glatze mit dem Haarkranz, der unter der englischen Schirmmütze hervorkräuselte, und eine feine, verheilte Narbe, die, an den Rändern noch leicht gerötet, hinter dem linken Ohr begann und sich den Hals hinunterzog, verliehen ihm ein lebhaftes und vordergründig respektables Aussehen, das dem Betrachter einen zweiten Blick abnötigte.

»Ich passe«, sagte der Anwalt Verdugo.

»Das war's dann wohl, mein Lieber«, sagte Pioquinto Manterola und legte den 2-er/5-er.

Nach und nach erloschen die Lichter in der Bar des Hotels Majestic, in dieser etwas aufpoliert wirkenden, in Sachen Alkohol und Service aber ausgezeichneten Kneipe, die die Wechselfälle des Lebens in die im Herzen von Mexiko-Stadt gelegene Straße Madero Nr. 16 verschlagen hatte. Das letzte Klacken der Billardkugeln hallte durch den Raum. Bald war nur noch eine von der Decke hängende, von einem schwarzen Metallschirm umrahmte Glühbirne an, die jetzt ein schärfer konturiertes Licht auf den Tisch der vier Spieler zu werfen schien.

Der Dichter spielte den 5-er/1-er. Der Chinese Tomás Wong passte. Der Anwalt Verdugo setzte den Doppel-Einer und Manterola den 3-er/4-er.

»Zählen, ihr Versager«, sagte Pioquinto Manterola.

Tomás, der Chinese, stand auf und ging zum Tresen. Erwartungsvoll fixierte er eine einsame Flasche Habanero, die ihn vom Regal aus anlachte. Der Barmann folgte seinem Blick, nahm die Flasche und goss ihm einen kräftigen Schluck ein. Es war ein altes Spiel. In neun von zehn Fällen hatte Tomás Erfolg, vorausgesetzt ein Profi stand auf der anderen Seite des Tresens.

»26, schreiben Sie auf, Sie Zeilenschinder«, sagte der Dichter.

Die Steine tanzten erneut über die Marmorplatte, während der Barmann in prosaischer Weise mit einem schmutziggelben Tuch über den Tresen wischte, um dann nach hinten zu den jetzt leeren Billardtischen zu gehen und sie mit einem Leinentuch abzudecken. Die etwas lächerlich wirkende Kuckucksuhr mit ihrem Schweizer Häuschen und einem Vogel ohne Schnabel, schlug zwei Uhr.

Zwei Uhr, an einem Aprilmorgen des Jahres 1922 zum Beispiel.

Tomás, der Chinese, summte auf dem Weg zurück zu seinem Platz leise ein Lied vor sich hin:

O wundelschönes Tampico
paladiesischel Tlopenhafen

Glanz unseles Landes
wo immel ich bin, deinel weld' ich mich elinneln.

Und leise wiederholt er: »Deinel weld' ich mich elinneln.« Seit langem schon sang er dieses Lied, summte es leise, so sanft und leise, dass nur eine deutsche Hure (in einen vor dem Hintergrund des Meeres leicht im Wind wehenden rosa Tüllrock gekleidet), mit der er 1919 in Tuxpan ein paar Monate zusammengelebt hatte, es jemals vernommen hatte.

Der Dichter hatte aufgehört, die Steine zu mischen, und hob die Hände vom Tisch wie ein Koch, der gerade sein Lieblingsgericht zubereitet hat. Fermín Valencia war etwas über dreißig Jahre alt und ein Meter fünfundfünfzig groß. Er war in der Hafenstadt Gijón, Spanien, geboren. Doch seine Erinnerung an die Küste Asturiens war schattenhaft verschwommen, denn bereits im Alter von sechs Jahren war er mit seinem verwitweten Vater, der sich als Drucker in Chihuahua niederließ, nach Mexiko gekommen. Er war kurzsichtig und benötigte eigentlich eine Brille, die er aber so gut wie nie aufsetzte. Stattdessen trug er einen mächtigen Schnauzer, hohe Lederstiefel und ein rotes Halstuch, in Erinnerung an die Zeit zwischen 1913 und 1916, als er unter Pancho Villa in der Norddivision gekämpft hatte. Schwer zu sagen, woran man sich bei diesem Gesicht halten sollte, das manchmal einen kindlich-sanften Ausdruck annahm, manchmal vor Wut erstarrt schien. Schwer auch, Scherz von Bitterkeit, und noch schwerer, den sanftmütigen Jüngling von dem zornigen und scharfzüngigen erwachsenen Mann zu unterscheiden. Etwas im Inneren des Dichters war zerbrochen. Das einzig Konstante war sein Lächeln. Ein Lächeln, das entsprechend dem Auf und Ab des Lebens und den Launen seines Körpers völlig verschiedene Dinge auszudrücken vermochte.

Pioquinto Manterola streckte die Füße unter dem Tisch aus, lehnte sich, die Hände im Nacken verschränkt, zurück und sagte:

»Sie scheinen heute nicht Ihren besten Tag erwischt zu haben, Anwalt.«

»Warten wir's ab, Zeilenschinder«, entgegnete Verdugo trocken.

Der Chinese setzte sich wieder an den Tisch, sammelte seine Steine ein, baute sie liebevoll in einer Reihe vor sich auf und schob sie mehrmals hin und her, bis er zufrieden war.

Zwei Frauen betraten das Lokal, beide leicht, aber geschmackvoll gekleidet. Doch irgendetwas in ihrer Gestik verriet, dass die zur Schau getragene professionelle Eleganz Blendwerk war.

»Man verlangt nach Ihnen, Anwalt«, bemerkte der Barmann.

Verdugo erhob sich behände von seinem Stuhl und setzte den breitkrempigen Hut auf das rebellische Haar. Er lächelte seinen Mitspielern zu.

»Meine Herren, die Arbeit ruft. Ich muss mein Büro für ein paar Minuten öffnen.«

Seine drei Gefährten beobachteten, wie er sich ein paar Schritte entfernte, die Frauen begrüßte und sie mit galanter Geste zu einem nahe gelegenen Tisch begleitete. Wie von magischer Hand entzündet, leuchtete über dem Tisch die Lampe auf. Die Profis unter den Barmännern wie Eustaquio kannten die Laster und Gewohnheiten ihrer Stammkunden. Drei Tische von den Spielern entfernt, schnippste der Anwalt Verdugo im Kegel des neuen Lichtscheins mit einem leichten, kaum wahrnehmbaren Schlag seines Zeigefingers gegen die Krempe den Hut nach hinten und schickte sich an zuzuhören. Der Barmann nutzte die Unterbrechung und näherte sich dem Spieltisch mit zwei Gläsern und einer Flasche Habanero.

»Herr Ober, wären Sie so liebenswürdig, Ihre Finger nicht in die Gläser zu stecken. Beachten Sie doch bitte die Hygiene«, sagte der Dichter. Eustaquio ignorierte die Bemerkung in olympischem Gleichmut und goss den Likör in die schmutzigen Gläser.

»Womit ist unser Freund denn gerade beschäftigt?«, fragte Manterola die anderen.

»Gestern hörte ich, wie er jemandem erzählte, dass er für die Damen der Nacht eine Petition an den Bezirksgouverneur entwerfe. Stand heute auch in Ihrer Zeitung. Haben Sie den Artikel denn nicht gelesen?«

»Um ehrlich zu sein, nein. In letzter Zeit lese ich nicht mal mehr mein eigenes Zeug.«

»Scheint so, als wollten sie den Rotlichtbezirk nach La Bolsa verlegen. Die Damen und Puffmütter der Straßen Daniel Ruiz, Cuauhtemotzin und Netzahualcóyotl und der Vögelchen-Gasse sind davon wenig begeistert. Unserem Freund Verdugo zufolge behaupten die Damen der Nacht, die Gegend dort sei zu gefährlich. Es gibt dort keine Polizei, keine Kanalisation. Ich glaube, sie werden in Ihren Stadtteil ziehen.«

»Nach Santa María?«

»Genau.«

»Wäre nicht schlecht, sie wären eine bessere Nachbarschaft als so manche Gauner, die jetzt da rumstrolchen«, erwiderte Manterola.

Der Chinese betrachtete seine Mitspieler mit einem abwesenden Gesichtsausdruck. Es war offensichtlich, dass er nicht bei der Sache war, dass er die Pause für eine Reise zu einem anderen Ort genutzt hatte, einem Ort, den er mit seinen Freunden nicht teilte und den er ihnen auch nicht preisgab, den Ort seines Schweigens. Es war ein innerer Ort, an dem sich der 35-jährige Chinese versteckt hielt, der zwar in Sinaloa geboren war, aber trotzdem kein »R«, sondern stattdessen das für Chinesen typische »L« sprach, wie um damit trotzig seine Herkunft unter Beweis zu stellen und gleichzeitig ein Land anzugreifen, in dem die Chinesen absurderweise auf grausame Art verfolgt wurden. Tomás Wong, Ex-Arbeiter eines Erdölkonzerns, Ex-Seemann und Ex-Telefonist, heute Schreiner in einer Textilfabrik in San Ángel, bewohnte viele Welten, unter anderem die seines Schweigens und die des erbittertsten gewerkschaftlichen Kampfes, den das Tal von Mexiko jemals erlebt hatte.

Verdugo verabschiedete sich von den Damen. Sie küssten ihn, tätschelten ihn zärtlich, während sie ein paar letzte Worte miteinander wechselten. Das Licht über dem jetzt verlassenen Tisch erlosch.

»Das nächste Spiel, meine Herren?«, fragte der Advokat der Nacht.

Kapitel 2
Journalismus als Broterwerb

Er brauchte das geschäftige Treiben der Redaktionsräume, um darin für sich eine Insel der Stille zu schaffen, auf der er seine Gedanken nur mit dem rhythmischen (»musikalischen«, würde er sagen) Klappern der Schreibmaschine, einer reichlich mitgenommenen Oliver, und dem Klingelgeräusch kurz vor Erreichen des rechten Zeilenrandes teilte. Er liebte es, dass Chormitglieder singend durch die Redaktion liefen, dass Detailfragen der Kommunalpolitik lautstark debattiert, die Resultate der Pferderennbahn im Stadtteil Condesa, die in einen Parcours für Autorennen umgewandelt worden war, schreiend kommentiert wurden, dass Rufino, der Laufbursche, über seine Zahnschmerzen wehklagte und vielleicht sogar ein von einem Kollegen dem Gespött preisgegebener unglücklicher Liebhaber mit der Pistole in die Decke ballerte und sich zu erschießen drohte.

Für Pioquinto Manterola waren das himmlische Klänge. Nur inmitten dieses allgemeinen Tohuwabohus konnte er sich auf seine Gedanken konzentrieren und seiner journalistischen Arbeit nachgehen. Vor ein paar Jahren hatte er sich einmal nach Tlaxcala zurückgezogen, um einen Roman zu schreiben. Erschlagen von der ländlichen Stille war er nie über die erste Seite hinausgekommen.

So war es nicht weiter verwunderlich, dass Manterola, die ovalen *Argentinos* kettenrauchend, an diesem Nachmittag eine Seite nach der anderen aus seiner Oliver zog, als würden Chorizos aus einer Wurstmaschine gespuckt.

Er erzählte die herzergreifende Geschichte der Gefangennahme von Mario Lombarc und seiner multinationalen Bande (ihr Chef war ein Franzose und sie hatten einen Kubaner und einen Kolumbianer in ihren Reihen), die in den letzten zwei

Monaten die Zimmer der Hotels Coliseo und Ambos Mundos sowie das Juweliergeschäft Paris ausgeraubt hatten, indem sie sich einer besonderen Technik bedient und das Mauerwerk durchbrochen hatten.

Lombarc, ein begnadeter Mechaniker, überließ, wie er eingestand, die Schmutzarbeiten seinen Helfern, während er sich darauf beschränkte, sein Genie beim Knacken der Tresore und Öffnen der Koffer und Truhen unter Beweis zu stellen.

Am meisten hatte Manterola, dessen Bericht auf einem Interview mit Lombarc vor knapp einer halben Stunde basierte (die Story war brandheiß, wie man so schön sagt), jedoch die abschließende Bemerkung des Gauners beeindruckt:

»Ich habe lange Jahre erfolgreich in New York gearbeitet, bevor mir dort der Boden zu heiß wurde, weil mir die Polizei in die Quere kam. In diesem Land ist es jedoch unmöglich, vernünftig zu *arbeiten*. Und deshalb möchte ich kurz vor meiner Ausweisung meinen Freunden daheim den guten Rat geben: ›Geht nicht nach Mexiko!‹«

Ihm gefiel die Mehrdeutigkeit der Formulierung: der geschickte Hinweis auf Lombarcs Freunde, die nicht nach Mexiko kommen sollten. Weil die hiesige Polizei so gewieft war? Weil es in den Tresoren nichts zu holen gab? Weil das Klima gesundheitsschädlich war? Weil der Straßenverkehr unerträglich war? Das war ihm wirklich trefflich gelungen.

Nachdem er fünf Spalten mit doppeltem Zeilenabstand gefüllt hatte, korrigierte er eilig das Manuskript, spannte die letzte Seite noch mal in die Maschine, um der Arbeit der Sondereinheit der Polizei und ihrem Chef, Valente Quintana, ein verhaltenes Lob auszusprechen und um schließlich mit Großbuchstaben zu titeln:

LOMBARC WARNT SEINE FREUNDE:
KOMMT NICHT NACH MEXIKO!

Energisch trat er die Zigarette auf dem Fußboden aus und eilte in die Druckerei hinunter.

»Ich brauche Platz auf der ersten Seite des Innenteils ... mindestens drei Spalten.«

Der Chefredakteur, der gerade bei der Montage des Bleisatzes war, stimmte, nachdem er die Vorlage kurz überflogen hatte, mit einem Kopfnicken zu.

Kapitel 3
Der Tod des Posaunisten

Der Dichter Fermín Valencia stand vor einer Spiegelscherbe, die mit Nägeln an der blassblauen Wand befestigt war, und kämmte sich den Schnauzbart. Zunächst kämmte er ihn nach unten, bis beide Lippen vollkommen bedeckt waren, dann zwirbelte er den Schnauzer mit ein paar Drehbewegungen der Kammzinken buschig nach links und rechts oben.

Er betrachtete sein Werk, doch auch der stattliche Schnauzbart vermochte ihn nicht aus seiner dunklen Depression zu reißen. Er warf den Kamm aufs Bett, das über und über von Büchern, dreckiger Wäsche, Stiefeln, einem 45-er Colt nebst Patronengurt und jeder Menge leerer Whiskyflaschen (Old Taylor, Old Continental, Clear Brook – allesamt trotz ihrer pompösen Namen in der Nationalen Brennerei Piedras Negras in Coahuila gebrannt und abgefüllt) bedeckt war. Frustriert betrachtete er das Durcheinander. Den Rest der Nacht hatte er in einem Sessel am Fenster geschlafen, um sich das Aufräumen zu ersparen, nachdem er nach einer langen Partie Domino und einem ausgedehnten Spaziergang um fünf Uhr morgens nach Hause zurückgekehrt war.

Um dem trostlosen Anblick zu entkommen, schloss er die Augen, stellte sich blind wie ein Kind, wankte mit ausgestreckten Armen durch den Raum, bis er den Türknauf ertastete, ihn drehte und nach draußen verschwand.

Als er an der Wohnung im Parterre vorbeikam, fiel ihm auf, dass der Hausbesitzer ihn schon seit Tagen nicht mehr mit seinen nervtötenden Mahnungen belästigt hatte. Nicht, dass er jetzt das Geld hätte, um die Miete zu bezahlen, mit der er gut anderthalb Monate im Rückstand war, oder dass er etwa zeigen wollte, dass es in all diesem Chaos doch ein bisschen Ordnung gab, es war einfach die Tatsache, dass das

Auftauchen des wutschnaubenden Don Florencio ihm jedes Mal willkommenen Anlass bot, seine spitzen Erwiderungen und unter die Haut gehenden Scherze loszuwerden.

»Don Florencio?«, rief er leise und klopfte gegen die Tür. Niemand antwortete und so ging der Dichter weiter.

Im Park spielte die Militärkapelle des Artillerieregiments – »für die ehrenwerte Bevölkerung von Tacubaya« – *Echos aus Sonora*, gefolgt von Castañedas *Álvaro-Obregón-Marsch*, um mit einer Auswahl aus *Aida* zu schließen, wie das Programm feierlich verkündete.

Der Dichter, wohlbewandert in der Kunst, kostenlose Vergnügungen zu ergattern, zu denen zweifelsohne die Konzerte der Militärkapelle unter freiem Himmel zählten, bevorzugte die Band des Generalstabs des Präsidenten und die Polizeikapelle des Bundesdistrikts, die zu Zeiten des Polizeichefs Ramírez Garrido so inbrünstig die *Internationale* zum Besten gegeben hatte, dass sie sie auch heute noch spielte, um ihre Instrumente einzustimmen – und schließlich war da noch das Orchester der Militärschule. Er schlenderte zwischen Gruppen von Arbeitern der nahe gelegenen Munitionsfabrik, Bankangestellten und Fräuleins mit aufgespannten Sonnenschirmen umher, bis er auf die Gruppe von Don Alberto, dem Fleischer, stieß, die sich, um dem Konzert zu lauschen, vier Stühle in den Park mitgenommen hatte.

»Nehmen Sie Platz, Don Fermín«, sagte der Fleischer.

»Danke, Don Alberto, aber ich komme rein zufällig hier vorbei. Ich versuche nur, mich ein wenig abzulenken und meinen Ärger abzuschütteln«, antwortete der Dichter, während er aus den Augenwinkeln Otilia, der Tochter des Fleischers, zublinzelte, der die Ehre zukam, kürzlich von den Arbeitskollegen der Patronenfabrik Nr. 3 zur »Sympathischsten Arbeiterin des Jahres« gewählt worden zu sein.

Seine hochhackigen Stiefel bewegten sich im Rhythmus der Marschmusik. Mit auf dem Rücken verschränkten Händen wich er den Passanten aus und warf ab und an flüchtige Blicke auf die verschwitzten Militärs, und ganz von Weitem auch auf Otilia (mit den beiden großen gelben Haarschleifen an ihren Zöpfen) und die tobenden Kinder, die versuchten, ein kleines Flugzeug in die Luft steigen zu lassen, das jedoch nur Hüte von den Köpfen riss und gegen die Bäuche liebenswerter Kleinbürger prallte.

»Die Sonne, Geschenk aller Tage / die wir gerne bezahlten / um sie zu sehn / wär' unser Hut nicht leer«, formulierte der Dichter und versuchte, sich einige der Wörter einzuprägen, eine Zeile vielleicht, um sie irgendwann später einmal an den Mann bringen zu können.

Während für andere der Akt des Schreibens darin bestand, Papier mit Leben zu füllen, war für den Dichter das Leben ein Berg unsichtbaren Papiers, das er unentwegt mit seinen Gedanken beschrieb, die er des Nachts oder im frühen Morgengrauen unter Mühen versuchte auf reales Papier zu bannen.

An einem Verkaufsstand mit kalten Getränken in der Nähe des Pavillons, in dem die Kapelle spielte, ging er vor Anker.

»Was darf's sein, Chef«, fragte der Mann am Stand.

»Ein Limonensaft, Simón.«

Der Mann, dessen Ziegenbart im Rhythmus des Sprechens hin- und herwackelte, gab ihm das Glas und machte einen Strich auf einen zerknitterten Zettel. Er hatte sich mit dem Dichter auf eine Bezahlung in Form von 25 Erfrischungsgetränken für die Verse geeinigt, die in geschwungenen Lettern am Stand prangten:

Bei Simón gibt's die besten Drinks
Jeder merkt es, der sie trinkt.
Wer das Gegenteil behauptet
Ist in seinem Hirn verkrautet.

Der Dichter nippte an seinem Saft und schaute zur Kapelle hinüber, die sich über die letzten Takte des *Álvaro-Obregón-Marsches* hinwegquälte. Eine plötzliche Bewegung zog seine Aufmerksamkeit auf sich: Ein Mann, dessen Gesicht der Dichter nicht sehen konnte, näherte sich dem Posaunisten über die Treppe auf der Rückseite der Bühne, zog eine kleine Pistole aus der Westentasche, setzte sie ohne zu zögern an die Schläfe des Posaunisten und drückte ab. Der Mörder starrte ins Publikum und für einen kurzen Moment kreuzte sich sein Blick mit dem des kurzsichtigen Dichters, der die Gesichtszüge des Mörders nicht erkennen konnte. Fermín Valencia rieb sich die Augen, während die Militärkapelle ohne zu bemerken, was in der letzten Reihe geschehen war, unbekümmert weiterspielte. Mit einem Satz sprang der Mörder über die Brüstung der Bühne und lief zwischen den Gruppen der Spaziergänger davon. Der Dichter griff instinktiv zu seinem Gürtel, nur um festzustellen, dass er keine Pistole dabeihatte, während er sah, wie der Mann die Straße überquerte und in den Gassen von Tacubaya verschwand. Mittlerweile war die Musik verstummt und die Schreie des Publikums traten an ihre Stelle. Während die Musiker sich um den ermordeten Posaunisten scharten, versuchte der Dichter zu rekonstruieren, was er soeben gesehen hatte. Ein Mann war auf die Bühne gestiegen, hatte sich von hinten dem Posaunisten genähert und ihn erschossen. Der Mann hat eine Weste getragen. Das Gesicht? Kein Gesicht, nur eine Schirmmütze, wie sie die Chauffeure eleganter Autos tragen. Und noch etwas: Er hatte mit links geschossen. Ein Linkshänder also. Was für eine Geschichte für Pioquinto Manterola. Wenn doch nur, verdammt noch mal, seine Augen ein bisschen besser wären ...

Er näherte sich den Stufen der Bühne und gelangte unter Einsatz seiner Ellenbogen hinauf. Trotz seiner geringen Körpergröße war der Dichter eine Respekt einflößende Erscheinung, sei es aufgrund seines mächtigen Schnauzers oder des Ausdrucks tiefer Verzweiflung, der gelegentlich in seinen Augen aufschien.

Gebannt beobachtete er, wie das Blut aus dem kleinen, dunkel geränderten Loch in der Schläfe sickerte und den Boden des Pavillons benetzte. Er blickte in die weit aufgerissenen Augen des Toten: »Das Gesicht des Todes« – wie oft hatte er ihm schon ins Antlitz gelickt! Nie war er sich schlüssig geworden, ob sich im Blick des Toten der Ausdruck des letzten grausamen Schmerzes spiegelte, des endgültigen Zerbrechens des Körpers oder die erste Vorahnung des Jenseits. In Anbetracht dieser Ungewissheit war der Dichter vorsorglich zum Atheismus konvertiert, denn irgendetwas sagte ihm, dass das Gesicht des Todes etwas mit dem ersten Anblick des Antlitz' Gottes zu tun haben musste, und sollte dies so sein, wollte er mit dieser Person lieber nichts zu tun haben.

»Lassen Sie mich durch!«, sagte er zu zwei unter Schock stehenden Trompetern. »Wie ist der Name des Verstorbenen?«

»Feldwebel José Zevada«, antwortete der Hauptmann und Dirigent der Kapelle, der krampfhaft seinen Taktstock umklammert hielt.

Der Dichter beugte sich über den Toten und schloss dessen Lider, damit die Augen ihn nicht weiter anstarrten. Dann durchsuchte er die Taschen des Toten und brachte laut aufzählend zum Vorschein:

»Ein benutztes Taschentuch, das Foto einer gut aussehenden jungen Dame, ein Stopfei, 1,50 Pesos in Münzen ...«

Kapitel 4
In dem die Freunde Domino spielen und entdecken, dass sie Mexikaner dritter Klasse sind

»... eine Silbergabel, ein paar Zeitungsausschnitte, von einem Gummiband zusammengehalten, ein Saphirring, zwei diamantbesetzte Ringe aus 720-er Silber, zwei Ringe mit großen Türkissteinen ...«

»Dieser Posaunist scheint ein wandelnder Juwelierladen gewesen zu sein«, bemerkte der Anwalt Verdugo und spielte den 2-er/3-er. Er versuchte, den Chinesen zu verleiten, seinen vorletzten Sechser auszuspielen, um dem Journalisten Manterola die Möglichkeit zu verschaffen, den Dichter in die Enge zu treiben. Der Chinese ahnte die Falle und spielte einen Stein mit einer Eins.

»Und worum ging es in den Zeitungsausschnitten, mein unfreiwilliger Helfer?«, fragte Pioquinto Manterola, unterbrach für einen Moment seine Notizen und wischte sich mit einem Taschentuch den Schweiß von der Stirn. Einem Magier gleich bewegte der Dichter seine Hand elegant durch die Luft, um die erwähnten Zeitungsausschnitte mit zwei Fingern aus seiner Westentasche hervorzuzaubern und mit theatralischer Geste auf den Tisch sinken zu lassen.

»Da sind sie.«

»Respekt, ein wahrhaft tüchtiger Gehilfe«, sagte Verdugo.

Der Journalist spielte den 3-er/5-er, sehr zum Ärgernis des Anwalts. Dieses Mal würde er der Gelackmeierte sein, sie würden ihm mit den Fünfern den Garaus machen.

»Konzentrieren Sie sich, Mann«, ermahnte er Manterola. »In der Stunde der Wahrheit arbeitet man nicht.«

»Verzeihen Sie, mein Lieber«, entgegnete Manterola, während der Dichter grinsend den Doppel-Fünfer ausspielte.

Der Journalist griff sich die Zeitungsausschnitte, der Anwalt Verdugo setzte aus, der Chinese spielte den 2-er/4-er, und der Journalist ging mit einer Drei in die Offensive.

»Haben Sie die Artikel gelesen?«, fragte er.

»Natürlich! Niemand ist neugieriger als ich.«

»Ist Ihnen schon aufgefallen«, fragte der Journalist, »dass man sich in dieser Stadt nicht mehr unbewaffnet bewegen kann? Wir hatten die alte Gewohnheit schon fast abgelegt.«

»Diese Gewohnheit werde ich nie ablegen«, erwiderte der Anwalt, indem er seine 38-er Automatik zum Vorschein brachte. »Hab' ich für 32 Dollar bei *La Universal* gekauft. Jedes Jahr lasse ich sie einmal gründlich reinigen, und ein Mal im Monat nehme ich sie selbst auseinander und fette sie ein.«

»Was haben Sie dabei?«, fragte der Journalist den Chinesen und kümmerte sich nicht weiter um das Spiel, das er sicher unter Dach und Fach wusste. Ohne weiter auf die Frage einzugehen, zog der Chinese ein schmales Schnappmesser aus seinem Stiefel und ließ eine 15 Zentimeter lange, glänzende Stahlklinge aus dem Griff schnellen.

»Mit so etwas pflegte sich mein General Pancho Villa die Fingernägel zu reinigen«, bemerkte der Dichter.

»Dann muss el wohl ziemlich viel Dleck daluntel gehabt haben«, antwortete der Chinese, der ganz auf das Spiel konzentriert war, ohne eine Miene zu verziehen.

»Das Spiel ist aus«, erklärte der Journalist und knallte seinen letzten Stein auf den Tisch.

Das Echo hallte durch die fast leere Kneipe und mischte sich mit dem lautstarken Lachen von drei Offizieren, die am Tresen standen und tranken.

»Woher haben Sie nur Ihren Akzent, Tomás, schließlich sind Sie in Sinaola geboren«, sagte der Dichter und erhob sich.

Verdugo zählte die Punkte und schrieb sie in verschnörkelten Zahlen in ein Notizbuch, das er immer bei sich trug.

Manterola beäugte die drei jungen Militärs, zwei Hauptleute und ein Leutnant, sie entstammten der jüngsten Revolutionsgeneration. Wahrscheinlich hatten sie noch an einem der letzten Feldzüge gegen die Zapatisten teilgenommen, vielleicht auch an der Rebellion von Agua Prieta, durch die sich Obregón die Präsidentschaft gesichert hatte und bei der sie sich ihre Schulterklappen verdient haben könnten. Sie waren ziemlich betrunken und ihre Gesten wirkten theatralisch schroff. Sie gefielen ihm nicht. Militärs und Uniformen gefielen ihm grundsätzlich nicht. Er teilte diese Abneigung mit seinen Tischgenossen, wenn sie auch unterschiedliche Motive haben mochten.

»Und wie haben Sie es geschafft, bis zu dem Toten vorzudringen?«, fragte er den Dichter.

»Sagen wir, die Leute spüren etwas von meiner inneren Kraft, trotz meiner geringen Körpergröße«, antwortete der Dichter und setzte sich auf die Rückenlehne seines Stuhls. »Außerdem habe ich das allgemeine Durcheinander ausgenutzt.«

Während Verdugo die Steine mischte, stand der Chinese auf, durchquerte den Raum und stützte sich mit den Ellenbogen auf den Tresen.

Der Wirt erriet seinen Wunsch, folgte bestätigend seinem Blick und griff nach der Flasche Habanero.

»Werden hier etwa Asiaten bedient?«, fragte einer der Offiziere.

»Es heißt, sie seien das Dreckigste, was auf Gottes Erdboden herumläuft. Es heißt, dass sie in Drecksbuden wohnen und sich den Abfall mit den Ratten teilen. Sie sollen auf dem Tresen schlafen«, ergänzte der Leutnant und strich sein Schnurrbärtchen glatt. Die Offiziere hatten den ersten Teil des Abends damit zugebracht, oben im Festsaal zweitklassigen Schnaps zu erstklassigen Preisen zu trinken. Offensichtlich hatten sie nicht die geringste Ahnung von den hiesigen Sitten und Gebräuchen. Das *Majestic* war ein Hotel zweier Welten, die von unten und die von oben trafen nie zusammen, sie mochten sich nicht. Oben mochte schon mal María Conesa singen oder ein Minister zu Abend essen, während unten, wenn die Köpfe über den Billardtischen rauchten, ein halbes Dutzend der verrufensten Hispanier versammelt war, denen mehr Blut an den Händen klebte als dem gesamten Rest von Mexiko-Stadt – einer Stadt, die eine Blutschuld aufwies, die selbst während eines noch so langen Lebens nicht zu begleichen war.

Der Chinese blickte von einem zum anderen. Sein Ausdruck der Verachtung wurde von den betrunkenen Offizieren als Angst missverstanden. Eine verhängnisvolle Täuschung.

»Haben die Hellen gal keine Medaillen?«, fragte er.

»Das mexikanische Heer führt seine Auszeichnungen nicht spazieren«, antwortete einer der Hauptleute. Am Spieltisch tauschten der Dichter und der Journalist einen kurzen Blick aus. Verdugo war aufgestanden und ging in Richtung Toiletten in der Nähe des Kneipeneingangs. Unbemerkt öffnete er zwei Knöpfe seiner Weste, um seine Pistole ziehen zu können, und entsicherte sie in der gleichen fließenden Bewegung.

»Abel haben Sie zu Hause ilgendeine Medaille?«, fragte der Chinese, während er die Militärs fixierte.

»Meine Kameraden besitzen jeweils zwei Auszeichnungen für Tapferkeit und ein Verwundetenabzeichen«, plapperte der Leutnant, der sich etwas unwohl fühlte, auf die absurde Frage des Chinesen eingegangen zu sein.

»Tomás«, rief der Journalist vom Tisch herüber. »Ohne Blutvergießen, bitte!«

Der Anwalt, der mit dem Rücken zum Tresen stand, war inzwischen vom Spiel mit den Dominosteinen zum Revolver übergegangen. Der Dichter hielt seinen Blick fest auf die Offiziere geheftet, die Situation abwägend.

»Meine Herren, würden Sie bitte die Freundlichkeit haben, ihre Getränke zu bezahlen«, sagte der Wirt, der mitbekommen hatte, dass sich etwas zusammenbraute.

»Ich habe das nul geflagt, weil ich Ihnen in dem Fall, dass Sie ilgendwelche Medaillen besitzen, volschlagen könnte, sie ihlen Scheißmütteln an den Alsch zu heften«, sagte der Chinese.

Fast im selben Moment musste er einen Faustschlag des Leutnants abwehren, indem er ihm, als führte er eine Axt in der Hand, einen Hieb auf den Unterarm versetzte. Der Anwalt zog gleichzeitig seine Automatik und rief mit Baritonstimme:

»Sauber spielen! Wenn jemand eine Pistole zieht, mache ich ihn kalt.«

Die Hauptleute schauten zu ihm hinüber, während der Chinese dem gleichen Impuls folgend einen fürchterlichen Faustschlag im Gesicht des Leutnants landete. Während er zusammenbrach, spuckte der Leutnant zwei blutverschmierte Zähne aus. Einer der Hauptleute verharrte bewegungslos, die Augen auf Verdugo gerichtet. Der andere näherte sich, um seinem Kameraden zu helfen, der Blut und Schleim spuckend am Tresen auf den Boden sackte. Der Chinese schnitt ihm den Weg ab und rammte ihm den Kopf in den Magen. Der Dichter hatte sich derweil erhoben, ging ruhigen Schrittes zu dem Mann am Boden und trat ihm auf die Hand, mit der dieser gerade versuchte, nach seiner Pistole am Gürtel zu greifen.

Der in den Magen getroffene Hauptmann krümmte sich am Boden und übergab sich. Der Chinese näherte sich dem dritten Mann, der die Flasche Habanero vom Tresen genommen hatte und sie vor sich hin und her schwang, während er sich rückwärts Richtung Tür bewegte. Doch von hinten näherte sich ihm der Anwalt und versetzte ihm mit dem Lauf der Pistole einen heftigen Schlag gegen die Schläfe. Der Typ brach zusammen.

»Entschuldige, Tomás, aber du warst kurz davor, ihm ernsthaft wehzutun«, sagte er zum Chinesen.

Der Barmann kam hinter dem Tresen hervor und schnappte sich die Flasche, um den Rest des guten Habanero vor dem Auslaufen zu retten.

Der Chinese ging sich die rechte Hand reibend zur Bar zurück.

»Sie haben die Party verpasst«, wandte sich der Dichter an den Journalisten, der weiter die Dominosteine mischte.

»Keineswegs. Ich hab mich umgedreht, als die Schlägerei begann. Ich hab ein Weilchen den Coolen gespielt. Ich kenne Tomás seit drei Jahren, habe ihn drei oder vier Mal bei so was erlebt, immer mit dem gleichen Ergebnis. Ich sage Ihnen, dieser Mann ist aus Eisen. Und er hat eine Art, mit den Händen zu kämpfen, die mich jedes Mal in Erstaunen versetzt.«

»Mag sein, aber wenn Pistolen im Spiel sind, gewinnen nicht immer die Besten«, erwiderte der Anwalt Verdugo, der in diesem Moment an den Tisch kam.

»Nein, aber Ihre hat alle in Schach gehalten«, stimmte der Dichter zu.

Der Chinese rieb sich die Hand, während ihm der Barmann ein Glas des geretteten Habanero servierte.

»Könnten Sie Wassel in eine Schüssel gießen und es mil blingen?«, bat der Chinese.

»Was mich echt auf die Palme bringt«, sagte der Dichter, »sind diese Jüngelchen, die sich überlegen fühlen, sobald sie eine Uniform tragen. Sie scheinen zu denken, dass Zivilisten Mexikaner zweiter Klasse sind.«

»Aber ist Ihnen denn noch nicht aufgefallen, dass wir genau das sind? Mexikaner zweiter Klasse. Verlangen Sie von diesem Land nicht mehr, als es Ihnen geben kann«, sagte der Anwalt und zündete sich eine seiner kurzen Zigarren an.

Zwei der Militärs lagen ohnmächtig am Boden, der Dritte kniete vor dem Tresen und erbrach sich. Der Chinese nahm die Schüssel entgegen und tauchte die angeschwollene Hand ins Wasser. Der Barmann kam hinter dem Tresen hervor und nahm den Bewusstlosen und dem Kotzenden die Revolver ab.

»Machen wil weitel?«, fragte der Chinese, als er mit seiner Schüssel an den Tisch kam.

Der Dichter trocknete sich mit seinem Halstuch die verschwitzten Hände ab. Angesichts der Gewalthandlungen in unmittelbarer Nähe hatte er einen spontanen Schweißausbruch nicht verhindern können.

»Mexikaner zweiter Klasse sollen wir sein? Dritter Klasse würde ich sagen. Die der zweiten Klasse sind vollauf mit dem Putzen der Stiefel von denen der ersten Klasse beschäftigt. Was denken Sie, wer die Revolution verloren hat? Die Anhänger Porfirio Díaz' etwa? Die haben ihre Töchter doch längst an die Offiziere Obregóns verheiratet. Die Parias haben die Revolution verloren. Die Bauern, die sie gemacht haben. Wir haben sie verloren, ohne sie selbst aktiv gemacht zu haben«, sagte der Journalist.

»Ohne sie gemacht zu haben, sagen Sie? Ich für meinen Teil bin lange genug mit Villa geritten, um mir meine Sporen verdient zu haben«, entgegnete der Dichter.

Der Journalist knöpfte bedächtig Weste und Hemd auf. Eine weißlich blasse Narbe lief quer über seine Brust. Er berührte sie vorsichtig, fast wie etwas Fremdes.

»Zählen auch die Verletzungen, die man sich als Zuschauer erworben hat?«

»Sie zählen«, antwortete der Dichter.

Der Chinese steckte seine Hand in die Schüssel und spreizte vorsichtig die Finger.

»Gebrochen?«, fragte Verdugo.

Der Chinese zuckte die Achseln.

»Mexikaner dritter Klasse«, insistierte der Journalist.

»Keine Sorge«, sagte Verdugo und zog sieben Steine aus dem Haufen. »Es gibt noch Mexikaner vierter Klasse. Haben Sie nicht gelesen, dass sich neulich 15.000 Katholiken versammelten, um Agustín de Iturbide zum 100. Jahrestag der Gründung des Kaiserreichs die Ehre zu erweisen?«

»Nein, ich mache mir keine Sorgen. So ist es hier nun mal. Wenn wir Mexikaner dritter Klasse alle abhauen würden, hätte der Rest bald nichts mehr zu essen.«

»Wenn Sie damit auf meine Arbeit anspielen wollen, liegen Sie ziemlich daneben«, erwiderte der Dichter.

»Wahrscheinlich will ich einfach nur mal Dampf ablassen. Und im Gegensatz zu Tomás kann ich meinen Gefühlsstau nicht durch das Verprügeln von Militärjüngelchen abbauen.«

Inzwischen hatten sich die drei in bedauernswertem Zustand befindlichen Militärs mit Hilfe des Barmanns wieder aufgerappelt und strebten dem Ausgang zu. Der eine drehte sich noch einmal um und versuchte eine letzte Drohung auszustoßen, was er unter dem brüderlichen Vorwärtsschubsen des Barmanns dann aber doch lieber sein ließ.

Der Chinese streckte langsam einen Finger nach dem anderen seiner rechten Hand aus, die trotz des kühlenden Wassers unförmig angeschwollen war.

»Da sehen Sie, was passiert, wenn man Militärs verprügelt, mein Lieber«, sagte der Dichter. »Dabei war's so wild nun auch wieder nicht. Schließlich hat er nur gesagt, Sie würden auf Theken schlafen. Nach Meinung meines Freundes, des berühmten Journalisten Pioquinto Manterola, sind wir doch alle sowieso nur Mexikaner dritter Klasse. Was macht es da schon, wenn Sie auf der Ladentheke schlafen ... Ich schlafe im Sessel, und dieser Herr da schläft gar nicht«, fuhr er fort, indem er auf den Anwalt zeigte. »Der ist nämlich ein Vampir.«

»Kommen Sie raus oder ich?«, fragte Verdugo den Journalisten.

Die Kuckucksuhr zwitscherte drei Uhr morgens.

Kapitel 5
Geschichten aus vergangener Zeit: Alberto Verdugo

Mit vollem Namen hieß ich Alberto Verdugo y Sáez de Miera, aber man wird nicht 35 Jahre alt, ohne den großen Teil eines so langen Namens einzubüßen. So stört es mich nicht, wenn ich für andere heute schlicht *der Anwalt Verdugo* bin. Es hat einen gewissen Charme, den übel beleumundeten Namenszusatz als Spitznamen zu tragen: *Verdugo* – der Henker, Terminator aller Träume, der Vollstrecker, der Mörder von Rechts wegen. Es ist auch nicht weiter von Belang, dass sich die Illusionen, falls ich früher einmal solche gehegt haben sollte, verflüchtigt haben. Soweit man dieses Konglomerat von Bestrebungen, die sich aus Leitsätzen für das Leben in faule Vorsätze verwandelten, als Illusionen bezeichnen kann. Das einzig Kohärente in meinem Leben ist der hartnäckige Wille, weiterzumachen. Als Henker meiner eigenen Träume. Mehr noch aber als Henker der Pläne, die für mich ersonnen wurden, Henker des väterlichen Willens, der mich zum Verwalter von Haziendas, zum Herrn über das Schicksal der Bauern oder zum Fabrikbesitzer mit jährlicher Dampfer-Reise nach Europa machen wollte. All dem galten die Rebellion und der Einsatz. Wie ein aus der Spur geratenes Fahrzeug auf dem Paseo de la Reforma raste ich gegen alles, was sie aus mir machen wollten, und rase immer noch, obwohl schon lange kein Ziel mehr existiert und der Erfolg sichtlich ausgeblieben ist. Vater und Mutter, die für mich jene Zwangsjacke erfunden hatten, leben schon lange nicht mehr, und von der mir zugedachten Zwangsjacke hat sich die letzte Faser aufgelöst. Meinen Anwaltstitel habe ich für den Job eines Rechtsvertreters für Prostituierte eingesetzt. Etwas Besseres oder Schlechteres hätte ich mit dem weihevollen Fetzen Papier nicht machen können, der dafür bestimmt gewesen war, die Büros des porfiristischen Friedhofs zu schmücken, auf dem meine Familie lebte und starb. Was bleibt, ist ein dreijähriges Studium in Italien. Und etwas Besseres sogar: eine Übersetzung des italienischen Anarchisten Malatesta ins Spanische, eine Hinterlassenschaft jener Jahre. Eine Übersetzung mit Autogramm und Widmung, die meinem Onkel den Schaum vor den Mund treten ließ, als ich sie ihm auf den Schreibtisch legte und mit samtener Stimme (die Stimme ist mir geblieben, etwas bleibt immer) die Stelle zitierte: »Der Feind ist nicht der, der auf der anderen Seite der Grenze geboren wurde oder der eine andere Sprache spricht, sondern der, der sich im Unrecht befindet, der die Freiheit und Unabhängigkeit der Mitmenschen vergewaltigt.« Nun, wo das Haus unserer Familie nur noch eine Ruine ist, wo man auf Trümmer tritt, die eine verirrte Kanonenkugel während der konterrevolutionären tragischen zehn Tage im Februar 1913 hinterlassen hat, kann ich meinen breitkrempigen Hut eines Nachtschwärmers aufsetzen und nach Hause gehen. Den Hut, der in ganz Mexiko-Stadt in Kabaretts, Kneipen und Bordellen bekannt ist. Diesen perlgrauen Hut, der dem Bruder eines Ministers unter Porfirio Díaz gehörte, der seine praktische Eleganz schätzte und ihn sonntags zu tragen pflegte, bis er ihm vom Kleiderhaken gestohlen wurde. Jetzt kann ich den Hut abnehmen, mir mit seiner Krempe Luft zufächeln und den Ruinen meines einstigen Heims den Gruß erbieten und verkünden: »Dies ist der Platz meines Triumphes: Nichts von dem, was ich werden sollte, bin ich geworden. Nichts von dem, was ich besitzen sollte, ist in meinem Besitz. Nichts ist geblieben. Nichts werde ich hinterlassen.«

Kapitel 6
Ein Mann fällt aus dem Fenster

Pioquinto Manterola hatte seinen Bericht über den blutigen Mord an den Polizeioffizieren Filiberto Sánchez und Jesús González, die ihr Leben auf den Vordersitzen eines Fords mit dem amtlichen Kennzeichen 4087 gelassen hatten, beendet. Es waren dieselben Offiziere, die nur knapp einen Monat zuvor durch die Aufsehen erregende Festnahme der *Schwarzen Mütze* von sich Reden gemacht hatten. Jetzt waren sie nur noch zwei blutige Leichen in einem Polizeifahrzeug, niedergestreckt von Tufiabla, dem Araber, den sie beschattet hatten, der aber das Magazin seines Revolvers völlig unverfroren in ihre Richtung entleert hatte, ehe sie zu seiner Verhaftung schreiten konnten.

Nun, da der Journalist seine routinemäßige Arbeit beendet hatte, wandte er sich erneut den Zeitungsausschnitten zu, die sein Freund, der Dichter, ihm am Vortag überreicht hatte. Von den Ausläufern des Ajusco her wehte ein lästiger Wind, und Manterola erhob sich in seinem Büro im zweiten Stock des Verlagshauses des *Demócrata*, Block zwei, Humboldt-Straße 15, um das Fenster zu schließen. Eine Zigarette hing in seinem

Mundwinkel, und er fühlte sich irgendwie ausgelaugt, alt und vielleicht auch ein bisschen gelangweilt.

Am Fenster sah er, wie ein nagelneuer Exeter vor dem Eingang des Gebäudes anhielt. Der leichte Luftzug, der ihn kurz zuvor noch gestört hatte, war ihm nun eine angenehme Erfrischung. Er ging zum Schreibtisch zurück und betrachtete sein trostloses Büro. Am anderen Ende des Raumes erzählte Gómez von den Heldentaten des *Neunten Sowjets*, wie das Baseballteam der Sportreporter genannt wurde. Zwei Tische weiter hielt Gonzaga über seinen Zeichnungen ein Nickerchen. Manterola versuchte sich auf die Zeitungsausschnitte zu konzentrieren, die wenig abwechslungsreich waren. Kurze, einspaltige Nachrichten, die über einen Zeitraum von zehn Jahren hinweg die zweifelhafte Karriere des Obersten Froilán Zevada (ein Bruder des toten Posaunisten?) beschrieben, seine Verdienste im Kampf gegen die Maderisten, seine opportunistische Kehrtwende nach dem Abkommen von Ciudad Juárez, seine blutbefleckten Erfolge bei der Unterdrückung der Zapatisten vom Plan de Ayala, sein fragwürdiges Eingreifen während der Decena Trágica, sein (verspätetes) Überlaufen zu den Carranzisten, seine Arbeit im Sicherheitsdienst der Erdölkonzerne von Mata Redonda, seine Verbindung zu Pablo González, seine Beförderung zum Oberst im Kampf gegen die Reste der Villa-Anhänger, seine (verspätete) Desertion, als er während der Rebellion von Agua Prieta die Garnison von Tampico befehligte. Vermischt mit Hinweisen auf seine Teilnahme an einem Ball der Militärakademie, verstreute Nachrichten über seinen Erfolg bei einem Preisschießen, Gerüchte über seine angebliche Beteiligung an einem Duell im Alameda-Park, Informationen über einen in Deutschland absolvierten Lehrgang in Ballistik ...

Nichts außergewöhnlich Neues, dachte der Journalist, während er sich eine weitere Zigarette anzündete. Ein mit Kohlen beladener Pferdewagen fuhr unter dem Fenster vorbei, die Hufe hallten auf dem Pflaster der Straße wider. Werden von Jahr zu Jahr weniger, dachte er, und lehnte sich aus dem Fenster, um ihm hinterherzuschauen.

Eigentlich ein Nachmittag zum Träumen, sagte sich Pioquinto Manterola und blies den Rauch nach draußen. Ein Nachmittag, um seinen Gedanken nachzuhängen, nicht um an die Karriere eines karrieresüchtigen Obersten zu denken, nicht an Pferdekarren, die einer nach dem anderen den Packards und Fords wichen, diesen seltsamen Ausgeburten der Moderne, deren einzige in Mexiko produzierten Teile die Reifen waren und die jetzt durch eine Stadt rollten, die für alles, nur nicht für sie geschaffen war. Es war ein Nachmittag, um zu träumen, in Erinnerungen zu schwelgen. Doch welchen? Den traurigsten? Erinnerungen, stechend wie die Sonne, die sich auf ihrer Bahn nun langsam hinter Tacuba versteckte? Oder Erinnerungen, die wie Watte waren, wie tief hängende Wolken, die am stoisch blauen Himmel entlangglitten? Er schnippte die Zigarette auf die Straße, teils, weil er es über war, seinen Gedanken zu folgen, teils, weil es ihm Vergnügen bereitete, den kleinen weißen Zylinder die zwei Stockwerke hinunterfallen zu sehen. Die Kippe hielt sich einen zweifelnden Moment in der Luft und segelte dann hinab, um auf dem Dach eines der erwähnten Automobile zu landen, aus dem in diesem Augenblick eine Frau stieg. Kleine Funken stoben vom Dach auf den Hut der Frau. Sie drehte ihren Kopf in Richtung des Angreifers, der sich verlegen lächelnd beeilte, das Fenster zu schließen.

Manterola trat einem Jungen gleich, der bei einem Lausbubenstreich ertappt worden ist, einen Schritt zurück, und dachte, dass die Frau, deren Gesicht er soeben flüchtig erspäht hatte, einen bezaubernden Anblick geboten hatte.

Er ging zu seinem Schreibtisch zurück und zog die letzte Seite aus der Maschine. Einen Walzer pfeifend schlenderte er zu dem Tisch, an dem Gonzaga sein Nickerchen hielt und schüttelte ihn sanft.

»Meister, Ihre Dienste sind gefragt.«

»Also, hören Sie mal ...«, sagte Gonzaga, ohne genau zu wissen, mit wem er eigentlich sprach.

In der Redaktion erzählte man sich von ihm, dass er Opium in den Höhlen der Dolores-Straße rauchte, Mezcal mit alten zapatistischen Freunden in einer Spelunke auf dem Weg nach Tacubaya trank, bis er filmreif unter den Tisch fiel, und Zigarren aus Veracruz liebte, die er kettenrauchend qualmte, bis er vor Nikotinvergiftung fast ohnmächtig wurde. Wie dem auch sei, er zeichnete jedenfalls schneller als jeder andere und dazu beidhändig, wie Leonardo da Vinci.

»Also, hören Sie, hören Sie mal – welches Thema?«

»Tufiabla, der Araber, schleicht sich an das Seitenfenster eines Ford mit der Nummer 4087 heran und leert seinen Revolver auf zwei schlafmützige Polizisten.«

»War er wie ein Araber gekleidet?«

»Halb und halb, nehme ich an. Wie die auf dem Markt.«

»Also, hören Sie, hören Sie mal, ein halber Araber«, sagte Gonzaga mehr zu sich selbst, während er eine Zeichnung begann, die später die Titelseite des Innenteils des *Demócrata* zieren würde.

Pioquinto steckte sich eine weitere Zigarette an. Er fühlte sich magisch vom Fenster angezogen. Ob er das Gesicht der Frau noch einmal erspähen würde?

Gonzaga trällerte ein Lied vor sich hin, während er zeichnete. In der rechten Hand hielt er einen feinen Bleistift, in der linken einen Kohlestift, mit dem er die Schatten ausmalte. Manterola stieß einen Seufzer aus und gab sich erneut der Betrachtung des tiefblauen Himmels hin. Plötzlich weckte eine brüske Bewegung seine Aufmerksamkeit und lenkte seinen Blick auf den zweiten Stock des gegenüberliegenden Gebäudes: Er sah ein zersplitterndes Fenster und einen Mann, der mit rudernden Armen nach unten stürzte. Unmittelbar darauf folgte der Schrei, bevor ihn das trockene Aufschlagen auf dem Straßenpflaster zum Verstummen brachte. Manterola starrte auf das zerbrochene Fenster und blickte ein paar Sekunden lang direkt in die Augen der Frau, in deren Richtung er vor wenigen Minuten versehentlich seine Zigarette geworfen hatte. Es gibt die Redewendung, dass die Zeit stehen bleibt. Manterola würde dazu sagen, dass sie sich dehnte, sich in die Länge zog, während sein Blick auf die Augen der Frau traf, fünfzehn Meter entfernt auf der anderen Seite der Straße, und dann auf den Körper des Mannes, der unten am Boden lag. Dann sah er, wie die Frau vom Fenster zurückwich und verschwand.

Ungläubig beugte sich der Journalist aus dem Fenster, um sich zu vergewissern, dass wirklich ein Körper mitten auf der Straße zwischen den Glassplittern lag. Aber der Körper war da und verwandelte sich sogleich in ein Objekt der Neugierde der vorbeiströmenden Passanten. Zum ersten Mal seit vielen Jahren ließen ihn seine Reflexe im Stich. Erst mit einiger Verzögerung setzte sich Manterola in Richtung der Treppe in Bewegung, die vom zweiten Stock in die Setzerei hinunter führte.

»Also, hören Sie, hören Sie mal, was ist das für ein Lärm?«, fragte Gonzaga, als Manterola endlich loslief, um schließlich vor dem toten Mann mitten auf der Humboldt-Straße zum Stehen zu kommen.

Kapitel 7
Journalismus als Broterwerb

Den ganzen Tag hatte ihm die geschwollene Hand Probleme bereitet. Schon mehrfach war der Vorarbeiter aufgetaucht, hatte ihn angepöbelt oder sich über ihn lustig gemacht. Seine beiden Kollegen, Indalecio und Martín, hatten versucht, ihm zu helfen, indem sie die schwersten Arbeiten übernommen hatten. Aber es war nicht so einfach, sich den Blicken von »Adlerauge« Maganda zu entziehen, der zwischen den Webstühlen herumwandelnd unaufhörlich wiederholte:

»Ich habe meine Augen überall, mir entgeht nichts. Der Chef lässt sich vielleicht verarschen, ich nicht. Mich nimmt keiner auf den Arm, verdammte Hurensöhne! Ich sehe alles.«

Tomás Wong liebte den Lärm der Fabrik, die schwüle Luft, den Geruch der Textilfarben. Als Tischler war er nicht fest an eine Maschine gebunden, sondern konnte sich frei bewegen, brachte mal hier ein Holzstück an, reparierte dort ein Pedal oder baute, wie jetzt gerade, mitten im Hof ein paar Kisten zusammen, die eines Tages im Laderaum eines Schiffes die Welt umrunden würden.

»Lass mal gut sein, Chinamann, deine Hand ist völlig im Eimer«, sagte Martín und nahm ihm den schweren Hammer aus der Hand, um für ihn die dicken Nägel einzuschlagen.

Ein Schiff, das unaufhörlich die Meere und Ozeane kreuzt, nur um zwei oder drei Wörter aufzufischen, jedes Mal in einer anderen Sprache, und immer mit einer anderen Bedeutung ...

»Zu viel Nostalgie als gut tut, Nostalgie vom Hörensagen«, dachte der Chinese und überlegte, wie er dem Vorarbeiter einen Denkzettel verpassen könnte.

Eine Woche ging ihm das schon durch den Kopf, seit man ihn und die beiden anderen Tischler der Textilfabrik *Magnolia* am Ausgang hatte zwingen wollen, sich einer Leibesvisitation zu unterziehen, weil in letzter Zeit angeblich Werkzeug verschwunden war. Sie hatten sich geweigert und einen handfesten Krawall am Fabriktor ausgelöst. Am Ende waren sie damit durchgekommen, was »Adlerauge« Maganda ihnen nun gerne heimzahlen wollte.

Die geschwollene Hand bot dem Vorarbeiter einen willkommenen Anlass, den Chinesen den ganzen Tag über zu schurigeln und unter Druck zu setzen. »Adlerauge« fand sein besonderes Vergnügen darin, Streit vom Zaun zu brechen, die Arbeiter zu reizen, herunterzumachen und zu demütigen. Er gehörte zu jener Sorte Menschen, die ihre eigene Existenz, ihre Macht unentwegt bestätigt sehen müssen. So fand er in jenen turbulenten Jahren in der Textilindustrie seinen Platz als Rammbock in Diensten der Unternehmerklasse, die in einen verbissenen Kampf mit den Gewerkschaften verstrickt war.

Während seine beiden Kollegen weiter auf die Kisten einhämmerten, machte sich der Chinese auf den Weg zum Hauptlager, um nachzusehen, ob das bestellte Holz für die Reparatur zweier Webstühle geliefert worden war. Am Eingang stieß er auf Cipriano, einen vorzüglichen Handwerker und Generalsekretär der Gewerkschaft.

»Was ist los, Chinamann? Was wollen die Kettenhunde der Bourgeoisie von Ihnen? Ich habe beobachtet, dass Maganda den ganzen Vormittag um Sie herumgeschlichen ist.«

»Meine Hand ist im Eimel«, antwortete der Chinese, als wäre damit alles hinlänglich erklärt.

»Und auf wen oder was haben Sie damit eingedroschen, Mann?«

Der Chinese zuckte mit den Achseln. Das Sprechen war nicht seine Sache. Seine Geschichten wurden von anderen erzählt. Sie verbreiteten sich über Neben- und Schleichwege, weitererzählt von Typen, die ihn an anderen Orten kennengelernt hatten. Zu anderen Zeiten.

Nichts zu machen, dachte Cipriano, »orientalisch und geheimnisvoll«, womit er einen anonymen Chronisten der Zeitung *El Universal* zitierte, die in diesen Tagen eine groß angelegte Kampagne gegen die chinesischen Tong führte, Banden, die die illegalen Spielhöllen und Opiumhöhlen von Mexiko-Stadt kontrollierten.

»Vergessen Sie heute Nacht die Gewerkschaftssitzung nicht, wir müssen über den Tanzabend und die Solidaritätsaktion für die Streikenden der Fabrik *La Magdalena* diskutieren.«

Der Chinese stimmte kopfnickend zu und ging seelenruhig weiter.

Die Fabrik war in drei Produktions- und zwei Lagerhallen gegliedert, die einen weitläufigen gepflasterten Hof einrahmten, dessen Ausgang zu einem Bürokomplex führte. In den langen, durch winzige, oben gelegene Fenster spärlich beleuchteten Hallen waren 350 Arbeiter und zehn Vorarbeiter zusammengepfercht. Die französischen Besitzer pflegten während der normalen Arbeitszeiten nie einen Fuß in die Produktionshallen zu setzen. Erst wenn die Arbeiter die Fabrik verlassen hatten, gingen sie hinein. Ihre Welt war die der Büros, so wie die Fabrikhallen die Welt von Tomás und Cipriano waren, die sie durchstreiften, in der sie hier und da etwas aufschnappten, zeitweilig in fieberhafte Arbeit versanken, um dann erneut Nachrichten zu sammeln, sobald ihre Tätigkeit es ihnen erlaubte, sich mit den an die Maschinen gefesselten Arbeitern auszutauschen, von denen die beiden Gewerkschafter wie lang ersehnte Brieftauben empfangen wurden. Nachdem Cipriano sechs Monate lang keinen Gewerkschaftsposten bekleidet hatte, war er bei den letzten Wahlen zum Generalsekretär und der Chinese zum für die Arbeit zuständigen Sekretär gewählt worden.

Tomás Wong durchquerte auf der Suche nach dem für die Materialausgabe Verantwortlichen die Lagerhalle, um ihn nach der Lieferung zu fragen. Als er ihn endlich zwischen riesigen Haufen von Stoffballen gefunden hatte, gab ihm dieser 300 unzusammenhängende Erklärungen über den Verbleib des Holzes, woraus der Chinese schloss, dass er irgendein Geschäft damit gemacht hatte, um die Fabrik um ein paar Pesos zu erleichtern. In dieser Sache vertrat Tomás einen klaren Standpunkt. Die Schiebereien der Angestellten waren deren Sache. Bei einem Gewerkschafter sah die Sache anders aus. Es gab einen impliziten Verhaltenskodex, der klipp und klar besagte, dass ein Arbeiter mit offenem Visier gegen die Fabrik zu kämpfen habe. Wenn er mehr Geld haben wollte, verdiente er sich das im gewerkschaftlichen Kampf, niemals jedoch durch Diebstahl. Dieser in der Anfangsphase der Gewerkschaft geborene Kodex wurde von den Alten an die Jungen weitergegeben. Seine Klauseln standen fest, auch wenn sie niemand auf Papier festgehalten hatte. Sie regelten eine Reihe weiterer Verhaltensweisen. So gehörte es sich nicht, mit einem Vorarbeiter zu sprechen, es sei denn, es handelte sich um technische Fragen. Es war eine Sache der Ehre, Probleme im Arbeitsablauf innerhalb der Arbeiterschaft zu klären, einen Kranken zu decken, die Müden zu schützen oder einem Lehrling helfend zur Seite zu stehen.

Als Tomás mit ein paar Holzbrettern beladen wieder in Richtung Hof ging, kam ihm der Vorarbeiter entgegen.

»Sie sind ein Faulenzer, Schlitzauge.«

Der Chinese ließ die Bretter auf den Boden fallen und sprach betont langsam:

»Sehen Sie, in den letzten dlei Monaten sind in del Gegend von San Ángel und Contlelas zwei Volalbeitel ums Leben gekommen. Wissen Sie auch, walum, Maganda? Weil sie einfach nicht lelnen wollten, sich helauszuhalten, sich nicht in den Stleik zwischen Albeiteln und Filma zu mischen. Ich lede nolmalelweise nicht viel. Machen Sie Ihle Albeit, ich mache die meine, und feltig.«

»Willst du lausiger Chinese mir etwa drohen?«

Der Chinese schlug nur ein einziges Mal zu, mit der geschwollenen Hand. Maganda stürzte mit einer Platzwunde über dem rechten Auge zu Boden. Verwirrt schaute er auf, doch Tomás' eiskalter Blick ließ ihn jeden Gedanken an Gegenwehr vergessen. Der Chinese hob die Bretter auf und ging weiter. Als er zu seinen Kameraden kam, die das Geschehen von Weitem verfolgt hatten, legte er das Bauholz hin und rieb sich die schmerzende Hand, die jetzt noch stärker angeschwollen war.

Kapitel 8
In dem die Freunde Domino spielen und die Beziehung zwischen dem Posaunisten und der Dame entdecken

»... sie trug einen taubenblauen Gabardine und eine blaue Samtschleife um den Hals. Weiße Handschuhe und als Kopfbedeckung einen Hut mit dreifach gewickelten Bändchen«, erzählte der Journalist.

»Donnerwetter, wer hätte Ihnen diese Beobachtungsgabe weiblicher Bekleidungskunst zugetraut«, lachte der Dichter, während er die Spielsteine aus Elfenbein über den Tisch tanzen ließ.

»Ja, lachen Sie nur! Es ist in der Tat bemerkenswert, da ich sie nur ein einziges Mal gesehen habe, und das nur für einen winzigen Augenblick. Als ich auf die Straße kam, rannte ich an dem Toten vorbei ins Haus, um nach ihr zu suchen. Und ich schwöre, dass ich jeden Winkel abgesucht habe, aber sie war verschwunden.«

»Glauben Sie, dass sie ihn umgebracht hat?«, fragte der Anwalt Verdugo, goss sich ein großes Glas Habanero ein und streckte seine Füße unter dem Tisch aus. Er trug nagelneue, elegante Stiefel, die er sich nach einem gewonnenen Prozess geleistet hatte.

»Woher soll ich das wissen?«, Manterola kratzte sich an seiner beginnenden Glatze und rief sich das Bild der Frau ins Gedächtnis zurück, ihren angsterfüllten Blick, kurz nachdem der Körper des Mannes das Glas durchschlagen hatte und zwei Stockwerke tiefer auf den Asphalt gefallen war.

»Man glaubt, in einem Dorf zu leben! Innerhalb von zwei Tagen erst die Sache mit dem Posaunisten und jetzt der Sturz aus dem Fenster. Und die Leute beschweren sich, dass diese Stadt zu groß sei. Kaum habest du sie betreten, schon hättest du keine Bekannten mehr ...«

»Kommen Sie laus odel ich?«, unterbrach ihn der Chinese.

»Wenn Sie weiter solche Schläge austeilen, wird Ihre Hand nie wieder heil«, antwortete Manterola und deutete an, dass er ihm die Eröffnung überließ.

Der Chinese spielte den Doppel-Dreier, und sowohl der Dichter als auch der Anwalt Verdugo rückten ihre Stühle an den Tisch heran. Das Ritual hatte begonnen. Von nun an mischte sich das Gespräch mit dem trockenen Klacken der Dominosteine, ging über in einen Schwall aus Wörtern, Doppel-Fünfern oder 5-er/4-er-Steinen. Die Kneipe war nicht gerade ein Ort der Ruhe. Zwei in Melancholie versunkene Säufer ertränkten ihre Sorgen am Ende des Tresens. Ein Jugendlicher aus dem Norden des Landes klimperte auf einer verstimmten Gitarre an einem Tisch im Eingangsbereich herum. Ein libanesischer Stoffhändler versuchte seine beiden Freunde lautstark von den Vorzügen einer neuen Eselsroute zum Hafen von Acapulco zu überzeugen, jener Hochburg der spanischen Einwanderer, in der seine Landsleute noch nicht hatten Fuß fassen können. Und als wenn das nicht genug wäre, erzählte am anderen Tresenende der *Furchtlose Ross* einem gelangweilten Barmann, wie er vor drei Jahren in Chicago, kurz bevor er sich umständehalber gezwungen sah, »die hinterletzten Länder zu bereisen und sich in abgewrackten Theatern zu verdingen«, einen Geschwindigkeitsrekord im Motorradfahren aufgestellt hatte. Der Vortrag von Ross wurde von Motorgeräuschen begleitet, die seine mit Mezcal befeuchtete Kehle in regelmäßigen Abständen hervorbrachte.

»Und was dachten Sie sich, als Sie die Brieftasche des Toten durchsuchten?«, fragte der Dichter.

»Ja, genau. War er nicht schon fast kalt?«, legte Verdugo nach.

»Keine Angst, spielen Sie nur aus, mein Freund«, antwortete Manterola in Richtung des zögernden Chinesen.

«Konzentlielen Sie sich liebel auf sich selbst, ich gewinne schon allein«, entgegnete Tomás und spielte den 2-er/1-er.

»Sie wollen uns in die Enge treiben, Dichter«, sagte Verdugo, mehr, um die Reaktion seiner Gegenspieler zu testen.

»Ich habe ihn nicht durchsucht«, antwortete Manterola. »Ein Verkehrspolizist stand schon neben der Leiche, als ich die Suche nach der Frau aufgegeben hatte. Als ich mich als Journalist auswies, zeigte er mir die Brieftasche des Toten. Und dann die große Überraschung ...«

Der Dichter brachte das Spiel auf die Zwei und zwang die anderen zum Aussetzen. Schweigend genoss er den Zug, um dann die Blockade mit dem 2-er/3-er aufzulösen.

»Ah, der Gauner hat sich den Stein gut aufgehoben«, sagte Verdugo.

»Zufälle des Schicksals«, entgegnete der Dichter bescheiden.

»Jetzt haben sie uns, Tomás«, sagte Pioquinto Manterola.

»Das Spiel endet mit dem letzten Zug, Joulnalist«, antwortete der Chinese.

»Ich sehe also den Ausweis des Obersten Froilán Zevada und sage mir: Zwei Zevadas in einer Woche, erst Ihrer und nun meiner ... Etwas zu viel Zufall. Jedenfalls genug, um einen nervös zu machen.«

»Wohl wahr«, sagte der Dichter. »Wenn Sie gesehen hätten, wie sie dem Posaunisten das Hirn weggeblasen haben, wären Sie noch nervöser geworden.«

»Es war ja wohl nicht das erste Mal, dass Sie gesehen haben, wie man jemandem das Gehirn wegpustet, mein Lieber. Sie waren doch in der Norddivision, wo man den Bürgern dieses Landes einem nach dem andern das Hirn wegblies«, entgegnete der Anwalt.

»Um es anschließend zu essen«, fügte der Chinese hinzu.

»Seien Sie nicht so gefühlskalt. Ich bin wirklich nervös geworden, als sie diesen Typen ermordet haben, während die Klänge des Álvaro-Obregón-Marsches die Luft erfüllten.«

»Ach so, also wenn ...«, hob der Anwalt an.

Im selben Augenblick brachte der Chinese das Spiel auf die Vier und zwang nun seinerseits alle zum Aussetzen, wodurch er seinen Partner ins Spiel brachte.

»Sehen Sie, was ich meine, Joulnalist?«

»Ich habe schon immer gesagt, dass man der ewigen Weisheit des Orients trauen soll. Gott stirbt nie.«

»Stammt das nicht von Konfuzius?«, fragte der Dichter.

»Ich bin Atheist«, erwiderte Tomás Wong lächelnd.

»Erinnern Sie sich an das Foto der jungen Frau, das Sie in der Uniformtasche des Posaunisten gefunden haben?«, fragte Verdugo.

»Mann, Sie glauben doch nicht etwa?«, fragte der Dichter.

Manterola hob seinen Blick von den Spielsteinen und starrte den Anwalt an.

»Anwalt«, sagte er, »Sie besitzen wirklich das, was man ein sagenhaftes Gedächtnis nennt.«

Kapitel 9
Der Dichter trifft auf eine Demonstration

Fermín Valencia hörte das Hupen der Autos, als er den Reforma-Boulevard zum Büro eines Bergbauingenieurs hinunterging, der ihn beauftragt hatte, »zu bescheidenem Preis ein paar Liebesverse« zu verfassen, mit denen er das Herz eines Revuemädchens des Vaudeville-Theaters von Abreu zu gewinnen hoffte, in das er sich unsterblich verliebt hatte. Er selbst war völlig unfähig, auch nur sechs Worte mit Sinn und Verstand aneinanderzureihen.

Valencia drehte sich um und ihm bot sich ein unerwartetes Schauspiel: Eine lange Schlange von Autos bewegte sich langsam in seine Richtung. An der Spitze rollten sechs Fords, gefolgt von rund hundert Chauffeuren zu Fuß und am Ende folgten noch einmal rund 300 Personen- und Lastwagen. Einige Transparente gaben über die Motive der Demonstranten Aufschluss: »Nein zur Stechkarte!« – »Schluss mit den Polizeiüberfällen!«.

Der Dichter entschied spontan, sich der Demonstration anzuschließen, und stieg auf einen der LKWs, die am hinteren Ende des Demonstrationszugs fuhren.

»Haben Sie noch Platz für einen solidarischen Begleiter?«, fragte der Dichter.

»Steigen Sie ein«, antwortete der Fahrer. Mit einem leichten Kopfnicken besiegelten sie ihren Pakt.

Während er die Demonstration begleitete, überlegte der Dichter, ob er einen Vers für den Ingenieur verfassen sollte. Schon bald nahmen ihn seine Reime gefangen und er versank im wattebauschigen Paradies honigsüßer Poesie, bis die Autokarawane mit einem lauten Hupkonzert auf den Zócalo einbog.

Viele Demonstranten stellten ihr Gefährt mitten auf der Straße ab. Der Dichter stieg vom Lastwagen, um sich wieder auf den Weg zum Ingenieur zu machen. Doch kaum hatte er sich in Bewegung gesetzt, wurden von einem Balkon des Rathauses aus Schüsse auf die Fahrer abgefeuert. Die Menge rannte von Panik ergriffen kreuz und quer über den Platz und suchte vor den Schüssen Deckung. Einige rannten in Richtung des Nationalpalasts, andere in Richtung der Läden auf der gegenüberliegenden Seite.

Einen Tag später würde Pioquinto Manterola, beflügelt von den Schilderungen des Dichters, im *Demócrata* schreiben: »Was niemand erwartet hatte, geschah. Die Tragödie breitete ihre blutbefleckten Schwingen über Demonstranten wie Zuschauern aus.«

Die Fahrer wehrten sich, indem sie Steine gegen die Fenster des Rathauses warfen. Feuerwehrleute versuchten die Menge mit Wasserattacken zu zerstreuen. Auf die Angriffe der berittenen Polizei folgte die entsprechende Antwort der Fahrer, die sie mit ihren Wagen frontal attackierten. Zwei Gendarmen wälzten sich mit gebrochenen Rippen neben ihren Pferden, aus deren Bäuchen die Gedärme quollen. Die Alarmglocken der Wagen des Roten Kreuzes vergrößerten noch das allgemeine Chaos. Hauptmann Villaseñor, den der Dichter aus früheren Tagen in Ciudad Juárez kannte, wurde von einer Gruppe Taxifahrer buchstäblich hinweggefegt, die ihn gegen ein Eingangstor des Rathauses schleuderten.

Ein Fahrer lag, von einer Kugel getroffen, blutend am Boden. Der Dichter verfolgte unter einem Viehtransporter versteckt mit weit aufgerissenen Augen die Parade der vorbeieilenden Beine, Autoreifen und Hufe.

Steine flogen auf dem größten Platz von Mexiko-Stadt durch die Luft. Die Straßenbahnen hatten bereits ihren Betrieb eingestellt, als eine Gruppe wütender Fahrer zum Angriff auf das Rathaus überging. Der Dichter konnte beobachten, wie sich die Beamten, die das Feuer eröffnet hatten, unter dem auf sie niederprasselnden Steinhagel von den Fenstern zurückzogen.

Sobald der Tumult etwas nachgelassen hatte, nutzte der Dichter die Chance, um seinen Beobachtungsposten zu verlassen. An die Rückseite eines Ambulanzwagens des Weißen Kreuzes geklammert, entfernte er sich vom Zócalo.

Als er am nächsten Tag den Artikel seines Spielpartners Manterola las, erfuhr er, dass die Schlacht zwischen den städtischen Beamten, den Feuerwehrleuten, der Gendarmerie, der berittenen Polizei und den Demonstranten fünf Tote und über zwanzig Verletzte gefordert hatte.

»Und Sie waren dabei?«, fragte der Bergbauingenieur ein paar Stunden später ungläubig.

Der Dichter hob die Augenbrauen, ohne genau zu wissen, was er antworten sollte. Einerseits war er dabei gewesen, andererseits wiederum nicht.

»Verfluchte Stadt«, dachte er und wusste nicht, wem er die Schuld dafür geben sollte, dass das Echo der Schüsse noch immer in seinen Ohren widerhallte.

Kapitel 10
Zufall, Schicksal oder Pech

Er hielt ihm das Foto hin, weigerte sich aber, es loszulassen. Journalist wie Polizist zogen einige Sekunden lang an beiden Enden des Abzugs.

»Vielen Dank, Hauptmann«, sagte Pioquinto Manterola und ließ das Foto plötzlich los.

»Einen Moment mal!«

»Ja, bitte?«

»Haben Sie etwas herausgefunden?«, fragte der Hauptmann der städtischen Polizei, ein dünner Mann mit glasigen Augen, der mit seinen Daumen immerzu nach den Taschen einer nicht vorhandenen Weste suchte.

»Nein. Ich wollte mir das Foto nur ansehen, um mich für meine nächste Story inspirieren zu lassen.«

Der Journalist trat durch die Tür der Polizeiwache, wobei er über einen Betrunkenen hinwegsteigen musste, dessen fragwürdiges Urteilsvermögen ihn veranlasst hatte, sich ausgerechnet diesen Platz auszusuchen, um seinen Rausch auszuschlafen. Es war dieselbe Frau, daran gab es keinen Zweifel. Das machte alles mehr oder weniger einfach. Am unteren Rand des Fotos befand sich ein kleiner Stempelaufdruck, in dem sich ein F und ein L kreuzten, was dem scharfsinnigen Dichter entgangen war. Diese Buchstaben führten den Journalisten nach einem Spaziergang durch die staubigen Straßen von Tacuba zu Foto *Larios*, einem Fotostudio, das häufig mit dem *Demócrata* zusammenarbeitete. Eine halbe Stunde später verließ der Journalist das Studio mit einem Foto, das dem ähnelte, welches er kurz zuvor auf der Wache gesehen hatte. Es hatte allerdings einen entscheidenden Vorteil: Auf der Rückseite stand die Anschrift der Besitzerin.

Nach kurzem Zögern ging er die Avenida Juárez hinunter. Stoisch ertrug er die brennende Sonne, die ihm den Schweiß auf Glatze und Schläfen trieb. »Es gibt Journalisten der Kavallerie und Journalisten der Infanterie«, ermunterte er sich selbst, überquerte die Straße und musste dabei einem Pferdegespann ausweichen, das von einem Landsmann geführt wurde, der schon am frühen Morgen angefangen hatte, Mezcal zu trinken, und die Pferde offenbar mit seinem mangelhaften Orientierungssinn angesteckt hatte.

Der Dichter erwartete ihn, während er dabei war, einen diffamierenden Vers über General Manrique, den zukünftigen Armeechef des Staates Mexiko, im Auftrag seines Vizes, des Generals Viñuela, zu komponieren. Die vereinbarte Geldsumme war gleichermaßen für einen wohlklingenden Vers als auch für die garantierte Anonymität des Auftraggebers gedacht. Der Dichter hatte es mit verschiedenen Variationen des Typs: »Was tut denn dieser Schurke, General Manrique reibt sich die Gurke« versucht, fand das aber selbst weder originell noch bissig. Er trank auf der Straße gerade einen Schluck Limonade, als er seinen Freund, den Journalisten, in seiner merkwürdigen Art wie eine rheumatische, aber unter Volldampf stehende Lokomotive, den Kopf weit nach vorn gestreckt, um die Ecke kommen sah.

Ihre Beziehung ging noch auf die Zeit vor dem gemeinsamen Dominospielen zurück. Der Journalist hatte ihm kleinere Aufträge verschafft und ihn damit vor dem größten Elend bewahrt. Zum Ausgleich hatte der Dichter einmal das Seil durchtrennt, mit dem der Journalist, Opfer einer unglücklichen Liebesgeschichte, versucht hatte, sich aufzuhängen. Beide sprachen wenig über die Vergangenheit. Der Dichter verglich sich und seine Freunde gern mit Strandgut, das die Brandung an die Küste gespült hatte. Sie waren keiner festen Kategorie zuzuordnen, Söhne sozialer Erschütterungen, die über sie hinweggerollt waren und bei denen sie Beobachter, Protagonisten und Opfer zugleich gewesen waren.

»Ich hab sie, ich hab sie«, rief Manterola und trocknete sich den Schweiß mit einem weißen Taschentuch ab, das er aus der Hosentasche zog.

»Die Frau? Ist Ihre dieselbe wie meine?«

»Die Frau. Ich habe ihren Namen und sogar die Adresse.«

»Lassen Sie mal sehen«, sagte der Dichter und betrachtete aufmerksam die Fotografie. »Das ist sie. Aber was machen wir jetzt? Sie sind nicht unbedingt der geborene Privatdetektiv.«

»Genau das habe ich mich auch gefragt.« Er zeigte auf das Erfrischungsgetränk des Dichters. »Wo haben Sie das eigentlich her?«

»Aus einem Laden, woher denn sonst. Kommen Sie, ich gebe einen aus.«

Zur selben Zeit, als sich dieses Gespräch vor einer Haustür in der Straße San Juan de Letrán zutrug, kämmte sich der Anwalt Verdugo mit ein wenig Pomade der Marke *Tres Coronas* die Haare. Er war aus einem Alptraum aufgewacht, den er gerade abzuschütteln versuchte. Nachdem er seine Geldmünzen und die wenigen Scheine gezählt hatte, beschloss er, das Frühstück mit dem Mittagessen zusammenzulegen. Ohne lange zu überlegen, wählte er den Club Tampico in der Nähe von La Ciudadela und entschied sich für eine doppelte Portion Schweinesteaks mit Chili-Soße.

Diese Aussicht und das frisch gekämmte Haar hatten ihn gerade aus der Katerstimmung des Alptraums befreit, als eine anonyme Hand eine Einladung zu einem von Arenas, Vera und Co. organisierten privaten Filmabend im Haus der Witwe Roldán unter der Tür durchschob. Die Einladung war unterzeichnet mit »Deine Freundin Concha – Gesellschafterin«.

Es brauchte eine Weile, bis ihm klar wurde, dass er Arenas nicht kannte, Vera noch weniger, und er hatte nicht die geringste Vorstellung, wer Co. sein sollte. Seine einzige Beziehung zu der Witwe Roldán und ihrer luxuriösen Villa im Stadtteil San Rafael bestand darin, dass er Conchita einmal aus einer Verlegenheit geholfen hatte. Augenscheinlich war sie von der Stripteasetänzerin zur Sekretärin der reichen Witwe Roldán aufgestiegen. Vielleicht weil er Lust hatte, Conchita in ihrer neuen Rolle zu erleben, vielleicht weil ein kostenloses Abendessen winkte oder weil er zum Filmliebhaber geworden war, steckte Verdugo die Einladung, anstatt sie wegzuwerfen, in die Westentasche, bevor er auf die Straße hinaustrat.

Er lebte in einer fast unmöblierten Wohnung (ein Bett in einem Zimmer und ein Sessel in dem, was irgendwann einmal das Wohnzimmer werden sollte), in einem Stadtteil voller

halbfertiger Neubauten, einen Kilometer von der Pferderennbahn von La Condesa entfernt, in einem extrem zersiedelten
Gebiet, das in den Zeitungen neuerdings Insurgentes-Condesa
genannt wurde. Die betreffende Wohnung hatte einem Klien-
ten des Anwalts gehört, der Selbstmord begangen und ihm die
Wohnung für die Dauer von zehn Jahren vermacht hatte, mit
der Auflage, sie nach Ablauf dieser Zeit in ein Bordell oder in
ein illegales Wettbüro umzuwandeln. Verdugo hatte beschlossen, dort die zehn Jahre abzuwohnen und dann einfach aus-
zuziehen und die Schlüssel in der Tür stecken zu lassen. Bis
dahin stellten ein Bett und ein Sessel sowie ein Kleiderständer
und ein Teller für Milch – um eine Katze zu ernähren, die ihm
zwar nicht gehörte, aber nichtsdestotrotz bei ihm überwinter-
te – das einzige Mobiliar dar, und das wahrscheinlich für die
gesamte Wohndauer. Wenn er die Wohnung verließ, wusste
er, dass er nur wenig zurückließ, was ihn immer in dem Gefühl bestärkte, dass es keinen Grund zur Eile gab, da es keinen
Ort gab, an den er unbedingt zurückkehren müsste.

In diesem Bewusstsein setzte Verdugo seinen perlgrauen
Stetson auf und ging nach draußen, um der Sonne entgegen-
zutreten.

Als er in der Balderas-Straße aus dem Bus stieg, stieß er
beinahe mit dem Journalisten und dem Dichter zusammen,
die an einer Ecke standen und angeregt über Baseball disku-
tierten.

»Was gibt's, ihr Superhirne?«

»Die Taktik planen«, sagte der Journalist. »Aber mit dem
hier kann man keine Viertelstunde in Ruhe über das gleiche
Thema sprechen.«

»Das Problem ist«, sagte der Dichter und ging einfach die
Balderas-Straße hinunter los, ohne auf die anderen zu warten,
»dass dieser Herr zwar ein As als Journalist ist, als Detektiv
allerdings einiges zu wünschen übrig lässt.«

»Vielleicht liegt das daran, dass mich das Bild an eine Frau
erinnert, die mir einmal viel bedeutet hat«, sagte der Journalist.

Farbige Wolken tanzten in seinem Kopf herum. Erinnerungen, die er paradoxerweise wachrief, um sie dann wieder zu verdrängen. Schmerzhafte Erinnerungen, die nicht leicht zum Verschwinden zu bringen waren.

Verdugo, den der Tonfall des Journalisten an eigene Erfahrungen gleicher Art erinnerte, unterbrach den Tagtraum.

»Haben Sie die Frau gefunden, deren Foto der Posaunist in seiner Tasche trug? Und ist es am Ende dieselbe, die Sie gesehen haben, als der Mann aus dem Fenster stürzte, Manterola?«

Der Journalist nickte und reichte dem Anwalt den Abzug.

Die Frau war jung, nicht älter als 30, mit feinen Gesichtszügen und matt schimmernden Augen, dazu schlanker, als der nationale Geschmack es derzeit bevorzugte, und sachlich schwarz gekleidet. Sie war schön, eine – wenn auch strenge – Schönheit. Sie saß auf einem Brokatsessel und blickte zum Fenster, durch das Licht einfiel. Ein Teil des Fotos war deshalb überbelichtet und hatte einen exotischen Effekt hervorgebracht, indem es über der rechten Profilseite der Frau eine Art Heiligenschein erscheinen ließ. Auf der Rückseite des Fotos war zu lesen: Margarita, verwitwete Roldán – samt Adresse.

»Donnerwetter, was für ein Zufall«, sagte Verdugo.

»Sie kennen sie doch nicht etwa?«, fragte der Dichter.

»Kennen nicht direkt, aber gerade heute habe ich eine Einladung bekommen, um in ihrem Haus einer privaten Filmvorführung beizuwohnen.«

»Verflucht, das sind zu viele Zufälle auf einmal«, sagte der Journalist.

»Ich für meinen Teil glaube immer weniger an Zufälle. Zuerst der Mord an dem Posaunisten direkt vor meinen Augen, dann sieht Herr Manterola, wie dessen Bruder, der Oberst, aus dem Fenster stürzt und jetzt werden Sie zum Kino eingeladen.«

»Vielleicht ist es ja Schicksal.«

»Seit Obregón in Celaya gewonnen hat, glaube ich nicht mehr an das Schicksal, sondern nur noch an Pech«, sagte der Dichter.

»Na gut, dann eben Pech«, sagte der Anwalt.

Kapitel 11
Eine lange Filmvorführung

Punkt acht Uhr fand er sich an der Tür der kleinen Villa in San Rafael ein und stieg zusammen mit drei Musikern der Jazz-Band Torreblanca und zwei Artillerieoffizieren die Stufen empor.

Niemand erwartete sie am Eingang, sodass sie eintreten konnten, ohne ihre Einladung vorweisen zu müssen. In der großen Eingangshalle herrschte das übliche Chaos vor einem Fest. Schwarzgekleidete Kellnerinnen mit Häubchen trugen Tabletts mit Gebäck herum, und zwei Techniker von Arenas, Vera und Co. verlegten Kabel zu einem abgedunkelten Raum, in dem später sicher die Filme gezeigt werden würden. Verdugo zündete sich eine Águila ohne Filter an und stützte sich mit den Ellbogen auf den Sims eines weißen Kamins. Die beiden Offiziere folgten seinem Beispiel. Schließlich erschien Conchita durch eine Schwingtür, begleitet von Bratengeruch, der aus der Küche herüberwehte.

»Aber, aber, meine Herren. Sie sind ja mehr als pünktlich. In Mexiko wird man für acht Uhr eingeladen, um gegen halb neun zu erscheinen. Aber wen sehen meine entzückten Augen! Der Anwalt Verdugo!« Und mit einem kurzen »Sie gestatten« ließ sie die Offiziere stehen, hakte sich bei Verdugo unter und beanspruchte ihn ganz für sich.

»Ich hatte schon gedacht, ich würde dich nie wiedersehen, Alberto. Zufällig hat mir eine Freundin deine Adresse gegeben, und da ich bei den Festen für die Einladungen zuständig bin, hab ich mir gedacht: Das ist es! Was für ein Glück ich doch habe!«

Conchita hatte eine ziemlich erfolgreiche Karriere hingelegt, bis sie bei einer Aufführung des *Don Juan* von einem Florett in den Oberschenkel getroffen worden war und laut schreiend von der Bühne in den Orchestergraben gestürzt war. Das war der Anfang vom Ende ihrer künstlerischen Laufbahn gewesen, zumal sie zwei Wochen später, halbwegs wiederhergestellt, dem Galan, der sie unabsichtlich verletzt hatte, mit einem Bronzekrug das Schlüsselbein gebrochen hatte. Sie war klein und lebhaft, mit üppigem Busen und grünen Augen, die die berühmtesten Schauspielerinnen vor Neid erblassen ließen.

Alles, was sie sagte, unterstrich sie mit theatralischen Gesten, die sie auf der Bühne gelernt hatte, sodass Körpersprache und Worte sich ergänzten.

Verdugo nahm ihre Hand und küsste sie.

»Lass es uns nicht zu weit treiben, Conchita.«

»Aber warum sollte ich mich ausgerechnet jetzt zurückhalten – mit dem galantesten Anwalt der Stadt an meiner Seite.«

»Ich bin als Spion unterwegs, Conchita.«

Conchita unterbrach die Plauderei und starrte ihn an.

»Ich wollte wissen, was dir das Leben gebracht hat«, fügte Verdugo rasch hinzu und wich ihren grünen Augen aus.

»Ich kann nicht klagen, es geht so ... Warte einen Moment, ich muss diese Lackaffen kurz abfertigen, dann komme ich zurück.«

Sie entfernte sich und ließ Verdugo mit dem Hut in der einen und der Zigarette in der anderen Hand in einer Ecke der Empfangshalle stehen.

Zu jener Zeit traf man auf solchen Festen eine recht konstante Mischung aus auftrumpfenden Militärs, gebildeten jungen Frauen, Studenten, die Anhänger José Vasconcelas waren und Griechisch sprachen, Hochschulabsolventen, die politisch aktiv waren und sich wie ihr Vorbild Jorge Prieto Laurens kleideten und sprachen, wohlhabende Industrielle, Schauspielerinnen von Theaterkomödien, die sich hart an der Grenze des guten Geschmacks bewegten, spinnerte Abkommen der alten Aristokratie, deren Väter schlau genug gewesen waren, ihre Haziendas aufzugeben und stattdessen mit Grundstücken und Häusern zu spekulieren, und die politisch neu lackiert daher kamen, und – quasi als Nachtisch – die ganze Fauna der Lebemänner, die der Krieg in Europa nach Mexiko gespült hatte: russische Barone, französische Ingenieure, Lebenskünstler aus Barcelona, die es verstanden, sich mittels der verschiedensten Tricks und Techniken Juwelen und Familienschmuck unter den Nagel zu reißen. Außerdem traf man den einen oder anderen Journalisten des *Heraldo* oder des *Universal*, die Sonntagsverse zu verfassen pflegten, sowie ein paar Sprößlinge spanischstämmiger Ladenbesitzer. Es war eine Gesellschaft, der aufgrund fehlender Reife die Sicherheit fehlte und die sich in den Augen Verdugos durch ein Zuviel an Zynismus und Unbedarftheit auszeichnete. In diese Gedanken versunken, sah er die Gäste eintreten und ihre in Mexiko-Stadt absolut überflüssigen Hüte ablegen. Für seinen Geschmack fehlten Soldatenfrauen, anarchistische Gewerkschafter, Losverkäufer, Pferde, Farmer aus den Nordstaaten, die gerade dabei waren, ihre erste Million einzustreichen, und jede Menge Huren, seine Freundinnen.

Der Zustrom der Gäste drängte Verdugo und die anderen aus der Empfangshalle in die angrenzenden Seitenräume. So fand sich der Anwalt ungewollt inmitten einer Diskussion über die Vorzüge des Klimas von Veracruz wieder, die ein französischer Besitzer einer Spinnerei mit einem Hauptmann führte, der zum Stab von Guadalupe Sánchez gehörte. Der Militär kannte die Biografie des Präsidenten Santa Anna auswendig und versuchte, sein Wissen in die Abhandlungen des Industriellen einfließen zu lassen. Als Verdugo das Thema auf die südlich von Veracruz gelegene Gegend von Tuxtlas brachte, wo mit regelmäßigem Erfolg Hexerei gegen jegliche Art von Bleichgesichtern betrieben wurde, schauten sie ihn an, als wäre ihnen gerade ein Fabelwesen erschienen. Das war die Krux der neuen Gesellschaft, die sich unter dem Druck der Moderne zu formen begann: Sie betrachtete das Land wie ein Pferd mit riesigen Scheuklappen.

Verdugo zündete sich eine Zigarette an und kehrte seinen Gesprächspartnern den Rücken zu. Genau zur rechten Zeit, denn in eben diesem Moment erschien die Hausherrin, die die Treppe herunterstolzierte. Sie trug ein weit fallendes schwarzes Gewand, das von weißen Samtblumen mit Mühe und Not am Körper gehalten wurde, lange schwedische Handschuhe und russische Stiefel mit zwölf Knopflöchern. Das Schwarz des Kleides stand im Kontrast zur Blässe der Haut ihrer Schultern und Arme. Sie lächelte matt, ein Lächeln aus der Retorte, wie es seit einer Aufführung der *Kameliendame* von Dumas vor ein paar Monaten in Mode gekommen war.

Verdugo folgte einem nützlichen Instinkt und wandte den Blick von ihr ab, um die Gesichter derer zu beobachten, die sie vorbeigehen sahen. Er entdeckte von allem ein bisschen: Neid, Faszination, Geringschätzung, Begierde. Sein Blick verweilte bei einem Militär, der am Fuß der Treppe stand. Der Mann betrachtete sie mit einem Ausdruck von – Stolz? Besitzdenken? »Kleiner Schurke«, dachte Verdugo und suchte mit den Augen nach Conchita. Die Sekretärin war nun an der Seite ihrer Herrin. Als sie an dem Militär vorbeikamen – ein Oberst, wie Verdugo aufgrund seiner Epauletten feststellte – warf Conchita ihm einen missbilligenden Blick zu.

Nach und nach traten die Damen nebst ihrer Begleitung, der beobachtende Anwalt eingeschlossen, in den Vorführraum. Verdugo setzte sich in eine der letzten Reihen, mit dem Vorsatz, ein kleines Nickerchen während des umfangreichen Programms zu halten, das aus 10 Filmrollen der *Opalsteine des Verbrechens* mit Beatriz Domínguez und 6 Rollen des *Freibeuters* nach dem Roman von Emilio Salgari bestand.

Eingelullt von der Begleitmusik des Pianolas setzte er diesen Vorsatz in die Tat um.

Kapitel 12
In dem die Freunde Domino spielen und über die Witwe, den Zufall und einen Oberst der Gendarmerie sprechen

»Und, war es gut?«, fragte der Dichter.

»Das Nickerchen?«, sagte Verdugo.

»Nein, das Abendessen«, präzisierte Fermín Valencia.

»Was man so gut nennt«, sagte Verdugo, der versuchte, den Journalisten Manterola abzulenken, damit dieser nicht seinen Doppel-Zweier ausspielte.

»Und die Witwe?«, fragte Manterola, während er mitleidlos seinen Stein auf den Tisch legte.

»Sie ist schon sehr speziell. Mühelos dominiert sie ihre gesamte Umgebung. Und sie hat einen klangvollen Namen: Margarita, Witwe von Roldán ... Sie hat alles im Griff, überwacht alles. Eine charmante Ausgabe der Lucrezia Borgia würde ich sagen.«

Es war bereits zwei Uhr morgens, als der Barmann sein Ritual wiederholte und einen Strahler nach dem anderen ausschaltete, so wie jemand, der ein Huhn rupft oder die Kerzen eines Geburtstagskuchens ausbläst, bis am Ende nur noch unsere Freunde inmitten des letzten Lichtkegels übrig blieben. Die Szene hatte etwas vom letzten Abendmahl, allerdings mit vier Gläsern Habanero anstelle des Mahls. Die Schankstube war so gut wie leer. Am Fuß des Tresens schlief *Der Furchtlose Ross* seinen Rausch aus, der seinen Kummer mit Mezcal zu ertränken pflegte, seit er nach dem berühmten Rennen von Toluca Titel und Nimbus verloren, sich dafür aber eine schreckliche Angst eingehandelt hatte, weil er mit hundert Stundenkilometern verunglückt war.

»Feltig, das wal's«, sagte der Chinese Tomás Wong, der die scharfzüngige Ironie seiner Freunde nicht sonderlich schätzte, die der neuen Aristokratie Obregóns kleine Stiche versetzten, ohne sie ernsthaft zu verletzen. Trotz ihres selbstgewählten Außenseitertums schienen sie ihre Ketten nicht wirklich zerbrochen und die Bande zu der Welt, der sie entstammten, nicht vollständig durchtrennt zu haben.

»Das hast du ja fein hingekriegt, Tomás«, sagte der Journalist und begann, die Punkte Verdugos und Valencias zu zählen, die ihre Enttäuschung kaum verbergen konnten.

»Und was ist der Kern der Sache?«, fragte der Dichter, um sich von dem Spiel abzulenken, bei dem es für ihn gerade nicht besonders gut lief.

»Um es kurz zu machen: Wir haben hier eine ansehnliche Witwe, die ihren Salon perfekt beherrscht, einen Oberst, der bestimmt ein alter Bekannter ist, eine Sekretärin, der der Oberst nicht gefällt, eine Kurpfuscherin, die in Hypnose bewandert ist und auf die die Dame nicht verzichten kann, weil sie sie von ihrer Migräne und den Zahnschmerzen befreit;

dann den Sohn eines französischen Industriellen, der nur an Frauen und Vergnügungen denkt, einen mürrischen Spanier, der selbst in Seide gekleidet seine Narben nicht verbergen kann, und einen Leutnant der Gendarmerie, ein Hofhund des Obersten. Das wäre in etwa der innere Kreis. Die restlichen Gäste schienen ebenso fehl am Platz zu sein wie ich, schätze ich, ohne sie deshalb besonders schätzenswert zu finden.«

»Ich kann Ihnen noch etwas Neues mitteilen«, sagte der Journalist und leckte die letzten Tropfen Habanero ab, die in seinem Schnauzer hängen geblieben waren. »Ich weiß, woran der berühmte Roldán, der Ex-Ehemann der jetzigen Witwe, gestorben ist: an Vergiftung.«

Die drei Freunde blickten perplex zum Journalisten hinüber, der den Überraschungseffekt auskostete, mit dem er Verdugo die Gesprächsführung aus der Hand genommen hatte.

»Vergiftet durch das Einatmen von Bleigasen, was im Druckereigewerbe als Saturnismus bezeichnet wird.«

»Sieh einer an«, sagte der Dichter, »mein Vater hat mir mal von der Berufskrankheit der Schriftsetzer erzählt. Sie sollten viel Milch trinken, um dem entgegenzuwirken.«

»Der Mann dieser Witwe scheint nicht genug getrunken zu haben«, bemerkte Verdugo.

»Und wie hat el sich velgiftet?«, fragte der Chinese, den die kuriose Geschichte zu fesseln begann.

»Er war Besitzer der Druckerei *La Industrial*, der größten dieser Stadt.«

»Da gibt es die Gewelkschaft CLOM«, sagte der Chinese und steuerte damit sein Körnchen Wissen zum Gespräch bei.

»Und die Frau? Beschreiben Sie die Frau. Ich habe sie nur einmal auf einem Foto gesehen«, beharrte der Dichter, den die Bleivergiftung nicht sonderlich interessierte.

»Sie ist hübsch, dominant, jung ...«

»Außerdem war ihr Foto in der Tasche des toten Posaunisten und sie war persönlich anwesend, als sich dessen Bruder aus dem zweiten Stock auf die Straße stürzte.«

»Genau«, sagte der Dichter.

Während die Spielsteine beim Mischen leise klackend hin

und her geschoben wurden, brachte der Wirt eine zweite Flasche Habanero. Vorsichtig stellte er sie auf dem Tisch ab, um nicht zu stören, denn das Dominospiel war hier heilig.

»Del Obelst ist Gómez, nicht wahl?«

»Ja, mein Freund. Jesús Gómez Reina höchstpersönlich.«

Der Chinese rief sich das Bild des Gendarmeriechefs des Bundesdistrikts in Erinnerung, der letztes Jahr seine berittenen Schergen auf die Streikenden der Werkstätten des Palacio de Hierro gehetzt hatte. Gómez, der mit Waffengewalt gegen den Streik der Eisenbahner vorgegangen war. Gómez, die schwarze Bestie der Anarchosyndikalisten des Tals von Mexiko.

»Diese Frau erinnert mich an eine andere«, sagte Manterola und nahm seine sieben Spielsteine, um sie vor sich aufzubauen.

»Soll vorkommen. Eine Frau erinnert einen immer an eine andere, die einen wiederum an eine andere erinnert«, kommentierte der Dichter.

»Meine Herren, ich bitte Sie«, sagte der Anwalt.

»Drrreihundert Meterrr!«, röhrte der betrunkene Motorrad-Champion vom Kneipenboden aus.

Die Kuckucksuhr verkündete die halbe Stunde.

Kapitel 13
Arbeit als Broterwerb

Der Dichter öffnete die Mittelseiten der Zeitung und betrachtete mit Genugtuung sein Werk. Ein anonymes Werk, für seinen Geschmack nicht ideal gesetzt, aber letztendlich Schwarz auf Weiß für immer verewigt:

Wenn's den Caballero eilt, ist der Tripper schnell geheilt.
Drei-Tage-Kur gegen Gonorrhoe für zehn Pesos.

Die Kleinanzeige der Konkurrenz, die *Gorreina* bewarb, war zweifellos um Klassen schlechter.

In der linken Spalte, die reich illustriert war, befand sich ein weiteres seiner Meisterwerke:

Tanlac hat bereits Tausende von Mexikanern in den USA geheilt. Augenzeugen schwören, dass ihre Verwandten, Nachbarn und Freunde in den USA mit Hilfe von Tanlac, dem weltberühmten Mittel gegen Magenkrankheiten, zu Gesundheit und Glück zurückgefunden haben.

Das gefiel ihm besonders wegen des halbreligiösen Tonfalls, der frömmelnden Tendenz, die durch das Gesicht des alten Mannes, der Tanlac einnahm und sich offensichtlich pudelwohl fühlte, noch unterstrichen wurde.

Rechts unten auf der Seite gab es eine weitere Variation auf das Thema:

Gonorrhoe, wie chronisch auch immer. In drei Tagen verschwunden: Behandlung durch Schnellkur. So sicher wie ein Ehrenwort.

Das klang attraktiv wegen des Appells an das militärische Ehrgefühl. Es versprach dem jungen Offizier, der prädestiniert war, sich diese verdammte Krankheit einzufangen, sich für elf Pesos heilen zu lassen, das komplizenhafte Lächeln des Krankenpflegers eingeschlossen.

Er fand noch ein paar andere Ausgeburten seiner unterbeschäftigten Feder:

Wenn das Gedächtnis nachlässt: Das Stärkungsmittel Memoria-Forte.

Bei diesem Letzten war nicht nur die Formulierung, sondern auch der Name des Medikaments sein eigenes Werk.

Der Dichter verstand diese minderwertigere Arbeit, die einige Idioten jetzt mit dem Begriff »Werbung« belegten, als eine Art ultimativen Scherz. Eine morgendliche Stilübung, die ihm ermöglichte, ein paar Spiegeleier mit *Salsa borracha* und Tortilla zu bezahlen. Eine Spur seiner Streifzüge durch die chaotische Metropole Mexiko-Stadt und ein Beleg seines Überlebens. Was ihn aber am meisten befriedigte, war die Tatsache, dass es in den zwei Jahren seines Schreibens (*heftige Rückenschmerzen, die anfangen, die Stabilität zu bedrohen –* das gefiel ihm, weil es so seltsam, magisch, rätselhaft klang) niemandem gelungen war, ihn dazu zu bringen, eine dieser Pillen in den Mund zu nehmen (*die rosaroten, die von Dr. Lovett, alles heilen sie, alles machen sie gesund*).

Täglich studierte er die Seite mit den Anzeigen für Medikamente mit dem Gestus eines ländlichen Grundbesitzers, mit einem Hauch professioneller, leicht spöttischer Befriedigung.

So saß er also auch an diesem Morgen bei offenem Fenster bei der Arbeit, in der Hoffnung, dass eine Brise die Feuchtigkeit vertreiben würde, mit der der Regen das Straßenpflaster überzogen hatte, und las noch mal die Anzeigen der Konkurrenz durch. Anschließend stürzte er sich kopfüber in die Suche nach dem Namen für ein Produkt der Drogerien F.M. Espinosa R., das u.a.: »*Frauenleiden, Kopfschmerzen, Schwäche, Sterilität, Tumore, Leberflecken etc.*« heilen sollte.

Er tauchte den Federhalter in das Tintenfass und ohne einen Augenblick zu zögern, schrieb er:

Saravia Espinosa zur Heilung von …

Kapitel 14
»Warum folgen Sie mir?«

Die Frau drehte sich um, blickte ihn fest an und sagte: »Warum folgen Sie mir?«

»Mein Name ist Pioquinto Manterola, Journalist. Und Ihr Gesicht …«

Sie befanden sich mitten im Alameda-Park; die Frau schützte sich mit einem gelben Schirm vor den Sonnenstrahlen, während der Journalist sich aus Gründen der Höflichkeit gezwungen sah, seine englische Schirmmütze abzunehmen, und somit seine Glatze der sengenden Hitze aussetzte.

Neben ihm verkaufte ein Junge Eis verschiedener Geschmacksrichtungen.

»Sie werden verstehen, dass das mit dem Journalist kein Argument ist, um einer Dame quer durch Mexiko-Stadt zu folgen, andernfalls ...«

Sie lächelte selbstsicher. Manterola war zufällig auf die Witwe Roldán und einen ihrer Begleiter gestoßen, als er die Redaktion verlassen hatte, und war ihnen ohne einen Moment des Zögerns gefolgt. Vor ein paar Minuten hatte sich der Begleiter von der Frau getrennt, was der Journalist ausgenutzt hatte, um den Abstand zu verkürzen.

»Soll ich aufhören, Ihnen zu folgen, oder wollen Sie meine Geschichte hören?«, fragte Manterola.

Die Dame lächelte erneut und lenkte ihren Schritt in Richtung der Bänke, die in der Nähe des Pavillons standen. Der Journalist ging hinter ihr her.

»Also, was gibt's?«, sagte sie, nachdem sie sich gesetzt hatten.

»Ich kenne nur Ihren Witwennamen, meine Dame, wüsste aber gerne Ihren vollen Namen.«

»Ich heiße Margarita. Margarita Herrera mit Mädchennamen.«

»Also gut, ich befand mich zufällig im zweiten Stock unserer Zeitungsredaktion, als Oberst Zevada sich in einem der gegenüberliegenden Gebäude aus dem Fenster stürzte. Und ich hatte das Glück, sie ein paar Sekunden zuvor in diesem Fenster erblickt zu haben.«

Die Frau erbleichte für einen Moment, fing sich dann aber wieder.

»Könnten Sie mir vielleicht ein Eis spendieren? Die Hitze ist unerträglich.«

Der Journalist nickte und machte einem Eisverkäufer ein Zeichen, der mit seinem Eiswagen rund zwanzig Meter von ihnen entfernt stand. Die Frau schwieg und blickte in Richtung eines Springbrunnens. Der Journalist beobachtete sie von der Seite. Sie hatte sich wieder im Griff.

Eine Gruppe malerisch gekleideter Reiter ritt an dem Paar

vorbei. Kadetten der Militärschule, die offensichtlich den Unterricht schwänzten, bewarfen sich mit einem Papiersack.

»Sie sagten, Sie hätten das Glück gehabt ...«

»Ich bedaure die Begleitumstände, aber Ihr bestürztes Gesicht hat mich zutiefst bewegt, gnädige Frau«, antwortete der Journalist.

»Glauben Sie etwa, dass ich den Oberst aus dem Fenster gestoßen habe?«

»Ich bin Journalist, kein Richter. Ich klage nicht an, ich bin nur neugierig.«

»Was wissen Sie sonst noch über mich?«

»Ein paar Tage zuvor habe ich Ihr Foto in der Tasche eines toten Posaunisten gefunden.«

Erneut wich ihr das Blut aus dem Gesicht. Zwischen ihren Fingern knetete sie nervös ein Seidentuch, dessen bestickte Ränder das gleiche Muster aufwiesen wie ihr Sonnenschirm.

Die Frau hatte das Eis noch nicht probiert, das der Journalist ihr gekauft hatte, jetzt fiel es ihr aus der Hand auf den Boden.

»Meine Dame, wenn ich Ihnen irgendwie nützlich sein kann, Sie können auf meine Diskretion vertrauen.«

Die Frau blickte ihn fest an, ihre schwarzen Augen suchten im Gesicht des Journalisten nach einem Signal. Sie drangen in tiefere Regionen vor und stießen auf die kaum vernarbte Wunde, die eine andere Frau diesem Mann beigebracht hatte.

»Könnten sie Ihren Namen noch einmal wiederholen, Herr Journalist?«

»Pioquinto Manterola.«

Der Papiersack der Kadetten fiel neben dem Paar zu Boden und einen Moment lang waren sie von Trubel und Lärm umzingelt. Sie erhob sich von der Bank und bedeutete dem Journalisten, ihr nicht zu folgen.

»Sie werden in Kürze von mir hören, mein Herr«, sagte sie und entfernte sich, wobei sie mit dem Sonnenschirm wedelte.

Manterola sah ihr hinterher. Sie hatte seinen schwachen Punkt gefunden, aber zumindest war er sich dessen bewusst. »Blöd, aber nicht blind«, sagte er zu sich selbst.

Kapitel 15
Geschichten aus vergangener Zeit: Pioquinto Manterola

Der Dichter wird sich daran erinnern können, da er den Ereignissen als Zeuge beigewohnt hat. Zuerst fasste ich mir an den Hals und löste den Knoten, dann begann ich still vor mich hin zu weinen, so wie es Stumme tun, ohne zu schluchzen, die dicken Tränen liefen mir einfach das Gesicht herunter, ohne dass ich, das andere Ich, das neue, das überlebende Ich etwas unternahm, um sie zurückzuhalten.

Das ist die erste Erinnerung, die ich von mir selbst habe, von meinem neuen Leben. Das und das Gefühl, dass das neue Leben als Preis die Erinnerungen an das alte Leben in sich birgt; das Gefühl, dass nicht einmal die Erfahrung, dem Tod so nahe gewesen zu sein, mich von dem Gepäck, dessen ich mich hatte entledigen wollen, hatte befreien können. Damals habe ich mir gesagt: »Wenn du mit dir weiterleben willst, musst du dich erst einmal selbst ertragen können.«

Seit dieser Zeit gehe ich wohlwollender mit meinem Elend um, toleranter mit meinen Schwächen, weniger streng mit diesem Mann, der seit vierzig Jahren lebt und das Weiterleben schafft, indem er um jede Minute, jede Stunde kämpft. Mit der Zeit, die mir dankenswerterweise geschenkt, oder sollte ich sagen: zurückgegeben wurde.

Kapitel 16
Ball der Anarchisten

Sie sperrten die Rosario-Straße von beiden Seiten ab, an der einen stellten sie einen Wagen quer und dekorierten ihn zur Tarnung mit Blumen in Keramiktöpfen, an der anderen bauten sie Absperrgitter auf, an denen sich die Ordner aufstellten, ohne ihre Revolver und Pistolen groß zu verbergen, die sie in den Gesäßtaschen trugen. An den Hauswänden hingen Plakate der CGT und der Textilgewerkschaft. Die Ordner trugen rote Armbinden, die Männer der Empfangskommission am

Eingang grüne. Auf der Straße standen dicht gedrängt Essstände, an denen das heiße Fett schmorte, Tische mit Informationsmaterial und in der Mitte eine aus Brettern zusammengezimmerte Bühne für Orchester, Sänger und Redner, die mit tatkräftiger Unterstützung der Nachbarn aufgebaut worden war. Ab acht Uhr strömten die Leute herbei.

Sie kamen aus den Gemeinden San Ángel, Contreras, Chalco, Tlalpan, Doctores, San Antonio Abad und aus dem Dorf Tacubaya. Sie waren sonntäglich, aber bescheiden gekleidet: das einzige Paar Stiefel blank gewienert und den breitkrempigen Hut frisch abgebürstet, die Westen ein bisschen abgewetzt, aber mit blanken Knöpfen, darunter ein weißes Hemd. Unter der Weste lugten eine Pistole oder ein Trommelrevolver, eine Browning oder eine in Veracruz erworbene belgische Pistole, Colts und Messer hervor. Eine feiernde Truppe im Kriegszustand. Im Knopfloch trugen die Mitglieder eine rote Kokarde, ein kurzes Band mit goldenen Aufschriften wie »Weder Gott noch Vaterland«, »Sohn der Erde«, »Frei von Ketten«, »Parias«.

Das Orchester von Barrios Rosales erschien ein bisschen später und eroberte sogleich die Bühne.

Dem Programm zufolge sollte nach der musikalischen Ouvertüre (wagnerianisch, daran gab's nichts zu rütteln) Jacinto Huitrón sprechen, und so erklomm der dünne Anarchist, kaum dass die letzten Töne verklungen waren, die Bühne und eröffnete seinerseits das Feuer mit den Worten:

»Lasst uns den Frühling besingen, in dem es keine Sklaven mehr geben wird, in dem Jupiter den Thron unter seinem Körper begräbt, Mars seine Waffen zerbricht, um sich selbst zu verschlingen, Janus die Tempelhallen zum Einsturz bringt, um seine Anbeter unter sich zu begraben, und Krösus sich selbst und seine Konkubine mit dem zweischneidigen Schwert enthauptet. Es lebe die Anarchie!«

Der professionelle Dichter, der dicht bei seiner Freundin Otilia stand, einer Arbeiterin aus der Patronenfabrik, blickte peinlich berührt auf den improvisierenden Dichter. Warum nur waren diese Anarchisten von der Manie besessen, ihre soziale Botschaft mit drittklassiger Poesie zu schmücken? Zum Glück hatte die Musikkapelle die Bühne zurückerobert und begann, einen Tango zu spielen, der im mexikanischen Arbeitermilieu populär geworden war.

Als der Journalist Pioquinto Manterola – bei Verdugo untergehakt – erschien, nahm das Orchester gerade eine Polka in Angriff. Manterola strahlte. Diese Volksfeste waren genau sein Fall. Der Trubel und die Ausgelassenheit berührten ihn, er fühlte sich wie von Feenhänden liebkost. Ihm gefielen die ernsten Gesichter der Textilarbeiter und -arbeiterinnen, Männer und Frauen, mit einem müden, aber offenen Lächeln. Ihm gefielen die Mädchen aus den Werkstätten des Palacio de Hierro, die Näherinnen der *Nueva Francia* oder aus den Hutmachereien, die jungen Arbeiter – halb Proletarier, halb Techniker – von Ericsson.

Manterola und Verdugo schlenderten am Dichter vorbei, den sie wohlweislich ignorierten, um ihn bei der Eroberung der schönen Otilia nicht zu stören. Sie suchten in der Menge, die die Straße bevölkerte, sich beim Tanz aneinanderschmiegte oder sich lebhaft unterhielt, nach ihrem Freund Tomás, dem Chinesen. Dieser stand an einem der Informationsstände und diskutierte mit Ciro Mendoza, einem jungen Gewerkschaftsführer der Textilarbeiter.

»Man muss Geduld haben, Tomás«, sagte Ciro.

»Sollen doch die anderen Geduld haben«, antwortete Tomás, der Verdugo und dem Journalisten zuwinkte, als er sie kommen sah.

»Sehen Sie, Cilo, das ist mein Fleund, del Anwalt Veldugo, aufgeklält, sehl aufgeklält aus Glünden, die sie nicht besondels intelessielen welden, und außeldem hat el Malatesta übelsetzt. Flagen sie ihn doch, was del übel die Geduld gesagt hat.«

»Tut mir leid, mein Freund, aber auf einem Fest zitiere ich Malatesta nicht.«

»Das hier ist doch kein Fest, oder gut, es ist schon ein Fest, aber Malatesta kann man trotzdem zitieren, das wird hier niemanden stören«, sagte der Gewerkschaftsführer.

Überall wurde inzwischen getanzt, und der Journalist entfernte sich von den Diskutierenden und mischte sich unter die Paare. An einem Stand warfen sie Baseball-Bälle auf eine Karikatur von Morones, dem ewigen Führer der gelben Gewerkschaften. Der Preis für denjenigen, der drei Mal das Konterfei des Fettsacks traf, war ein libertär inspiriertes Liederbuch. Etwas weiter wurden Werke Bakunins verlost, und noch zehn Meter weiter veranstalteten die Streikenden der Fabrik *Estrella* eine Lotterie mit einem Ziegenbock als Hauptpreis.

Ein junger Mann mit einer Schleife als Krawatte, von dünner Gestalt, aber mit einer Ausstrahlung, die vermuten ließ, dass er Tag und Nacht der Bewegung widmete, hielt auf der Rednertribüne eine flammende Rede.

»Organisation bedeutet nicht, auf das Denken zu verzichten. Die Organisation braucht keine braven Schafe, sie braucht Militante. Die Kritik darf nicht erstickt werden, sie muss sprudeln wie Wildwasser ...«

Kapitel 17
Nächtliche Begegnung

Verdugo stieg mit dem linken Bein zuerst durch das Fenster und nahm dann seinen Hut in die Hand, um zu verhindern, dass er auf die Straße fiel. Nach dem Ball der Anarchisten hatte er sich – gegen den Rat des Journalisten – entschieden, noch einmal das Haus der Witwe aufzusuchen. Er hatte den Grundriss des Hauses im Kopf, und das Schlimmste, was ihm passieren könnte, dachte er, wäre, mitten in dem fremden Haus entdeckt zu werden. In diesem Fall würde er freimütig zugeben, eine Exkursion in Richtung Bett seiner Freundin Conchita vorgehabt zu haben.

Er schloss die Augen, um das Licht der Straßenlaternen von seiner Netzhaut zu bannen und seine Augen an die Dunkelheit zu gewöhnen. In Gedanken zählte er bis zehn, stieß dann gegen einen Stuhl, der da eigentlich nicht stehen sollte, und suchte tastend das Treppengeländer, um zum unteren Stockwerk zu gelangen. Nach zwei weiteren Zusammenstößen und einem Treffen mit etwas Weichem, das eine Katze oder eine monumentale Ratte sein konnte, stieß er gegen die Treppenverkleidung und begann den Abstieg. Sein außergewöhnliches Erinnerungsvermögen sagte ihm, dass es vom oberen Treppenabsatz bis zum Untergeschoss 21 Stufen waren. Nachdem er bei Stufe 25 angekommen war, begann er allerdings zu zweifeln, ob er wirklich in das richtige Haus eingestiegen war oder ob er in einer so nicht geplanten Aktion dabei war, in den Keller hinabzusteigen. Als er schließlich mehr als 30 Stufen zurückgelegt hatte, kam er zu dem Schluss, dass dies unmöglich die Treppe sein konnte, die er am Abend der Filmvorführung gesehen hatte. Wahrscheinlich war es eine Treppe, die von der Küche hinunterführte.

Jedenfalls war er so sehr in diese Gedanken verstrickt, dass er beinahe nicht gemerkt hätte, dass die Treppe plötzlich zu Ende war, genau dort, wo eigentlich die Marmorverkleidung des Kamins hätte sein sollen – die auch tatsächlich da war. Daraufhin schwor er sich, nie wieder seinem Gedächtnis zu trauen, das ihn so schmählich im Stich gelassen hatte. Er versuchte sich neu zu orientieren und tastete, um neue Überraschungen zu vermeiden, mit ausgestreckten Armen nach der Tür gegenüber der Küche, die Conchita ihm als Zugang zu ihrem Zimmer bedeutet hatte. Schließlich berührten seine Finger das Holz und er begann, daran zu kratzen, eine Katze imitierend. Wenn Conchita nicht da war, konnte er vielleicht noch eine weitere Runde durch das Haus drehen. Er kratzte ein zweites Mal und hörte wie von einem Echo Geräusche am Haupteingang, während seine Augen den Schein eines in diesem Moment angezündeten Lichts erblickten. Er öffnete schnell die Tür und trat ins Zimmer. Die Straßenbeleuchtung schien auf das leere Bett. »Verdammt«, murmelte der nächtliche Einbrecher.

»Nein, das kann nicht stimmen, Ramón«, hörte er Conchita sagen.

Eine heisere Stimme antwortete irgendetwas Unverständliches. Die Schritte näherten sich dem Zimmer. Der Anwalt sprang mit einem Satz in den Schrank, der neben der Spiegelkommode stand. Die Stimmen waren jetzt deutlicher vernehmbar.

»Sie will alles bestimmen, aber wir haben die gleichen Rechte wie die anderen, wie sie oder der Oberst.«

»Nein, Conchita, natürlich lassen wir uns nicht zu Vasallen degradieren, aber sie machen es schließlich gut, sie sind nahezu perfekt.«

»Ramón, du bist einfach zu unterwürfig, das hast du im Blut«, sagte Conchita, als sie die Tür zu ihrem Zimmer öffnete. Da der Kleiderschrank nicht richtig schloss und so einen Türspalt weit offen stand, machte sich der Anwalt zwischen den Seidenkleidern so klein wie möglich und klemmte den Kopf zwischen die mit Blusen vollgehängte Kleiderstange und die Zwischenwand mit den Schuhkartons.

Durch die Ritze beobachtete er, wie hinter Conchita ein kräftig aussehender Spanier erschien, den er als einen Teilnehmer des Festes und Mitglied des inneren Zirkels der Witwe wiedererkannte. Der Typ zögerte an der Türschwelle, als würde er eine Erlaubnis zum Eintreten abwarten.

»Kann ich reinkommen?«

»Ach, Kleiner, ich weiß nicht, ob du kannst, so ängstlich wie du bist«, erwiderte Conchita.

Der Anwalt sah von seinem Versteck aus, wie sich das Gesicht des Mannes verfinsterte und ein hasserfüllter Blick in seine Augen stieg.

Conchita setzte sich vor die Kommode und geriet so, mit Ausnahme ihrer Beine, aus dem Gesichtsfeld des Anwalts.

»Nun mach schon, Nervensäge, komm rein und mach die Tür zu!«, sagte Conchita. »Nur gut, dass ich nicht die Witwe bin, die dir so leid tut, die hätte dich schon längst mit einem Fußtritt aus dem Zimmer befördert.«

Ramón trat ein und ließ sich auf das Bett fallen. Der Anwalt hätte um ein Haar aufgeschrien. Das durfte doch nicht wahr sein, er würde zum unfreiwilligen Zuschauer der Beziehung zwischen Ramón und Conchita werden.

»Zieh die Schuhe aus. Du bist ein Dreckschwein. Ich weiß echt nicht, wieso ich dich in mein Zimmer gelassen habe.«

»Es gefällt dir eben, mit mir zu vögeln«, erwiderte Ramón ziemlich unpoetisch.

»Du bist wirklich das Vulgärste, was ich kenne«, insistierte Conchita, die jetzt wieder im Blickfeld des versteckten Verdugo auftauchte, allerdings wesentlich leichter bekleidet. Sie trug einen Umhang aus weißer, transparenter Seide und Verdugo konnte nicht verhindern, dass sich seine Rückenhaare aufrichteten, als er durch den dünnen Stoff die Gesäßbacken der Sekretärin und alten Bekannten erspähte.

»Wenn du dir nicht die Schuhe ausziehst, Ramón, schmeiß ich dich raus.«

»Aber du weißt doch, ich mache es am liebsten mit Schuhen«, sagte der Kerl mit den zusammengewachsenen Augenbrauen, der jetzt aufstand, um der Frau im Bett Platz zu machen, die sich mit einem knisternden Geräusch, das von den sich aneinander reibenden Stoffen verursacht wurde, auf die Bettdecken gleiten ließ, wobei kleine Funken sprühten.

»Scheiße«, dachte Verdugo, als er die Schamhaare der Frau erblickte. Ein Büschel lockiger Haare mit leicht rötlichem Schimmer, die ihre Anziehungskraft verloren, als sich der Rücken des Spaniers zwischen den Körper der Frau und den Blick des Anwalts schob, der dem Geschehen durch die Schrankritze folgte.

»Mein Kleiner, nur weil du dein Leben lang in ausgelatschten Sandalen rumgelaufen bist, möchtest du es jetzt in Lederschuhen treiben. Du denkst, das steigert dein Ansehen und fühlst dich gleich wie der Prinz von Barcelona. Aber bist du dir eigentlich sicher, dass du deine Kleidung nicht ausziehen willst ... aus Angst vielleicht, dass jemand kommen könnte?«

»Wer soll denn sonst noch kommen?«, fragte Ramón, der an seinem Hosenschlitz hantierte.

»Niemand, Mann. Wo denkst du hin? Los, weiter weg.«

Der Umriss Ramóns entfernte sich vom Bett und Verdugo konnte einen Teil des Frauenkörpers erahnen. Um die Taille hatte sie immer noch eine Schleife des Umhangs, eine Brust schaute hervor und der Oberschenkel wies die Narbe einer alten Verletzung auf.

»Nein, so gefällt mir das nicht, lass mich zu dir ins Bett«, sagte Ramón.

»Verdammter Mist«, dachte der Anwalt. »Jetzt bitte nicht auch noch eine ideologische Debatte. Können sie es nicht machen wie alle Welt und gefälligst ein bisschen schneller?«

Die Frau stand auf. Selbst ohne Schuhe war sie noch fünf Zentimeter größer als Ramón.

»So stehst du gut«, sagte sie und hielt den Spanier auf einen halben Meter Distanz.

»Was man nicht alles erleben muss«, sagte sich der Anwalt und nahm die kontemplative Haltung eines Mönchs ein, wobei die Neugier die Schuldgefühle überlagerte, die man als Beobachter derart fremder Angelegenheiten empfindet.

Kapitel 18
Der Türschlosstrick und ein chinesisches Paar

Manterola betrachtete erneut den Leichnam, las erneut den Abschiedsbrief des Selbstmörders und beschloss, ein paar Pesos für einen Pathologen zu opfern, weil das hier kein Selbstmord sein konnte, so viel war sicher.

»Der Schusskanal verläuft von oben nach unten.«

»Oder er hat an der Pistole gelutscht, mein Freund.«

»Das habe ich mir auch schon gedacht.«

»Hautabschürfungen an den Lippen, eine Verletzung am Gaumen durch einen scharfkantigen Gegenstand ...«

»Die Revolverkimme.«

»Genau.«

»Hab ich's mir doch gedacht«, sagte Manterola und schnitt sich einen Bissen von seinem Steak. Der Pathologe hatte seins bereits vertilgt und machte sich über die Brotreste her, die auf dem Tisch lagen. Pioquinto sah ihn mit strenger Miene an.

»Doktor, lassen sie mir zumindest ein Stück Brot für die Soße übrig.«

»Entschuldigen Sie, ich dachte, Sie essen kein Brot.«

»Das kann jeder sagen.«

Um die Tische wieselten geschniegelte Kellner, die ihre Tablets »wie in Paris« über dem Kopf balancierten, wobei sie den Gästen ausweichen mussten, den Losverkäufern, den Bettlern, einem Zigarrenverkäufer, zwei Gitarrespielern, einer Couplets vortragenden Sängerin und zahlreichen Kindern.

»Lassen Sie mich raten, Doktor ... Sie überwältigten ihn, steckten ihm eine Pistole in den Mund und drückten ab.«

»So sieht es jedenfalls aus«, sagte der Pathologe, der ursprünglich als Tierarzt bei der Armee gedient hatte und dort seine Liebe zu Leichnamen entdeckt hatte.

Pioquinto Manterola trocknete sich die Stirn mit einem weißen Taschentuch, das er aus seiner Westentasche gezogen hatte. Die Stadt erstickte nachmittags vor Hitze, die Regenfälle waren ausgeblieben, vielleicht für immer.

Als sie das Sanborns verließen, warf Pioquinto einen flüchtigen Blick auf seine Uhr. Es blieben noch zwei Stunden bis Redaktionsschluss. Schnellen Schrittes machte er sich auf den Weg zum Hotel Regis, während er überlegte, welche Details er der Reportage noch hinzufügen konnte.

Angestrengt nachdenkend lief er die Straße entlang. Er musste noch mehr über den toten Engländer erfahren. Er brauchte Ideen, die sich in Fragen, und Fragen, die sich in Worte verwandelten, damit sich die Reportage scheinbar wie von selbst zusammenfügte, mit Schlagzeilen, Zwischenüberschriften, Interpunktion und allem.

Wenn er den Kopf nicht so gesenkt gehalten hätte, als würde er Münzen auf dem Boden suchen, hätte er auf der anderen Straßenseite seinen Freund Tomás entdeckt, der gerade die Straße zwischen zwei nagelneuen Lincolns und einer scheddrigen Pferdekutsche überquerte. Tomás trällerte eine irische Ballade vor sich hin, die ihm vor ein paar Jahren sein Freund Michael Gold in Tampico beigebracht hatte, der im Übrigen kein Ire, sondern ein Jude aus New York war und 1917 auf der Flucht vor dem Krieg nach Mexiko gekommen war. Er war auf dem Weg ins Chinesenviertel, um zwei Ries Papier für die *Fraternidad* zu kaufen, eine Wochenzeitung, die die örtliche Gewerkschaftssektion diese Woche herausbringen wollte.

Tomás wusste wenig über das Chinesenviertel von Mexiko-Stadt. Mit fünf Jahren zum Waisen geworden, wurde er bis zum Alter von zehn von einem Mestizen in Sinaola erzogen, wo er mit Mexikanern und Gringos zwischen den Erdölfeldern von Mata Redonda und Árbol Seco aufwuchs. Er hatte nie gelernt, Chinesisch zu sprechen, und kannte die großen chinesischen Kolonien entlang der Westküste Mexikos ebenso wie die von Tampico nur vom Hörensagen. Wenn er trotzdem »l« statt »r« sprach, so verdankte sich dies allein seiner Lust am Widerspruch und dem Bedürfnis, seine Andersartigkeit herauszustreichen. Er konnte also nicht gewusst haben, dass in diesen Monaten im Chinesenviertel von Mexiko-Stadt, das sechs oder sieben Häuserblöcke umfasste, deren Zentrum die Dolores-Gasse war, ein heftiger Krieg zwischen den Tong-Banden, den Händlervereinigungen, den revolutionären Logen, den Traditionalisten von Chi-Kon-Ton und den Triaden, der chinesischen Mafia, tobte.

Über diese bizarren Geschichten wusste sein Freund, der Journalist, der in diesem Augenblick die Eingangshalle des Hotels Regis durchquerte, viel besser Bescheid. Vielleicht hätte Manterola die Geschichte vom angeblichen Selbstmord des Engländers vorläufig nicht weiterverfolgt, wenn er gesehen hätte, wie just in dem Moment, als Tomás von der Avenida Juárez in die Dolores-Gasse einbog, sechs Mitglieder der Spezialeinheit unter ihrem Chef Mazcorro und Hauptmann Lara Robelo vom anderen Ende her in die Gasse vordrangen, um ein illegales Spielkasino auszuheben.

Weder Manterola noch Tomás hatten etwas davon mitbekommen. Dass etwas Ungewöhnliches vor sich ging, bemerkte Tomás erst, als er mit den zwei verschnürten Paketen aus der Papierwarenhandlung *La Oriental* herauskam und auf einen etwa 50-jährigen Mann stieß, der gerade knapp einen Meter vor ihm aus einem Fenster gesprungen war. Die Passanten applaudierten dem Sprung, und ihr Beifallklatschen vermischte sich mit den Revolverschüssen, die aus dem Inneren des Hauses hallten.

Tomás mochte in diesem Stadtteil fremd sein, aber er war

mit Gewaltausbrüchen jeglicher Art vertraut. Kaum hatte er die Schüsse gehört, kauerte er sich an die Wand und ging hinter den Papierstapeln in Deckung. Von dort aus konnte er sehen, wie Mazcarro einen Chinesen vor sich her stieß, der einen 50-Peso-Schein in der Hand hielt und rief:»Ich zahlen, Hell, ich zahlen«, ohne dass jemand näher darauf einging. Tomás, der sich nur ungern auf Auseinandersetzungen einließ, in die er nicht aus eigenem Willen, wegen seiner Weltanschauung oder auch nur aus schlechter Laune geraten war, nahm seine Bürde wieder auf und wollte gerade von dem Ort verschwinden, als er spürte, wie ihn jemand am Arm packte.

»Bringen Sie mich weg von hier!«, sagte sie. »Retten Sie mich! Bringen Sie mich weg von hier!«

Tomás blickte das Mädchen kurz an, nahm sie dann beim Arm und ging mit ihr zusammen weiter. Der Duft eines aufdringlichen Veilchenparfüms stieg ihm in die Nase und er verzog das Gesicht.

Zum gleichen Zeitpunkt rümpfte auch der Journalist Pioquinto Manterola die Nase, wenn auch im metaphorischen Sinn.

»Sie bleiben also dabei, dass die Tür von innen verschlossen war?«

»Ich stand selbst neben dem Oberst, als sie gewaltsam geöffnet werden musste, und der hat dann entdeckt, dass der Schlüssel von der Innenseite im Schloss steckte«, erwiderte der Hotelangestellte.

»Haben Sie einen Zweitschlüssel für die Zimmer?«

»Natürlich, mein Herr. Was haben Sie vor?«

»Ein wissenschaftliches Experiment«, sagte der Journalist, nahm ihn beim Arm und schob ihn vorwärts.

»Wenn Sie unbedingt möchten, nehmen wir gleich diese hier. Der Gast hat seinen Schlüssel und ich habe den Generalschlüssel.«

Manterola klopfte leise an die hellgrüne Tür, die mit goldenen Ornamenten verziert war. Ein rosiges, pausbackiges Gesicht, das von einem kreisrunden Bart umrahmt wurde, tauchte im Türrahmen auf.

»*L'acqua non e calda. Mi parti degli ascingomani, sapone.*«

Manterola widmete dem Mann sein freundlichstes Lächeln und schob ihn sanft ins Zimmer zurück.

»Ihren Schlüssel bitte, mein Herr«, sagte er und bedeutete ihm in Zeichensprache, was er wollte.

»*Desidera la mia chiave?*«

»Stecken Sie Ihren Generalschlüssel jetzt von der anderen Seite ins Schloss«, rief er durch die Tür dem Hotelbediensteten zu. »Genau, drehen Sie ihn im Schloss um. Sehen Sie? Der andere fällt nicht heraus. Man kann von draußen abschließen, auch wenn von innen ein Schlüssel steckt.«

»Wie sind Sie darauf gekommen?«, fragte der Hotelbedienstete.

»Vor meinem Leben als Journalist war ich Schlosser ... Übrigens, wie hieß dieser Hauptmann?«

»Es war Oberst Gómez. Als die Gendarmen kamen, gesellte er sich zu ihnen. Vorher saß er zusammen mit ein paar Gringos in der Bar ...«

»*La mia chiave, per favore.*«

»Besten Dank, mein Herr«, verabschiedete sich der Journalist mit einer leichten Verbeugung von dem pausbackigen Italiener. Seine Gedanken waren bereits anderswo.

Als er auf die Straße hinaustrat, rauchte ihm der Kopf. Er spürte ihn förmlich aus seinem Schädel aufsteigen.

Um den eingebildeten Rauch vor ebenso eingebildeten Blicken der Passanten zu tarnen, zündete er sich eine Zigarre an und überquerte die Avenida Juárez, um direkt auf seinen Freund Tomás zu prallen, der kaum laufen konnte, weil er zwei riesige Bündel Papier trug und ein wunderschönes chinesisches Mädchen am Arm hatte, das mit einem himmelblauen, traditionellen Cheongsam-Gewand mit einem aufgestickten Drachen bekleidet war.

Kapitel 19
In dem die Freunde Domino spielen und eine Botschaft des Erzengels Gabriel zu vernehmen meinen

Von Mal zu Mal wurde es schwieriger, die Gedanken auf das Dominospiel zu konzentrieren. Zu merkwürdig waren die Vorfälle, in welche sich die Spieler in rätselhafter Weise verstrickt sahen und die das Gespräch am Marmortisch bestimmten. Zweck des Dominospiels ist es, der Unterhaltung und Zerstreuung zu dienen. Die Konversation soll im Plauderton um das Spiel kreisen, ohne wirklich bedeutsam zu werden. Man redet, sagt aber nicht viel. Man blufft, scherzt, spielt mit Worten. Das Gesagte darf aber nicht den Ton angeben und das Geschehen beherrschen. Aus diesem Grund kann unmöglich ein gutes Spiel zustande kommen, wenn über den Spielsteinen drei Morde, eine gerettete Chinesin, der Bericht über einen seltsamen Geschlechtsverkehr und das Geräusch des Regens auf der Madero-Straße schweben.

Die Freunde versuchten dennoch ihr Bestes. Sie strengten sich an, in dieser schizophrenen Nacht nicht den Faden zu verlieren. Der Wirt spürte ihre Anspannung und leichte Gereiztheit. Er führte sie auf den Regen zurück, den Mieterstreik, der die Stadt in Atem hielt, die steigende Arbeitslosigkeit, die Wetterergebnisse bei den Rennen, die Grippe-Epidemie.

»Ohne es eigentlich zu wollen, wissen wir zu viel. Warum versuchen wir dann nicht einfach, noch mehr herauszufinden?«, fragte der Dichter.

»Sie sind dran, mein Herr.«

Manterola, der in den ersten beiden Spielrunden recht abwartend gespielt hatte, griff nun mit den Vierern an. An diesem Abend war Verdugo sein Partner, und er ahnte, welchen Charakter das Spiel annehmen würde: Der Aggressivität des Chinesen und des Dichters standen die Geschmeidigkeit und die Arglist des Anwalts und des Journalisten gegenüber. An einem normalen Tag würden sie sechs von zehn Spielen gewinnen, aber heute war kein normaler Tag und sie verloren, seit sie sich an den Tisch gesetzt hatten.

»Ich will ja nicht für Normalität plädieren, da sei Bakunin vor, wie Tomás sagen würde, aber es war schon einer der merkwürdigsten Geschlechtsakte, deren Zeuge ich geworden bin. Möglicherweise mache ich auch nur mein eigenes Verhalten zum Maßstab der Normalität, weil ich so selten Gelegenheit habe, anderen zuzuschauen? Auf jeden Fall muss man sich das mal bildlich vorstellen, Sex auf einen halben Meter Distanz und das in Anwesenheit eines Spanners.«

»Es liegt wahrscheinlich daran, dass er sich die Hände nicht wäscht und sie ihn nicht liebt«, sagte der Dichter, während er Manterolas Vierer mit einem Doppel-Zweier parierte.

»Die Hände hat sie nicht erwähnt, aber der Spanier wollte seine Schuhe nicht ausziehen.«

»Alles total klal«, sagt Tomás lächelnd. »Wenn du die Schuhe nicht ausziehst, dann mindestens einen halben Metel Abstand.«

»Und haben Sie einen Spritzer abgekriegt, mein Guter?«, fragte der Dichter, um den Anwalt durcheinander zu bringen, der sich trotz des sarkastischen Tonfalls, in dem er sein Erlebnis schilderte, irgendwie unbehaglich fühlte.

»Nur moralisch, mein verehrter Barde, nur moralisch.«

Manterola zögerte, machte dann aber mit der Vier weiter. Er ging damit das Risiko ein, dass Tomás das Spiel beenden und er selbst auf dem 5-er/6-er und dem Doppel-Fünfer sitzen bleiben würde.

»Unsel Joulnalist spielt den Selbstmöldel«, sagte Tomás und besiegelte das Spiel.

»Scheiße, ich hab's gewusst«, antwortete Manterola und goss Verdugo zur Entschuldigung ein Glas Habanero ein. »Verzeihen Sie, mein werter Diplom-Spanner, aber es läuft nicht immer gut.«

»Aber haben Sie, abgesehen von Ihrer Horizonterweiterung in Sachen Tele-Koitus, sonst noch etwas herausgefunden?«, unterbrach der Dichter, während er vom Stuhl aufstand und sich streckte.

»Nein, absolut nichts. Fünf Stunden habe ich in diesem verdammten Kleiderschrank gesteckt. Ich spüre jetzt noch bei geschlossenen Augen den Kleiderhaken über mir.«

»Wir haben hier eine ganze Zeit lang auf Sie gewartet und dann zur Überraschung des Wirts das Spiel ausgesetzt. Ich glaube, das ist in zwei Jahren erst das dritte Mal, dass uns so was passiert. Das erste Mal war, als Tomás eine Woche im Gefängnis verbrachte, das zweite Mal, als ich angefahren wurde, und jetzt das«, sagte Manterola nicht ohne Stolz auf die Beständigkeit der Gruppe.

Verdugo mischte die Steine. Ein monotones, einschläferndes Geräusch.

»Und wer war der Tote, der unseren Freund Oberst Gómez veranlasste, den Türtrick anzuwenden?«

»Ein Engländer auf Geschäftsreise. Wenn ich es richtig verstanden habe, ein Ingenieur der Erdölfirma *El Águila*.«

Tomás horchte auf. Im Reich der Erinnerungen gehörte *El Águila* ihm. So wie Pancho Villas Norddivision dem Dichter gehörte, die porfiristischen Haziendas dem Anwalt und die blutigen Verbrechen dem Journalisten, so gehörte die Erdölgesellschaft *El Águila* ihm.

»Ein gewisser Ingenieur Blinkman. Ich hatte noch keine Zeit, weitere Nachforschungen anzustellen. In der nächsten Ausgabe der Zeitung erscheint nur die Story über den Selbstmord, der kein Selbstmord war.«

»Und lassen Sie durchblicken, dass der Oberst in die Geschichte mit dem Schlüssel verwickelt ist?«, fragte Verdugo.

Die vier Spieler nahmen die Steine jeder auf seine Weise auf. Der Dichter schob mehrere Steine zusammen und hob sie als Block hoch, indem er sie an den Seiten zusammenpresste. Der Anwalt nahm sie einzeln auf und legte sie so ungeordnet ab, wie er sie aufgehoben hatte. Manterola stellte sie hochkant auf und Tomás verbrachte die erste Spielminute damit, sie zu ordnen.

»Nein, darüber schreibe ich kein Wort. Die Wahrheit ist, dass ich mich in meinem Artikel darauf beschränke, die Selbstmordthese zu widerlegen, denn ich traute mich nicht, weiter in dieser Geschichte vorzudringen. Ich spürte plötzlich, dass es um etwas ging, das nicht mir allein gehörte, sondern das Eigentum dieses Tisches und durchwachter Nächte war, meine ritterlichen Freunde ...«

»Littel haben Pfelde ...«

»Genau, Tomás, und wir sind nur die Infanterie«, sagte Verdugo.

»Machen Sie es sich nicht so leicht, der Zeilenschinder hat schon recht«, sagte der Dichter und strich sich mit dem Zeigefinger über den Schnauzer. »Dies ist ganz und gar unsere Geschichte. Mein Beitrag ist der tote Posaunist ...«

»Meiner der Selbstmörder, der kein Selbstmörder ist, ein Ölmanager und Engländer, und auch die Witwe und der Oberst, der vom Balkon stürzte ...«

»Mein Beitrag ist der Salon der Witwe Roldán und die intime Beziehung Ramóns zur Sekretärin Conchita ...«

»Ich habe am wenigsten beizusteuern, abgesehen davon, dass ich mit dem Obelst Gómez eine Blutschuld zu begleichen habe«, sagte Tomás.

»Und die Chinesin, die du gerettet hast?«

»Mann, das wäle abel wilklich viel Zufall, sehl viel, vielleicht sogal zu viel fül diese Geschichte. Ein allein gelassenes Waisenkind, sie nutzte das Chaos beim Eindlingen del Polizei in den Spielsalon und floh. Sie Sklavin fül Schulden und Hals gestlichen voll von Misshandlungen. Simple Geschichte, wie Sie zugeben welden.«

»Sind Sie sicher, dass sie nichts damit zu tun hat?«, fragte der Journalist und legte einen Null-Stein, nachdem der Dichter die neue Spielrunde eröffnet hatte. »Ich weiß bald überhaupt nicht mehr, was ich glauben soll. Alles fügt sich zusammen, alles scheint zusammenzugehören. Glauben Sie an Schicksal?«

»Sollte ich eigentlich, schließlich bin ich Olientale und also Fatalist, odel?«

»Nein, im Ernst, Tomás. Glauben Sie an das Schicksal?«, fragte der Journalist.

Das Spiel wurde für einen Moment unterbrochen, und die vier Spieler schauten sich an. Die Bar im Hotel Majestic war leer, seit einer halben Stunde schon hatten sich die Schwingtüren nicht mehr bewegt. Sie und der Barmann waren die alleinigen Besitzer dieses Ortes und dieser Nacht. Und vom Barmann einmal abgesehen, waren sie und der Dominotisch die Eigentümer der Bruchstücke einer Geschichte, die sich um die Villa der Witwe Roldán drehte.

»Nein, ich glaube nicht an das Schicksal, ich glaube an den Zufall, und wenn el sich häuft, glaube ich, dass man etwas untelnehmen sollte.«

»Ich glaube mittlerweile an alles«, sagte der Dichter. »Ich glaube, dass der Erzengel Gabriel uns in etwas verwickeln will und uns deshalb Zeichen sendet.«

»Und wieso ausgerechnet der Erzengel Gabriel?«

»Weil ich nicht an Gott glaube, aber jemanden brauche, dem ich diese Botschaften zuschreiben kann.«

»Es wird die ganze Nacht regnen«, sagte Verdugo, und seine Worte waren das Signal, das Spiel wieder aufzunehmen.

Die Spielsteine bewegten sich wieder über den Tisch.

»Wo hast du sie untergebracht, Tomás?«, fragte Manterola.

»Bei mil zu Hause. Bescheidenes Heim, wie del Chinese im Loman sagt.«

»Entwickelt sich hier etwa eine Romanze, mein schmucker Jüngling?«, fragte der Dichter. »Wenn Sie mir die indiskrete Frage gestatten ...«

»Ich weiß nicht, illustlel Balde, im Moment teilen wil das Zimmel und das Flühstück.«

»Und ihr Name?«

»Losa López.«

»Losa López?«

»Rosa López, vermute ich«, mischte sich Manterola ein.

»Ach, wie schön, ein weiteres Rätsel für diese Nacht«, sagte der Dichter und spielte den Doppel-Vierer.

Kapitel 20
Tacos als Hauptgang – Kugeln zum Nachtisch

Als sie aus der Taquería herauskamen, in der sie zu Abend gegessen hatten, blieb der Dichter stehen, um in Ruhe gegen eine

Laterne zu pinkeln. Die vier Freunde waren im Begriff, sich zu trennen. Manterola war nur ein paar Häuserblöcke von seiner Wohnung entfernt, Verdugo würde zu Fuß ein Stück in Richtung Süden gehen, während der Dichter und der Chinese den Weg bis Tacubaya gemeinsam zurücklegen würden, wo Tomás dann die erste Straßenbahn Richtung San Ángel nehmen würde.

»Nun mach schon. Wir haben nicht die ganze Nacht Zeit«, rief der Chinese Fermín Valencia zu.

Der Dichter erblickte die Scheinwerfer eines Wagens, der in die Gante-Straße einbog und in ihre Richtung fuhr, sodass er schnell sein wertvolles Instrument einpackte, wobei er bemüht war, alle fünf Knöpfe zu schließen, die ihm ein gewissenhafter Schneider in den Hosenschlitz genäht hatte.

Das Auto fuhr an ihm vorbei, stoppte aber ein paar Meter weiter, wo Manterola dem Anwalt Verdugo gerade Feuer für seine Zigarre gab. Tomás reagierte als Erster.

»Vorsicht!«, rief er und zog sein Messer.

Zwei maskierte Männer stiegen gleichzeitig aus den hinteren Türen des Autos. Der Ruf des Chinesen hatte seine Kollegen gewarnt, und Verdugo ließ ohne Zögern seine halbangezündete Zigarre fallen, kniete nieder und zog seine Automatik.

Manterola, der langsamer als sein Freund reagierte, ließ sich erst fallen, als der brennende Schmerz in seinem Bein und das Geräusch des Schusses ihm klar gemacht hatten, dass er zur Zielscheibe eines Unbekannten geworden war.

Von der Laterne aus erwiderte der Dichter mit seiner langläufigen 45-er, die in dieser ruhigen Nacht wie ein Kanonenschlag hallte, das Feuer. Die Kugel prallte von der Karosserie des Wagens ab. Der Querschläger zerschmetterte den Unterkiefer eines der Maskierten, dessen vor das Gesicht gebundene Tuch sich rot färbte. Der zweite Maskierte feuerte drei Schüsse in Richtung Verdugos ab, der zurückballerte, während er versuchte, hinter einem unweit entfernten Blumenkasten in Deckung zu gehen, wobei er kniend ein seltsames Ballett aufführte. Die Kugeln sprengten Steinsplitter aus der Außenmauer einer Bank, und er vernahm das typische Geräusch einer zersplitternden Fensterscheibe. Eine der Kugeln durchschlug glatt seine linke Hand, eine weitere fegte ihm den Hut vom Kopf und ließ ihn durch die Luft wirbeln.

Manterola, der am Boden lag, zog eine Browning Automatik Kaliber 25 aus dem Holster und leerte das Magazin in Richtung des Autos. Obwohl seine Brille zerbrochen und er halb blind war, hatte er erstaunlichen Erfolg, indem er einfach auf das größte Objekt in seiner Nähe zielte.

Der maskierte Mann blickte aus dem Augenwinkel zu seinem am Boden liegenden Kollegen, der mit seinem zerschmetterten Unterkiefer unverständliche Laute von sich gab und lief, als es von allen Seiten Blei zu regnen begann, so schnell wie möglich davon. Dabei verschoss er seine letzten beiden Kugeln aus seinem Revolver und tötete versehentlich einen Hund, der von einem Flachdach aus verängstigt den Schusswechsel verfolgt hatte.

Der Maskierte, der wie wild davonlief, stoppte erst an der Straßenecke, um nachzuladen und zu schauen, ob er verfolgt wurde. In diesem Moment bohrte sich Tomás' Messer in seinen Hals und ließ das Blut hervorsprudeln.

Nach und nach gingen in den umliegenden Wohnungen die Lichter an und verstärkten die Straßenbeleuchtung. Der Dichter näherte sich dem Auto und versetzte dem Maskierten mit dem blutdurchtränkten Halstuch einen Fußtritt gegen den Kopf, woraufhin dieser sich nicht mehr rührte. Über dem Lenkrad zusammengesunken lag ein dritter Mann, dem eine Kugel aus Manterolas Pistole den Schädel durchbohrt hatte. Der Dichter zog den Zündschlüssel, um das Motorgeräusch zum Verstummen zu bringen. Jetzt herrschte absolute Stille.

Der Journalist und Verdugo untersuchten ihre Verletzungen.

»Scheiße, ein Knochen scheint gebrochen zu sein. Hoffentlich werde ich nicht für den Rest meines Lebens hinken«, sagte der Journalist, während er sich mit dem Gürtel die Beinschlagader abband.

»Was mich betrifft, so werde ich wohl ein Weilchen brauchen, bis ich wieder Dominosteine bewegen kann«, entgegnete Verdugo.

»Was ist mit Ihrem?«, rief der Dichter.

»Velstolben«, antwortete der Chinese, der das Messer am Hosenbein des Toten reinigte, bevor er es wieder zusammenklappte.

»Der da will vielleicht noch was«, sagte der Dichter und zeigte auf den nahe der Wagentür liegenden Körper.

An der Straßenecke erschienen zwei Gendarmen zu Pferde, und zwei Prostituierte (Freundinnen von Verdugo übrigens) näherten sich dem Ort des Schusswechsels.

»Sie da«, sagte Verdugo zu einem Mann im Nachthemd, der alles vom zweiten Stock aus beobachtet hatte. »Seien Sie doch so nett und rufen Sie einen Krankenwagen.«

Ein paar Minuten später ertönten die Alarmglocken des Krankenwagens. Sie erinnerten den Dichter an das Läuten, mit dem man in Zacatecas einen Stierkampf ankündigte.

Die Straße war jetzt taghell erleuchtet und ließ diesen Teil der Stadt wie ein Fest aussehen, das zu Ende ging.

Kapitel 21
Eine ziemlich idiotische Woche

Die folgende Woche hatte etwas Absurdes. Nichts passierte. Oder gut, fast nichts. Der Dichter bekam einen Werbeauftrag für die Matratzenfirma von Torrelavega. (*Auf diesen Matratzen fühlt man sich wie im siebten Himmel* – abgelehnt; *Selbst Ihre Frau gewinnt an Reiz auf einer Matratze von Torrelavega* – abgelehnt; *Mexikanische Matratzen wissen, wie man den Rücken eines Mexikaners verwöhnt* – angenommen) und strich dafür einen Batzen Geld ein, nachdem er mehrere Nächte in seinem Zimmer mit der Formulierung des zentralen Werbeslogans und einer Unmenge von Texten für die Presse, die Plakate, die Anzeigen etc. durchlitten hatte.

Der Chinese Tomás war mit dem Streik in der Fabrik *La Abeja* beschäftigt und ließ sich an sechs von sieben Tagen zu Hause nicht blicken. Manterola wurde in eine Privatklinik eingeliefert, und die Zeitung zahlte ihm für den Artikel über die Schießerei (REPORTER DES *Demócrata* NIEDERGESCHOSSEN) ein ungewöhnlich gutes Honorar. Während der restlichen Woche schrieb er nur noch einen einzigen weiteren Artikel, den er einer Sekretärin diktierte, die ihm von der Redaktion geschickt worden war. Die Story hatte ihm sein Freund Verdugo geliefert, der es sich selbst mit verbundener Hand nicht hatte nehmen lassen, sich in eine Bordellgeschichte verwickeln zu lassen.

Da die Dominospiele ausfielen, hatten die Freunde kaum Gelegenheit, sich über ihre Situation und den Schusswechsel auszutauschen.

Verdugo und Manterola sprachen darüber beiläufig im Krankenhaus, wo sich der Journalist sein Bein zusammenflicken ließ. Auch der Dichter kam kurz auf die Geschichte zu sprechen, als er Manterola besuchte und als er mit dem Chinesen redete, den er zufällig in der Straßenbahn traf.

Seltsamerweise hatte niemand von den drei Angreifern überlebt, deren Namen die vier Freunde aus der Presse erfuhren und die ihnen Mazcorro, der Chef der Abteilung für besondere Ermittlungen, in den Verhören bestätigte, die er mit jedem von ihnen durchführte. Manterola verhörte er im Krankenhaus, Verdugo beim Roten Kreuz, und den Chinesen und den Dichter lud er am folgenden Tag in sein Büro vor.

Obwohl sie sich nicht abgesprochen hatten, lieferten die vier Freunde die gleiche Version und weigerten sich, weitere Auskünfte zu erteilen. Auf Fragen wie: »Wer könnte ein Interesse daran haben, Sie umzubringen? Haben Sie irgendwelche Probleme? Haben sie persönliche Feinde?« gaben sie allesamt keine Antwort. Dazu mussten sie sich nicht großartig absprechen. Schließlich war es eine private Angelegenheit zwischen ihnen und den Auftraggebern dieser drei Typen. In ihren Aussagen verschwiegen sie außerdem einige kleinere Details, wie zum Beispiel, dass der Dichter dem Maskierten, der bereits durch einen Schuss in den Unterkiefer verletzt war, einen Tritt gegen den Kopf versetzt hatte, oder dass er gerade urinierte, als die Schießerei begann. Das waren ebenfalls Privatangelegenheiten.

Stillschweigend waren die vier Freunde übereingekommen, Kommentare und Mutmaßungen auf später zu verschieben. Das Leben ging auf seine eigene Art weiter.

So verfolgten sie weder die Spur des gestohlenen Wagens der Angreifer weiter noch bemühten sie sich, herauszufinden, welchen Umgang *El Gallego Suárez* (der tote Galizier am Lenkrad) pflegte oder welche Beziehungen Felipe Tibón (der Tote von der Ecke mit der aufgeschlitzten Kehle) gehabt haben mochte. Von dem dritten Toten, der nicht identifiziert wurde, kannten sie nicht einmal den Namen.

In den Unterredungen, die Mazcorro mit den vier Freunden geführt hatte, war wenig Erhellendes ans Tageslicht gekommen. Das interessanteste, wenn auch kürzeste Gespräch war vielleicht das mit dem Journalisten gewesen, der noch unter dem Einfluss des Beruhigungsmittels stand und darüber hinaus nach Nikotin gierte.

Der Journalist erfuhr darin, dass der Engländer, dessen Selbstmord keiner war, einen Zimmergenossen gehabt hatte, der seitdem verschwunden war, und dass die Erdölfirma *El Águila* eine Untersuchung veranlasst hatte, da die beiden Männer Inhaberaktien in der Höhe von einer Million Pesos bei sich geführt hatten, um eine bedeutende finanzielle Transaktion zu tätigen.

Dem Journalisten dämmerte, dass er den Namen des Zimmergenossen herausfinden und sich intensiver mit dieser Angelegenheit befassen sollte. Weil ihm aber der Tabak ausgegangen war und ihn das in diesem Moment weitaus stärker beschäftigte, vergaß er am Ende seine Vorsätze.

Es war eine ziemlich idiotische Woche. Für den Chinesen Tomás Wong und den Anwalt Verdugo hingegen eine ziemlich bewegte – wenn auch aus unterschiedlichen Gründen.

Kapitel 22
Arbeit als Broterwerb

Es war nur auf den ersten Blick ein Widerspruch. Was wie Selbsterniedrigung erschien, um den porfiristischen Familienstammbaum in den Schmutz zu ziehen, erwies sich bei näherem Hinsehen als Respektbezeugung gegenüber der Kurzlebigkeit. In einem Land, in dem eine Million Tote von einer chaotischen Revolution Zeugnis ablegten, sollte auch für die Verteidigung der Damen der Nacht Platz sein.

Seine »Damen der Nacht« waren eine bunte Truppe mit flatternden Röcken, modischen Hüten, abgenutzten Schals und festlichen Schleierstolas, die schon bessere Tage gesehen hatten. Sie reichte von mit grellem Lippenstift geschminkten Damen, die davon lebten, ihren Körper stundenweise zu verkaufen und das Elend der anderen zu teilen, bis zu den lebenslustigen Mädchen der Kabaretts, die keine besondere Eile hatten, von einem Offizier oder einem spanischstämmigen, nach Besitztümern strebenden Ladenbesitzer geschwängert zu werden. Diese ganze Palette gehörte zur Kundschaft des Anwalts Verdugo, der ihnen seine professionelle Hilfe in improvisierten Büros zukommen ließ, die er im Handumdrehen mit einem kurzfristig ausgeliehenen Tisch (in Kneipen, Cafés, Teesalons, Bordellvorzimmern, Hinterzimmern von Schänken oder Theatergarderoben) einrichtete, um ihnen dort sein verständnisvolles Lächeln und seine berufliche Erfahrung zu widmen.

An diese, seine soziale Rolle musste Verdugo denken, als er den Artikel laut vorlas, den Pioquinto Manterola über die dramatische Geschichte von María de la Luz García geschrieben hatte:

»Sie wuchs als Waisenkind im ärmlichen Haushalt ihrer Tante namens Francisca Jurado auf. Nur langsam vergingen die Stunden in dieser trostlosen Existenz ohne Zuneigung und Freuden, ohne jemanden an der Seite zu haben, der ihr den Schatz der Mutterliebe hätte ersetzen

können. Und so musste die Kleine schweigend die Schläge einstecken, die ihr die hässliche Alte versetzte, die einer Zeichnung von Toulouse-Lautrec hätte entsprungen sein können. Sie überließ ihr einen Platz im Haus sowie das tägliche Stück Brot nicht aus einer spontanen Gefühlsanwandlung heraus, sondern aus dem Kalkül, dass diese Masse Fleisch und Knochen, die jetzt einen Winkel in ihrem Haus besetzt hielt und ein paar Brotkrümel wegaß, sich eines Tages in Produktionsmasse verwandeln würde. Und so brachte die Frau dann ihre Nichte in das Haus von Ema Figueroa, einer Frau, deren Schönheit im Laufe der Jahre verblichen war und die jetzt im Herzen des aristokratischen Stadtteils Roma ein Haus des ungesunden Lasters führt. María de la Luz wurde während des Festes zu Ehren einer einflussreichen Persönlichkeit als Opfer dargeboten und diente – ein 15-jähriges Mädchen, in Seide gekleidet, wie hypnotisiert und unfähig zu fliehen – als Leckerbissen für diejenigen, die den Tarif ihrer Herrin bezahlen konnten.

Handelt es sich um Prostitution? Oder entlarvt es nicht vielmehr die Niedertracht einer Gesellschaft, die diesem Kind seine Rechte verweigerte und es durch Verwahrlosung und Korruption dem Untergang preisgab?

Glücklicherweise machte das Mädchen vor ein paar Tagen die Bekanntschaft des Anwalts A. Verdugo, der sie – in Kenntnis ihrer Anwesenheit in dem Bordell und durch die Umstände gezwungen – mit einer langläufigen Pistole bewaffnet aus den Krallen ihrer Bewacher befreite.

Diese wiederum zögerten im Wissen um ihren Einfluss bei der 10. Polizeiabteilung keinen Moment, den bekannten Anwalt der Entführung einer Minderjährigen anzuklagen. Sie wussten allerdings nicht, mit wem sie sich eingelassen hatten.

Der Anwalt Verdugo, mit dem wir uns in dieser Zeitung bereits mehrmals beschäftigt haben, berichtete dem Kommissar Ponce den Fall mit solcher Eindringlichkeit und Aufrichtigkeit, dass dieser nicht nur die Anzeige zu-

rückzog, sondern auch die erwähnte Frau Figueroa und ihren Zuhälterfreund mit dem Spitznamen El Vivorillas, der ihr als Leibwächter diente, einsperren ließ.

Wir wollen diese Geschichte nicht abschließen, ohne zu erwähnen, dass María de la Luz García (was verständlicherweise ein Pseudonym ist, um das unschuldige Mädchen zu schützen) heute in einem in der Hauptstadt sehr angesehenen Warenhaus arbeitet.«

»Wie findest du den Artikel, María?«

»Da steht nichts darüber, dass du das Haus von Doña Ema angezündet hast.«

»Das war anonym«, sagte Verdugo, der sich eine Zigarre aus Veracruz anzündete und Mezcal in sein Glas goss, während er das Abendlicht betrachtete, das durch die Fenster ins Zimmer fiel und weiße Flecken auf die nackte Haut der Frau zeichnete, die sich lässig im Hintergrund bewegte.

»So wild war die Geschichte nun auch wieder nicht, ich wollte einfach nur weg, und die alte Hexe ließ mich nicht. Ich hatte nie die Absicht, darauf zu verzichten, mit jedem ins Bett zu gehen, mit dem es mir passt«, sagte das Mädchen.

»Die Zeitungen sind eben immer noch sehr puritanisch, und Manterola musste seine Spalte voll kriegen … Aber deine Geschichte war auch eine Frage der Unabhängigkeit, und ich bin nun mal für die wirkliche Unabhängigkeit. Mal abgesehen davon, dass zwischen dem Haus von Doña Ema und ›einem in der Hauptstadt sehr angesehenen Warenhaus‹ nun nicht gerade ein großer Unterschied besteht … Ich persönlich ziehe da dein Haus vor«, sagte Verdugo und versuchte, die Finger seiner verbundenen Hand zu bewegen.

»Und da steht auch nichts von dem Geld, das du im Haus der Figueroa hinter dem Bild entdeckt und geklaut hast.«

»Das ist eine Sache des Honorars, mein Kind, und die Honorare eines Anwalts sind genauso wie seine Dienste streng vertraulich.«

»Dann sind sie eben vertraulich, aber man sollte sie doch mit der Klientin teilen, oder?«

»Das wäre ja noch schöner, mein Fräulein«, sagte Verdugo lächelnd, allerdings mit einem bitteren Zug um den Mund. Die Person, die er sich ausgedacht hatte, die so hieß wie er, seinen Anzug trug, seinen Hut benutzte und eine Verletzung hatte wie er, gefiel ihm eigentlich nicht. Verdugo stimmte mit Manterola überein, dass man tagsüber eine Autobiografie lebte, die man in den Nächten zuvor geschrieben hatte. Heute hatte er das Gefühl, als hätte irgendjemand das falsche Buch erwischt, auch wenn das Licht, das durch die halbgeschlossene Jalousie schlüpfte, wunderschöne Muster auf die Haut der nackten Frau zeichnete.

Kapitel 23
Verwirrte Romeos

Manterola verbrachte seinen 39. Geburtstag in einem Krankenzimmer (im Hospital der Erleuchteten in Indianilla, nahe der Werkstätten der Straßenbahngesellschaft), in einem Doppelzimmer, das er mit einem sterbenden Maurer teilte und mit dem Gefühl, dass sein Bein trotz aller gegenteiligen Behauptungen der Ärzte nie wieder ganz heil werden und die Hüfte nie wieder funktionieren würde, wie sie sollte.

Manterola wurde 39 Jahre alt und die Traurigkeit, die allen Geburtstagen jenseits des 35. innewohnte, den unzähligen Stunden, die auf den Akt der Geburt folgen, den nutzlosen Siegen und den großen Niederlagen, überschwemmte sein Gemüt.

Und wenn die Traurigkeit der Geburtstage heraufzieht, pflegen Polizeireporter transzendental zu werden und ihr Leben einer Revision zu unterziehen, als handele es sich um eine Schublade voller nicht zurückgezahlter Schulden, unerfüllter Vorsätze, sterbender Illusionen, verlorener Lieben.

In einem blankgeputzten, verchromten Rohr sah er das Spiegelbild seiner Glatze. Um es auszublenden, setzte er die Brille ab, dachte an die Zigaretten, die er unter dem Kopfkissen versteckt hatte, und an ein Manuskript für einen Roman, das er unter einem anderen Kopfkissen verborgen hielt (zu

Hause, in seinem Zimmer). Den Anblick der Glatze konnte er ausblenden, aber die Traurigkeit verschwand nicht so einfach. Die Traurigkeit blieb kleben, sie war voller Selbstmitleid und dumpfer Melancholie. In Pioquinta Manterolas Augen bildeten sich zwei Tränen; den Blick starr auf die weißgetünchte Wand gerichtet, ließ er sie laufen.

»Sie gestatten?«, sagte die Stimme einer Frau, ihr Körper hatte die Türschwelle bereits überschritten. Manterola wischte sich langsam die beiden Tränen ab, während er sie beobachtete: Er hatte sie bereits zwei Mal gesehen und zudem ihr Foto eine Weile in der Hand gehalten. Wie bei den letzten Malen war sie schwarz gekleidet, ihr Kopf war von einem großen Sonnenhut mit geschwungener Krempe bedeckt. Der Kontrast verlieh der Blässe ihres Gesichtes etwas Strahlendes. Eine Kette mit einem Smaragd in der Mitte zierte ihren Hals. Sie trug einen engen, schwarzen Rock, der fast bis zum Boden reichte, und eine weiße Bluse, die von einer schwarz umsäumten Schleierstola umhüllt wurde.

»Darf ich das für die Blumen benutzen?«, fragte Margarita Herrera, verwitwete Roldán, und griff im gleichen Moment nach einem Glas, das sie in einem rissigen Waschbecken mit Wasser füllte. Der Blumenstrauß bestand aus einem halben Dutzend trauriger, wohlriechender Magnolien, deren Blüten geöffnet waren. Die Frau, die mit dem Rücken zum Journalisten stand, ließ sich beim Arrangement der Blumen Zeit, während Manterola sie beobachtete und sie sich beobachten ließ.

»Und was ist der Anlass Ihres Besuchs, meine Dame?«, fragte der Journalist schließlich und holte unter dem Kopfkissen eine Zigarette hervor. Das war jetzt die beste Gelegenheit, eine zu rauchen.

»Ich sagte Ihnen doch bereits, dass wir uns wiedersehen würden«, antwortete die Frau und drehte sich zu ihm um.

Sie suchte eine Sitzgelegenheit und entschied sich dann für das Bettende neben den Füßen Manterolas, der sich zu einer wichtigen Information genötigt sah:

»Setzen Sie sich bitte auf die linke Seite, das rechte Bein ist noch nicht wiederhergestellt.«

Die Frau gehorchte und zeigte, nachdem sie sich gesetzt hatte, wortlos fragend auf das Bett des Dahinsiechenden.

»Ein Sterbefall, er liegt bereits mehrere Tage im Koma, seit sie ihn hierhergebracht haben. Nach dem, was man mir erzählt hat, war er Maurer und ist aus dem vierten Stock gestürzt. Er wird aus seinen Träumen wohl nicht mehr erwachen.«

Ein paar Sekunden lang blickten sich der Journalist und die Frau fest in die Augen.

Er versuchte, in dieser Frau eine andere Frau zu finden, die er vor langer Zeit verloren hatte, während sie auf der Suche nach einem Punkt war, von dem aus sie in die Seele Pioquinto Manterolas vordringen konnte, aber vielleicht suchte sie auch nur, aus wesentlich praktischeren Gründen, nach einem Ausgangspunkt für eine Konversation.

»Ich weiß, dass es sich wahrscheinlich absurd anhört, mein Herr, aber ich möchte Ihnen mitteilen, dass ich mit dem, was Ihnen und Ihren Freunden zugestoßen ist, nicht das Geringste zu tun habe«, sagte die Frau, die sich für den direkten Weg entschieden hatte, während die Stola ihre Schultern hinabglitt.

»Und wozu dieses Geständnis?«, fragte der Journalist, der sich vorgenommen hatte, nichts ohne Gegenleistung preiszugeben.

Margarita hatte violetten Lidschatten aufgelegt, der die Wirkung ihres Gesichtes ganz auf ihre Augen und die Intensität ihres Blickes konzentrierte.

»Ich weiß nicht, wie viel Sie über mich und meine Freunde wissen, aber ich kann Ihnen versichern, dass wir nichts mit dem Anschlag zu tun haben.«

»Sind Sie sicher?«

»Absolut sicher. Ich bin hierhergekommen, um Ihnen das zu beweisen und alle Zweifel zu zerstreuen. Sicher, ich kann nicht leugnen, dass es ein paar Reibereien gegeben hat. Oder dass Ihre Anwesenheit ein wenig inopportun war. Oder, genauer gesagt, dass Ihre Neugier Unmut bei einigen meiner Freunde geweckt hat, aber von da bis zum Mordversuch, nein, davon sind sie weit entfernt ...«

Manterola richtete sich im Bett auf, nahm die Hand der

Frau und küsste sie, ohne dabei den Blick von ihren violetten Augen zu lassen.

»Wir hätten uns ein paar Jahre früher begegnen müssen, mein Herr«, sagte Margarita und ließ ihren Blick durch das Zimmer wandern, bis er an den Blumen hängen blieb, die mit ihrem Duft das Zimmer erfüllten.

»Jeder noch so große Fehler lässt sich wieder ausbügeln, Margarita ... Erlauben Sie mir, dass ich Sie so nenne?«, fragte Manterola.

»So nennen mich nur meine Freunde.«

Manterola saß weiter aufrecht im Bett, obwohl die Wunde an seinem Bein, begleitet von kleinen Schmerzstichen, zu pochen begann, ohne dabei die Hand der Frau loszulassen, die sich ein wenig hinabbeugen musste, um die Anspannung der beiden Körper zu vermindern.

»Wissen Sie, was das Unangenehmste an meinem Beruf ist?« Und ohne eine Antwort abzuwarten, fuhr er fort: »Dass man im Dienste der Neugier Vorurteile mit auf den Weg nimmt und über der Suche nach der Wahrheit alles andere vergisst ...«

»Es ist schwer, die Wahrheit herauszufinden ...«

»Die Wahrheit oder irgendetwas, was ihr nahe kommt; was gut aussieht; was jeder am ehesten denkt ... Sie sehen, ich bin durchaus für verschiedene Lesarten empfänglich ...«

»Sie führen mich auf gefährliches Terrain, Herr Journalist.«

»Ihre Augen halten mich schon eine ganze Weile auf diesem Terrain gefangen, Margarita.«

Der Dialog im Tonfall eines kitschigen Zeitungsromans fing an, dem Journalisten zu gefallen, der genügend Dumas, Montepin und Victor Hugo gelesen hatte, um sich aus diesem Arsenal mit Sätzen und Formulierungen zu munitionieren.

»In Ihrem Artikel schreiben Sie nicht, wer die drei Angreifer getötet hat ... Waren Sie das?«, fragte die Frau, während sie seine Hand losließ und etwas von ihm abrückte.

»Ich bedaure, Sie enttäuschen zu müssen. Wenn ich jemanden getötet habe, dann höchstens aus Versehen, meine Brille war zu Beginn der Schießerei auf den Boden gefallen, sodass ich einfach auf das schoss, was mir am größten vorkam, und das war das Auto ... Übrigens, Sie besitzen doch einen Exeter, oder nicht?«

Die Frau blickte ihn fest an, und nachdem sie sich davon überzeugt hatte, dass der Sterbende im Nebenbett sich während des ganzen Gesprächs nicht bewegt hatte, sondern weiterhin mit geschlossenen Augen Richtung Wand lag, ließ sie ihre Stola auf das Bett sinken.

Aus dieser scheinbar zufälligen Geste schloss Manterola dank seines Instinkts, den er sich durch jahrelange Arbeit in Situationen jenseits des gewöhnlichen Alltags erworben hatte, dass die Frau sich anschickte, sich vor ihm zu entkleiden.

Während der Journalist diese intuitive Eingebung hatte, nahm Tomás Wong viele Kilometer entfernt in Contreras, einem Dorf, das am Rande der Hauptstadt und inmitten schlecht bestellter Felder mit dazwischen liegendem Brachland lag, vor der Arbeit ein nahrhaftes Frühstück in Form von Rühreiern mit Chorizo zu sich, das Rosa López ihm zubereitet hatte.

Der Chinese lebte in einem schlichten, einstöckigen Haus mit zwei Zimmern und einer Außentoilette, die er mit den Nachbarn teilen musste. In ein Zimmer hatte er das Bett gestellt, Bücher, Fotos, Erinnerungsstücke, einen kleinen Tisch und einen Stuhl, Landkarten an der Wand, neue und alte Zeitungen. In dem anderen befand sich seine Kleidung, aufgehängt an einem alten Besenstiel, ein etwas größerer Tisch und ein Ofen.

Zwischen Rosa und ihm war eine gewisse Intimität entstanden, wie sie nun mal aus einer miteinander geteilten Schlafstätte entsteht, auch wenn sie es nicht geschafft hatten, ihre jeweiligen Mauern des Schweigens einzureißen. Tomás, ein Mann weniger Worte, hatte ihr die wenigen Spielregeln erklärt: Erstens die Sitzungen der anarchistischen Gruppe nicht zu unterbrechen, die einmal pro Woche die beiden Zimmer der Wohnung des Chinesen in Beschlag nahm, die drei Stühle, den Tisch, das Bett belegte, den spärlichen Kaffeevorrat aufbrauchte und alles mit Rauch vollqualmte. Zweitens sich nicht zu viel draußen sehen zu lassen, um zu vermeiden, dass die »Besitzer« des Mädchens sie ausfindig machen konnten. Drittens nicht zu denken, dass sie ihm irgendetwas schulde. Rosa, dem Schweigen ebenso zugetan wie Tomás, hatte sich die drei Regeln angehört und dann vorgeschlagen, ihr eine Ecke im Haus zu überlassen, wo sie Essenzen herstellen könnte, die sie dann an Parfümerien verkaufen würde, um so etwas Geld zur Deckung der Kosten beizutragen. So weit war alles in Ordnung. Es blieb das Problem, dass sie nur ein Bett besaßen, das sie nachts ein paar Stunden teilten. Tomás arbeitete im Schichtbetrieb, und sie teilten das Bett in der Zeit zwischen drei oder vier Uhr morgens bis um halb sieben, wenn Rosa aufstand.

Es war nicht Mangel an Kreativität, ohne vorherige Absprache hatte jeder im rigoros eingehaltenen Turnus mit seinen Füßen am Kopfende geschlafen, d.h. neben dem Kopf des Anderen. Das Problem war eher praktischer Art. Ein Fuß vor der Nase kann ebenso viel erotische Wissbegierde auslösen wie ein Gesicht, und so träumte Tomás davon, in die kleinen Zehen zu beißen. So kam es, dass man in der letzten Zeit in jenem Haus in Contreras in den drei Stunden gemeinsamen Bettaufenthalts wenig und schlecht schlief.

Während der Journalist glaubte, dass sich die Witwe jeden Moment vor ihm ausziehen würde, und Tomás verliebt an die Zehen von Rosa dachte, saß im Stadtteil Tacubaya der Dichter auf seinem Bett und lauschte verzückt den Erklärungen »der rätselhaften Celeste«.

»... innere Kraft. Freigescheschi, schehen Schie? ... Glauben Schie an den Magnetischmusch? Dasch ischt wischenschaftlisch«, sagte die Frau. Sie war ein Gedicht der Andersartigkeit. Etwa 30 Jahre alt, rothaarig, Silberblick, ein bisschen laut, enorme Brüste (die rechte größer als die linke? fragte sich der Dichter, oder war das ein Problem der Perspektive?), zwei formidable Beine, jedenfalls nach dem zu urteilen, was von dem rechten zu sehen war, an dem eine Laufmasche den Blick des Dichters gefangen hielt, der zu den Erklärungen der Frau heftig den Kopf schüttelte, während er, auf die Gesamtausgabe der Werke von Voltaire gestützt, eine Zigarette rauchte.

»Dasch ischt abscholut wischenschaftlisch. Elektrische Wellen von meinem Gehirnschentrum schu Ihrem. Alles beruht dann darauf, welche schtärker schind.«

Die Frau war unangemeldet aufgetaucht, lächelnd, mit einem lila Schal über die von Staub bedeckten Stühle wedelnd, über die Papiere und schmutzigen Gläser, bis sie ihn dann unachtsam auf einer Schüssel liegen ließ, die der Dichter mit Tequila gefüllt hatte, um eine Schnittverletzung am Bein zu desinfizieren, die ihm bei dem Schusswechsel von den Splittern einer Glasvitrine zugefügt worden war.

Sie hatte sich als Madame Schuaresch vorgestellt und ihm ohne Umschweife ihre Geschichte erzählt, nachdem sie sich vergewissert hatte, dass ihr Gesprächspartner der Dichter Fermín Valencia war.

»Und dasch ischt nur ein Aschpekt in der Schache. Esch exischtieren Kräfte, die Schie und ich unsch nicht vorschtellen können. Glauben Schie an Gott?«

Der Dichter verneinte.

»Aber glauben Schie an die Kräfte der Natür?«

Der Dichter verneinte erneut, mit ernstem Gesicht, und blies den Qualm an die Zimmerdecke.

»Aber Schie glauben doch an die Wischenschaft, das wischenschaftliche Denken?«

Wieder verneinte der Dichter und erlaubte sich einen leicht verwirrten Gesichtsausdruck.

»Glauben Schie an etwasch? Aber natürlich, wasch für eine dumme Frage.«

»Ihr Strumpf hat eine kleine Laufmasche, Fräulein«, sagte der Dichter und fuhr mit dem Zeigefinger sanft die Bahn des Malheurs entlang.

In diesem Moment glaubte er, beim Fingerkontakt ein Vibrieren des Beins gespürt zu haben, und verfiel auf den Gedanken, dass an dem Magnetismus vielleicht doch etwas dran sein könnte und dass es sich lohnen könnte, ihm etwas Glauben zu schenken.

»Hi hi«, kicherte die Frau, rückte ein bisschen von dem

neugierigen Finger des Dichters ab und schob mit der rechten Hand eine rothaarige Locke zurück, die ihr kokett ins Gesicht gefallen war.

Der Journalist Manterola warf einen vorsichtigen Blick auf den sterbenden Maurer, der ihm bestätigte, dass der Mann sich auf dem Weg in den Hades befand, die Augen weiterhin gegen die Wand gerichtet. Augen ohne Licht, dachte er, die ins Jenseits blickten. Beruhigt konzentrierte er sich wieder auf die Witwe, die ohne hinzuschauen ihre Bluse öffnete, rein mechanisch, während sich ihr Lächeln öffnete wie die Blumen in dem Glas. Ein Lächeln, sagte sich der Journalist, der aus professionellen Gründen ständig solcherlei Bilder zu improvisieren pflegte, das hinter seiner betörenden Schönheit einen Hauch Grausamkeit verströmte.

»Tomás, wir können zusammen schlafen, weißt du? Ich meine, zusammen, ohne dass sich einer vor dem anderen in demselben Bett verstecken muss ... Ich würde das auch sagen, wenn es zwei Betten in diesem Zimmer gäbe«, sagte Rosa und blickte den Chinesen fest an, der auf seinem Rührei mit Chorizo herumkaute.

»Schehen Schie mir fescht in die Augen«, sagte Celeste zu dem Dichter. »Schehen Schie schie intenschiv an, schuchen Schie darin einen Schee, ein blauesch Meer.«

Aber die Augen der Witwe Margarita waren violett und unter der weißen Bluse war ihre Haut noch weißer.

»Bist du sichel?«

»Ein ruhiger Oschean, gansch ruhig, fascht ohne das Wogen der Wellen.«

»Ihr Nachbar zeigt keine Reaktion?«, fragte die Witwe Margarita, die damit bewies, dass sie nicht nur kaltblütig, sondern auch umsichtig war.

»Nur die schwei Möwen über dem Meer, die den Himmel durchschiehen«, sagte die Hypnotiseurin.

»Vielleicht sollten wir ein Bett besolgen.«

»Schpüren Schie das Weische, aber schugleisch auch eine Kraft, die Schie durchdringt ...«

»Er blickt jetzt seit sechs Stunden auf die Wand, ohne sich

zu bewegen, mir wurde gesagt, dass er im Koma liegt und dass es nur eine Frage von Stunden ist ...«

»Zwei Betten?«

»Fühlen Schie schisch nicht müde?«

»Nein, nul eins, abel ein bisschen glößel.«

»Und Ihr Bein?«, fragte die Witwe und ließ den langen schwarzen Rock zu Boden gleiten, um ihre langen, mit rauchfarbenen Seidenstrümpfen bekleideten Beine zu zeigen. Deutsche Mode, den pornografischen Broschüren nach zu urteilen, die die Dampfschiffe ab und an von Hamburg nach Mexiko brachten.

»Fühlen Schie schich nicht gansch müde? Schie fühlen schich gansch müde.«

»Apropos Bein«, sagte der Journalist, der keine Gelegenheit ausließ, um das Leben mit der Kunst zu verbinden. »Sie haben wunderschöne Beine, Margarita.«

»Verschinken Schie in meinen Augen.«

»Auf welche Seite sollen wir das Kopfende stellen, auf deine oder auf meine?«, fragte Rosa, der eine Träne entwischte, weshalb Tomás die Eier mit Chorizo stehen ließ und seine Hände über den Tisch streckte. Die beiden Hände zusammen waren nicht besonders gelb, in der nächsten Generation würde niemand mehr mit dem »L« sprechen und die Haut würde dunkler sein. Eine Sache des Klimas. Aber sie könnten auch genauso gut in Sydney, Australien, leben, oder in Wien. Oder in China. Es gab Gerüchte über eine Revolution in China ... Sie müssten dann Chinesisch lernen ... Aber welches Chinesisch – Kantonesisch, Mandarin?

»Könnten wir nicht die Kleidung ablegen?«, fragte der Dichter und unterbrach den Meereszauber in den Augen der Rothaarigen.

»Rücken Sie Ihr verletztes Bein ein bisschen weiter nach links«, sagte Margarita, als sie in das Bett schlüpfte. Den Hut trug sie immer noch auf dem Kopf.

Am nächsten Tag gestand der Dichter, dass der Schlaf ihn um ein Haar überwältigt hätte, ihm aber unklar sei, wie eine lispelnde Hypnotiseurin zum Erfolg kommen sollte. Wer sollte sich dadurch nicht ablenken lassen? Der Journalist dagegen versteckte an einem geheimen Ort seiner Erinnerung die Tatsache, dass sein Blick von den violetten Augen der Witwe zu ihrem weißen Rüschenschlüpfer hinabgewandert war, der überraschenderweise eine Öffnung besaß. Es war das erste Mal, dass er von einer Frau mit Hosenschlitz übermannt wurde. Tomás erzählte gar nichts, weil es nichts zu erzählen gab.

Das wirklich metaphysische Moment bei all diesen sich überschneidenden Geschichten war aber, dass eine halbe Stunde später zwei Pfleger in das Krankenzimmer des Journalisten traten und den Maurer wegbrachten, den sie zuvor für tot erklärt hatten. Sie stiegen zwei Stockwerke die Treppe hinab, um den Körper auf einem Podest im Keller abzulegen. Dort erhob sich der Maurer und zog zwei glänzende Zehn-Peso-Münzen aus der Tasche seines Kittels, die er den Krankenpflegern überreichte. Dann rückte er seine Unterhose zurecht, um zu verbergen, oder wenigstens halbwegs zu tarnen, dass er einen stehen hatte.

Kapitel 24
Tomás trifft auf die Gendarmerie, beobachtet einen Oberst und erinnert sich an ein altes Lied

Die Pferde pissten auf das Straßenpflaster, eine kleine Dampfwolke stieg empor, und einige Gendarmen hatten die Säbel gezogen, mit denen sie demonstrativ herumfuchtelten. Tomás lief zwischen den Pferden hindurch, um zum Fabriktor zu gelangen, wo die Streikenden die Gendarmen unruhig beobachteten.

Über dem Eingangstor der geschlossenen Fabrik waren Kommentare zu den Vorarbeitern plakatiert, deren Entlassung gefordert wurde: »Pierre hat in seinem ganzen Leben kein Buch gelesen und Rodríguez ist ein widerlicher Lüstling, der sich selbst für unwiderstehlich hält.«

Der Chinese lächelte, der Vorwurf des Analphabetismus oder der Eitelkeit schien ihm keine ausreichende Begründung, um die Kündigung zweier Vorarbeiter zu verlangen und ein Unternehmen mit 500 Arbeitern lahmzulegen. Aber das Plakat war nur der Ausdruck eines weiterreichenden Kampfes gegen den Fabrikbesitzer, einen Franzosen namens Donadieu, der unter Verletzung der bestehenden Verträge im Betrieb eine Diktatur von Vorarbeitern einführen wollte. Hinzu kam, dass der eine das Mitbringen von Zeitungen verboten hatte (egal welcher, einschließlich des reaktionären *Excelsior*) und der andere die Arbeiterinnen sexuell belästigte. Alles in allem gab es also Gründe genug, um einen Aufruhr dieses Ausmaßes zu rechtfertigen.

»Was gibt's Neues, Genossen?«, fragte er die Streikposten am Eingangstor der Fabrik. Insgesamt waren es rund 40 Arbeiter der *La Abeja* und 15 Arbeiter aus der zweiten Schicht aus anderen Fabriken.

»Sie fordern, dass wir das Tor freimachen, Tomás«, sagte Ciro Mendoza.

Der Streik in der Fabrik *La Abeja* war der erste im Tal von Mexiko, der sich nicht auf die Arbeitsniederlegung beschränkte, sondern den gesamten Betreib lahmlegte und Angestellten wie Streikbrechern den Zutritt verwehrte. Deshalb die Anwesenheit eines halben Dutzends berittener Gendarmen, deshalb die »roten Garden«, die hier eine über viele Jahre andauernde Tradition einweihen sollten, deshalb die beiden Lastwagen der Gendarmerie und deshalb der Oberst in dem Cabrio, der sich gerade mit dem Eigentümer der *La Abeja* unterhielt.

»Was will denn del hiel?«

»Oberst Gómez behauptet, die Verbarrikadierung des Fabriktors sei illegal ... Aber dieser ganze Alarm hat einen anderen Grund. Donadieu versammelt seit gestern Streikbrecher im Haus eines Angestellten. Die lauern jetzt in gut 200 Metern Entfernung in Wartestellung.«

Tomás beobachtete den Oberst aufmerksam. In den letzten Wochen war sein Name mehrmals am Dominotisch gefallen. Er selbst hatte ihn vor drei Jahren in Tampico kennengelernt, und seitdem hatte er sich nur wenig verändert: von eher kleiner Gestalt, dunkelhaarig, enge Hosen und hohe Reiterstiefel, makellose Uniform, schmaler, fast lippenloser Mund, widerspenstiges Haar, das unter der Uniformmütze hervorquoll. Und kleine, fast zarte Hände, die mit einer Reitpeitsche spielten.

»Dieses Mal welden wil es umgekehlt machen. Sag, dass du einvelstanden bist, mit Fleuden welden wil den Zugang zum Fabliktol fleigeben. Ich gehe in del Zwischenzeit zu dem Haus, wo die Stleikblechel velsteckt sind, und da welden wil sie elschlecken, nicht hiel.«

»Gut, Tomás, ich gebe dir zehn Minuten Zeit. Du weißt, wo sie stecken, in dem Haus da unten in der Gasse gegenüber vom Lager von Satanás, es ist ein großes Haus mit einer roten Tür. Dort wohnt ein Buchhalter der Firma, Zacarías.«

Tomás trennte sich von Mendoza und näherte sich der Gruppe, die am Tor stand.

»Alle, die bewaffnet sind: Wil sehen uns in fünf Minuten am Lagel von Satanás.«

Er entfernte sich und betrachtete den Oberst. Ihre Blicke begegneten sich für einen Moment. Ein altes Lied kam ihm in den Sinn, das von Tampico handelte.

»Dieses Mal, Gómez, wilst du del Gelackmeielte sein, und wenn der Fablikant dil schon Geld gegeben hat, wilst du es zulückbezahlen müssen«, dachte der Chinese, der dabei dem Militär zulächelte, der in diesem Moment aus dem Auto stieg und weiter mit seiner Peitsche spielte.

Kapitel 25
Geschichten aus vergangener Zeit:
Tomás Wong in Tampico

Er dachte an jene Frau zurück, die in rosa Tüll gekleidet, einen großen Sonnenhut auf dem Kopf balancierend, mit ihren nackten Füßen im Sand der zurückweichenden Brandung spielte. Der rote Nagellack ihrer Zehen war vom Salzwasser stumpf geworden. Er dachte an den Tüll, der sich im Wind bauschend die Bewegungen der Frau begleitete, er dachte an das Lied, das sie sang, eine Volksweise, während sie zuließ, dass die Träger ihres rosa Tüllkleides die Schultern hinabglitten und den Blick auf ihre weißen Brüste freigaben. Er erinnerte sich an die Palmen und den Sonnenuntergang, die Sonne, die hinter den Türmen der Raffinerie der *Huasteca Petroleum Company* verschwand. All das brachte er in seiner Erinnerung mit einem Lied zusammen, das damals in Mode war und das er zum ersten Mal aus dem Mund eines Betrunkenen gehört hatte: »Tampico, wunderschöner Tropenhafen/ Zierde unseres Landes/ Wo immer ich auch sein werde/ Deiner werd' ich mich erinnern.« Er erinnerte sich. Und dachte, dass die Erinnerung der Menschen ein sinnloses Spiel ist, erdacht von gedankenlosen Göttern.

Die Frau hieß Greta; zumindest nannte sie sich so. Und sie trug einen großen, weißen Hut, dessen Schleier sie entfernt hatte. Sie mochte die Sonne nicht. Ihm dagegen gefiel die sengende Hitze, die auf der Haut brannte, sie schwitzen ließ und austrocknete. Sie brachte sich mit Arsen um. Sorgfältig destillierte sie zehn Päckchen Fliegentod, bis sie die nötige Menge für den todbringenden Trunk zusammenhatte. Diszipliniert und genau abwägend wie eine gute Deutsche. Er würde sich nie umbringen. Sie schon. Und so blieb ihm jetzt nur noch die Erinnerung an jene Frau beim Sonnenuntergang am Strand, die ihre Füße im Meer badete und dabei das Oberteil ihres rosa Tüllkleids fallen ließ, damit ihre Brüste noch einmal von der Abendsonne berührt wurden. Das alles zur Begleitmusik eines patriotischen Liedes, das von Tampicos Glanz und Glorie handelte.

Kapitel 26
In dem die Freunde Domino spielen und über die mexikanische Revolution diskutieren

»Drei Typen tauchen auf und schießen wild um sich, die Witwe sagt, dass sie nichts damit zu tun hat, der Posaunist und sein Bruder sind tot, und man findet den Leichnam eines Engländers, der offenbar keinen Selbstmord begangen hat. Hat jemand einen Schimmer, was hier vor sich geht?«, fragte der Dichter den Journalisten, während er ihm half, sich in seinem Krankenbett aufzurichten.

»Nicht die Bohne, aber bei mir ist das normal und in Mexiko erst recht. Kennen Sie jemanden, der die leiseste Ahnung davon hat, was in Mexiko abläuft? Wer in diesem wunderbaren Land kapiert, was hier abgeht? Man markiert den Durchblicker, man spielt den Wissenden, während letztlich alle im Dunkeln tappen. Blicken Sie etwa durch?«

»Überhaupt nicht, aber ansonsten bin ich völlig Ihrer Meinung«, erwiderte Verdugo, der die Blumen kurz entschlossen in den Abfallkorb und das Wasser in einen Eimer geschüttet hatte, um die Blumenvase in einen Aschenbecher umzufunktionieren. Tomás, der auf dem Bett saß, das der verstorbene Maurer geräumt hatte, blickte verträumt auf den Feierabendverkehr. Mit der linken Hand strich er über den Flaum auf seiner Oberlippe.

»Lässt du dir einen Schnurrbart wachsen, Tomás?«, fragte der Journalist.

Der Chinese nickte und deutete den Hauch eines Lächelns an.

»Ich dachte, Chinesen wächst kein Bart«, kommentierte der Dichter, während er den Nachttisch in den kleinen Gang zwischen den beiden Betten zerrte.

»Langsam sollten Sie gemelkt haben, dass ich ein unechtel Chinese bin, del Celvantes gelesen hat, Tlotzki, Blasco Ibañez und Balzac. Wenn ich Sie wäle, wülde ich elnsthaft in Elwägung ziehen, dass Ihl Spielpaltnel ein Spion Alfons XIII. ist.«

»Ehrlich gesagt bin ich mit Ausnahme des zuletzt Gesagten bereit, fast alles zu glauben«, erwiderte der Dichter.

»In was für einem Land leben wir eigentlich!«, seufzte Verdugo.

»Ich bitte Sie, meine Herren. Wir sollten das Land nicht für alle Probleme verantwortlich machen. Nach so viel verschossenem Blei ist es zwar etwas ramponiert, aber das ist schließlich nicht seine Schuld.«

»Es liegt nicht am Blei, es liegt am Mangel an Blei«, sagte der Dichter. »Es ist das Schicksal halber Revolutionen. Sie sind wie Bäume ohne Blätter. Das Land hat verloren, wir alle haben verloren. Aber letztlich ist die Hoffnung das Entscheidende«, schloss er geheimnisvoll.

»Wenn Sie das Gespräch in diese Richtung lenken wollen, können Sie auf mich nicht zählen. Ich bin zu sehr Zyniker, um da noch mitreden zu können«, sagte Verdugo und nahm das Etui mit den Steinen aus der Tasche seines englischen Gabardines, den er für 40 beim Würfeln gewonnene Pesos im *Correo Español* erstanden hatte. Er schüttete die Spielsteine auf den Nachttisch. Da dieser zu wenig Platz bot, blieben die Steine übereinander liegen.

Tomás stand auf, nahm ein Bild, eine Reproduktion von Dürer, von der Wand und legte es auf den Tisch. Auf dem Glas ließen sich die Steine leicht hin und her bewegen, während sie über die Gesichter der Apostel und die Reste des letzten Abendmahls wanderten.

»Am Ende haben die gewonnen, die das größte Beharrungsvermögen besaßen, die Dickfelligsten, die Raffiniertesten«, sagte der Journalist, der nicht gewillt war, dem Dichter die Bilanz der Revolution zu überlassen. »Obregón hat gewonnen, weil er, mal abgesehen von der verrückten Zeit, in der er Militärgouverneur war und den Geschäftsleuten, Pfaffen und Kleinbürgern übel mitgespielt hat, ein Mann war, der sich immer im rechten Augenblick anpasste.«

»Wie jeder, der gewonnen hätte. Die Revolution war verloren, noch ehe sie begonnen hatte. Sie war verloren, als die großen und kleinen Generäle erkannten, dass es besser war, die Töchter der Porfiristen zu heiraten statt sie zu vergewaltigen.«

»In diesem Punkt kann ich Ihnen leider nicht zustimmen«, warf Verdugo ein und bot der Runde Zigarren an, die er aus der anderen Manteltasche hervorzog. Nur der Journalist nahm eine. »Obregóns Offiziere bevorzugten sie als Mätressen. In dieser Hinsicht hat die Revolution einen bedeutenden moralischen Fortschritt gebracht. Von den Porfiristen lernten sie das Business und nicht wie man sich an den Tisch setzt. Sie lernten, wie man Macht in Geld verwandelt und nicht in gutes Benehmen.«

»Sind Sie etwa der Meinung, dass die Generäle sich die Revolution unter den Nagel gerissen haben?«, fragte der Dichter, während er den Doppel-Sechser über die Apostel Dürers schob. »Nein, für mich ist die Revolution in die Hände der Studierten, der Profis gefallen, dieser Kreaturen, die jetzt überall zum Vorschein kommen. Alle sind sie so liebenswert, so gebildet, natürlich ohne zu übertreiben, und alle haben sie ihre revolutionären Geschichtchen auf Lager, die sie im Notfall erzählen können. Im Bedarfsfall werden sie immer sagen können, dass sie Sekretäre von jenem General waren, diesen Plan oder jenes Abkommen formuliert haben, oder jenen Absatz der Verfassung; dass sie den Einkauf organisiert haben, den Proviant, die Militärzüge, dass sie Artikel geschrieben und Zeitungen geleitet haben.«

»Ist was?« Der Dichter hielt mitten in seinem Diskurs inne und richtete sich an den Journalisten, der sein Gesicht verzog. Offensichtlich machte ihm die Verletzung doch zu schaffen.

»Es ist nicht die Verletzung! Es sind die Steine, die Sie mir gegeben haben.«

»Mir geht es genauso«, fügte Tomás hinzu.

Der Anwalt Verdugo lachte.

»Lieber Fermín, das kommt davon, wenn man schlecht über die Studierten spricht, während man selbst einen zur Linken sitzen hat.«

Der Dichter grübelte. Er besaß noch zwei Sechser, also hatte Verdugo wahrscheinlich die anderen vier. Es sah schlecht für sie aus.

»Es versteht sich, dass meine Ausführungen nicht Ihnen persönlich galten, Anwalt.«

»Und es versteht sich, dass ich Sie nicht wegen Ihrer Ausführungen über den Tisch ziehen werde.«

»Spiel ist Spiel.«

Durch das Fenster drangen metallische Geräusche aus dem Straßenbahndepot. Sie wurden durch den leichten Regen gedämpft, der gegen die Scheiben sprühte.

»Mein Fehler ist, dass ich nie wirklich an etwas geglaubt habe«, sagte der Journalist. »Ricardo Flores Magón hat mir gefallen, aber er war immer zu weit weg. Die Leute Pancho Villas und Zapatas habe ich aus größerer Nähe beobachtet. Ich sympathisierte mit ihnen, aber entweder sie bewegten sich zu schnell oder sie füsilierten zu viel, so dass mir aus dem einen oder anderen Grund die Zeit fehlte oder die Lust verging, mich ihnen anzuschließen. Wahrscheinlich bringt es der Beruf mit sich, dieser verdammte Beruf, der dich die Details sehen lässt, die kleinen Geschichten, und nicht die großen Ideen, der dich zum Beobachterdasein verdammt – und Beobachten heißt immer Zuschauen, ohne sich wirklich einzulassen, ohne sich voll mit einer Geschichte zu identifizieren. Einzelne Gestalten waren mir durchaus sympathisch, die sich in das revolutionäre Getümmel warfen, ohne sich korrumpieren zu lassen. Oberst Múgica vom 17. Regiment, selbst Delahuerta in seiner Zeit als provisorischer Präsident, Lucio Blanco vom 15. oder Ramírez Garrido, als er Polizeichef war. Ist schon verrückt, nie im Leben hätte ich gedacht, dass ich einmal einen Polizeichef sympathisch finden würde. Aber Ramírez Garrido war genial. Er verdonnerte die Polizisten dazu, sich gewerkschaftlich zu organisieren, beschützte die Prostituierten und organisierte die Lebensmittelverteilung an Diebe.«

»Und was macht Ramírez Garrido heute?«, fragte der Dichter, der nach zwei Runden zusehen musste, wie der Anwalt beide Enden mit der Sechs blockierte, sodass er jetzt die erste seiner beiden Sechsen opfern musste.

»Ich glaube, dass er Gouverneur von Tabasco werden will. Oder irgendetwas in der Richtung. Ich passe«, sagte Pioquinto Manterola, um den es wirklich schlecht stand. Zudem hatte er sich in die nebulöse Aufgabe gestürzt, seine Beziehungen zur mexikanischen Revolution zu ergründen, und außerdem war ihm schlagartig klar geworden, dass er sich verliebt hatte.

Verdugo bedauerte, dass der Chinese auf die Fünf auswich, weil ihm so die Möglichkeit genommen wurde, mit der Sechs zu blockieren. Er legte deshalb eine Vier, was dem Dichter eine Atempause verschaffte.

»Vom Herzen her bin und bleibe ich ein Anhänger Pancho Villas«, sagte der Dichter und spielt den 4-er/2-er. »Niemand wird mir dieses Gefühl nehmen können. Wenn die Norddivision angriff, war es jedes Mal so, als wenn die alte Welt sich auflöste, als wenn sich alles veränderte. Wir waren die Zerstörung des Alten, eine reitende Furie. Wie nannten sie Attila? Die Geißel Gottes. Reitend ersann ich Gedichte, und meine Kameraden waren analphabetische Tagelöhner, reisende Fotografen, ehemalige Viehdiebe … Verstehen Sie? Auf der anderen Seite die Artillerie der Föderalisten, die Maschinengewehre, die feinen Soldaten mit ihren glänzenden Uniformknöpfen, die umfielen, als wären sie Zinnsoldaten.«

»Eine Revolution macht man mit Ideen und Gewalt. Gewalt gab's reichlich, Ideen nicht so viele. So bin ich zum Zyniker geworden. Niemand war so von Hass erfüllt wie ich, nur wusste ich nicht, wie ich ihn in etwas Anderes verwandeln sollte. Vielleicht wollte ich im Grunde gar nichts Anderes, sondern das Gleiche, nur mit anderen Personen.«

»Wenn das Ihr Ziel war, Verehrtester, dann ist es doch erreicht. Wir haben jetzt einen modernisierten Porfirismus, voller tönender Worte, und jede Menge Gräber, die man sonntags auf den Friedhöfen besuchen kann«, sagte der Poet. »Aber vielleicht täusche ich mich ja, vielleicht sind ja wirklich die Türen für den Wandel aufgestoßen worden, und all diese Jahre der Schießerei hatten nur den Zweck, ein Türchen zu öffnen, um dem Wandel eine Chance zu geben. Es hat schließlich eine Landreform gegeben, oder? Es gibt eine Verfassung. Der Klerus hat an Einfluss verloren und die obligatorischen Einkaufsläden, wo du deinen Lohn gegen einen Strich im Schuldenbuch des Fabrik- und Ladenbesitzers verpfänden musstest, existieren nicht mehr.«

»Sie sehen das zu velklampft, Blüdel, die Levolution hat geblacht, was sie blingen musste. Jetzt kommt die zweite, die del Albeitel, die wilkliche.«

»Tomás, wie gerne würde ich das glauben«, sagte Verdugo, der seine letzte Sechs spielte und damit die Kontrolle über den Spielverlauf verlor. »Aber der Glaube braucht Nahrung, und ich bettle mittlerweile nur noch um Ideen. Ich lebe wie ein Parasit von geborgten Ideen.«

»Wenn General Villa sich wieder erheben sollte, werde ich mir vielleicht ein Herz nehmen und mit ihm ziehen.«

»Man kann nicht Zeit seines Lebens ein Beobachter bleiben, oder vielleicht doch, vielleicht kann die Rolle des Beobachters ja auch aktiv sein, vielleicht liegt ihr Sinn ja darin, dass es jemanden gibt, der erzählt, was passiert«, sagte der Journalist und brachte das Spiel auf die Drei, wodurch alle anderen aussetzen mussten. Dann legt er nacheinander den Doppel-Dreier und den 3-er/1-er hin.

»Kalamba, von Levolution hat el vielleicht keine Ahnung, abel von Domino ziemlich viel, Joulnalist.«

»Klar, irgendwas muss man ja können.«

Kapitel 27
Der Dichter schreibt ein Gedicht, erforscht die Geheimnisse der mexikanischen Industrie und springt aus dem Fenster

Im Vorzimmer des Fabrikbesitzers schrieb der Dichter Fermín Valencia mit einem Bleistiftstummel in das Notizheft, das er immer bei sich führte: »*Die Seele näh ich mir auf die Haut/ und verzweifle/ das Leben blutet aus/ und noch/ ist die Singer nicht erfunden/ die es mit feinen Stichen repariert/ und ich trauere/ um die Dinge/ die ich verliere/ und zurücklassen muss.*«

Fermín füllte sein Heft mit Gedichten; ab und an gelang es einem Freund, eins von ihnen in einer Zeitung oder einer der zahlreichen Zeitschriften, die in Mexiko-Stadt nach der Revolution aus dem Boden schossen, zu veröffentlichen. Auch wenn es ihn mit Stolz erfüllte, als Dichter anerkannt zu werden – im Übrigen konnte er auch keinen anderen Berufstitel für sich geltend machen –, so fühlte er sich trotzdem immer wie ein Wilderer, wenn er ein Gedicht schrieb, wie ein Delinquent, der sich jenseits der Legalität bewegt. Deshalb errötete er und versteckte das Heft hinter seinem Rücken, als wenn man ihn beim Masturbieren erwischt hätte, als die Sekretärin die Tür öffnete und ihm sagte, dass er eintreten könne.

Die Wände des Büros von Henry Peltzer waren mit Fotos von Automobilen vollgehängt. Auf Podesten waren auf Felgen aufgezogene Kautschukreifen ausgestellt, deren glänzendes Profil eigensinnige geometrische Muster aufwies. In der Mitte stand ein riesiger Mahagoni-Schreibtisch, hinter dem der Deutsche-US-Gringo-Mexikaner eine überdimensionale Zigarre rauchte und mit seiner Uhrkette spielte. Peltzer war eine Karikatur der neuen Industriebourgeoisie, er wirkte, als wäre er einer der Karikaturen Robinsons entsprungen, die die Artikel John Reeds im *Metropolitan Magazine* illustrierten und die Kapitalisten der Klasse der Borstentiere zuzuordnen pflegten.

»Mister Valencia, schön, dass Sie hier sind. Hoffentlich wird unser Geschäft auch diesmal von Erfolg gekrönt sein.«

»Das hoffe ich auch, Mister. Worum geht es diesmal?«

»Worum soll es schon gehen, Valencia? Neuer mexikanischer Reifen wird auf Markt kommen in Kürze. Ein Super-Reifen, ein wirklich Super-Reifen.«

»Könnten Sie mir einen Anhaltspunkt geben? Etwas, was seinen Unterschied, seine Vorzüge, seinen Preis ausmacht; etwas, mit dem ich arbeiten kann?«

»Supragut. Bester Reifen von Mexiko. Alle Räder, alle Marken, alle Modelle können benutzen Reifen Peltzer Modell 96-c, hier unter uns wir ihn nennen DEN EINZIGEN.«

»Der Einzige?«

»DER EINZIGE.«

»Gut, und wird er billiger sein? Länger halten?«

»Nein, teurer und hält weniger. Aber supragut, resistent, wie wenn Auto auf ihm schwebt ... Eine Zigarre?«

»Nein, danke.«

»Kommen aus Papantla. Supragut. Wie Reifen.«

»Wollen Sie es wie beim letzten Mal? Kategorie billiger Nationalismus? Der einzige mexikanische Reifen etc.?«

»Teurer Nationalismus. Lassen Sie Platz frei, ich setzen Preise ein.«

»Wenn wir schon von Preisen sprechen, worin besteht der

Auftrag genau? Damit ich mein Honorar berechnen kann.«

»Ein Satz, zwei Sätze, drei Sätze ... Alles andere hier, die Schreiber machen das fertig, die Zeichner. Den Rest machen sie hier fertig. Sie gute Sätze, eins, zwei, drei ...«

»Fünfhundert Pesos«, sagte der Dichter, »hundert als Vorauszahlung«, wobei er mit einer entsprechenden Jeremiade als Erwiderung rechnete.

»Pesos ... mexikanische? Vermögen. Nein. Nationale Industrie leidet unter Konkurrenz, schrecklich. Mehr besser die Sätze hier in Auftrag geben. Hier machen sie fertig, Freund Valencia, Mister Valencia, wie soll das gehen?«

»Wenn Sie mir den Auftrag für 20 Anzeigen geben, mache ich Ihnen jede für 30 Pesos. Aber wenn ich nur die Sätze machen soll, was das Schwierigste ist, dann ist mein Preis unbeweglich, solide, supergut, supragut, aber nicht billig, genau wie Ihre Reifen. 500 Pesos.«

»Dichter, Sie haben keine guten und passenden Ideen, nationale Industrie. Wir kommen nicht raus aus Desaster Revolution. Irgendwann noch eine, wenn wir nicht aufpassen. Instabilität schlecht für die Wege, schlecht für Straßenmachen, schlecht für Reifen. Total schlimme ausländische Konkurrenz. Aus Detroit schicken sie Reifen, viel zu viele, schlecht, aber billig, viele. Autos viele, Land hat letztes Jahr fünftausend importiert, aber schreckliche Konkurrenz. Textilkrise, Bergwerkskrise, Krisenkrise. Wenig Geld. Gerüchte, viel Gerüchte. Weniger Geld.«

»Was für Gerüchte, Herr Peltzer?«

»Gerüchte, Probleme mit Vereinigte Staaten. Gerüchte Ölprobleme. Gerüchte Militärputsch. Noch einer. Gerüchte kommen bis hierher und setzen sich fest. Militärs gehen hier und da. Und genau hier auch.«

Der Industrielle wechselte vom erklärenden Tonfall zum konspirativen. Er blickte auf seine Uhr und zeigte bedeutungsvoll auf die Tür.

»Zehn Minuten und Besuch wird kommen, werden Sie sehen. Besuche kommen und gehen.«

»Fünfhundert Pesos«, sagte der Poet, um zum Ausgangsthema zurückzukehren. Gerüchte hin, Gerüchte her, dafür konnte er sich höchstens einen Schatten kaufen.

»Vierhundert, letztes Wort.«

»Fünfhundert oder ich gehe zu den Importeuren der Reifen aus Detroit und vermache denen meine Ideen gratis, das kostet mich ein müdes Arschrunzeln.«

»Eine Zigarre? Kommen aus Papantla.«

»Fünfhundert.«

»Viele Gerüchte. Schlechte Zeiten. Viele Streiks. Anarchisten in Fabriken. Jeden zweiten Tag halber Aufstand.«

Der Dichter seufzte. Es war eigentlich kein schlechtes Zeichen, wenn der Besitzer der einzigen Reifenfabrik in Mexiko feilschte wie der Kaufmann an der Ecke. Der Herr-Mister Peltzer würde nie Millionär werden. Oder vielleicht doch? War das der Stoff, aus dem die Millionäre gemacht wurden? Eigentlich war es eine Arbeit für dreihundert Pesos, aber da es für Peltzer war, würden es vierhundert sein. Alles was er darüber hinaus rausschlagen konnte, würde er den Anarchisten vom ›halben Aufstand‹ vermachen, die bestimmt Freunde des Chinesen waren.

»Da Sie mir mit Ihrer Produktbeschreibung ein paar Ideen geliefert haben, werde ich Ihnen einen Preisnachlass von zehn Prozent gewähren. Ich möchte aber betonen, dass das durchaus nicht üblich ist, und ich mache das auch nur ausnahmsweise, weil es sich schließlich um eine nationale Firma handelt, die« – und hierbei musste sich der Dichter auf die Zunge beißen – »unter schwierigen Bedingungen mit den ausländischen Monopolen konkurriert und dazu noch mit einer so hässlichen Stadt wie Detroit.«

»Mann, Sie waren in Detroit?«

»Nein.«

»Einigen wir uns auf vierhundertvierzig, runde Summe. Mehr besser vierhundertfünfzig.«

»Viel mehr besser vierhundertsechzig«, sagte der Dichter und nahm eine Zigarre.

Peltzer grinste breit über das ganze Gesicht.

»Anzeige supragut, wie Reifen.«

»Die beste, mein Herr«, sagte der Dichter, der sich ein wenig wie Diego de Alvarado vorkam, der den Tlaxcalteken Glasperlenketten andrehte.

Peltzer stellte einen Gutschein für die Kasse aus und begleitete den Dichter nach feierlichem Händedrücken bis zur Bürotür. Fermín lächelte einer Sekretärin zu, die sich hinter der halb offenen Tür einer Besenkammer die Strümpfe hochzog, trat durch die große Schwingtür, die zum Verkaufsraum führte, und stieß mit der Nase auf eine Uniform. Oder um exakt zu sein, seine Nase stieß direkt auf den obersten Knopf der Uniformjacke eines dürren Leutnants des mexikanischen Heeres, was diesen ins Taumeln brachte. Der Dichter murmelte eine Art Entschuldigung, während der Leutnant mit starrem Blick stehen blieb und seine Pistole zog. Glücklicherweise trug er eine lange Mauser Automatik in einem angeberischen Lederholster, und noch während er sich umständlich an das Öffnen des Holsters machte, rammte der Dichter ihm seine Stiefelspitze in die Weichteile und trat blitzschnell den Rückzug an. In die Netzhaut gebrannt blieb ihm das Bild eines zweiten Militärs, der ihm auf den Fersen war: ein aufgedonnerter, blonder Typ mit gezwirbeltem Schnurrbart.

Während seines übereilten Rückzugs verfluchte Fermín die Sorglosigkeit, die ihn unbewaffnet aus dem Haus hatte gehen lassen. Aber wie hätte er auch ahnen können, dass er selbst in der Reifenfabrik Peltzer nicht sicher war. Er durchquerte im Laufschritt das Wartezimmer, wo die Sekretärin gerade mit perfekt sitzenden und straff gezogenen Strümpfen aus der Besenkammer kam. Als er das Büro von Peltzer erreichte, knallte hinter ihm der erste Schuss. Die Kugel schlug in den Mahagonitisch ein, an dem der Industriebaron saß. Fermín rannte an ihm vorbei, ohne sich weiter mit der Ablehnung einer Zigarre aus Papantla aufzuhalten, und beugte sich aus dem Fenster. »Scheiße, dritter Stock«, fiel ihm ein bisschen spät ein.

Die Büros der Firma Peltzer befanden sich im dritten Stock des Gebäudes Guardiola, fast an der Ecke der Straße San Juan de Letrán. Der Dichter kletterte aus dem Fenster und tastete sich ohne weiter zu zögern auf einem kaum zehn Zentimeter breiten Mauersims entlang. Er spürte eine angenehme Brise. In seinem Rücken hörte er Schreie. Vermutlich stritt Peltzer mit dem Leutnant und seinem Kameraden. Fermín verlor keine Zeit und schlug mit der Faust die Scheibe des nächsten Bürofensters ein. Ein zweiter Schuss machte ihm klar, dass ihm keine Wahl blieb, und er sprang durch das zersplitternde Glas in das Büro, wobei er sich die Hand aufschnitt, die Hose aufriss und sein Hut mit Glassplittern übersät wurde.

Das plötzliche Auftauchen eines Fremden inmitten eines Glassplitterhagels brachte den Buchhalter der Firma, die sich dem Schwarzhandel mit Remington-Gewehren und Nähmaschinen widmete, an den Rand eines Nervenzusammenbruchs. Der Dichter Fermín Valencia hielt das literarische Bild des zersplitternden Glases in der Erinnerung fest, um es irgendwann in sein Notiz- und Gedichtheft zu übertragen, und rannte wie vom Teufel besessen den langen Innenflur entlang aus dem Büro hinaus. Als er wieder zu Atem kam, saß er an der Bar des Hotels Majestic, wo er einen doppelten Habanero trank und seine Verletzungen mit einem einfachen zu heilen versuchte, in den er vorsichtig einen Serviettenzipfel tauchte.

Kapitel 28
Der Journalist zieht eine Zwischenbilanz, stellt fest, dass er verliebt ist, wird von einer Nonne gerettet und schreibt einen Artikel über einen Löwendompteur

Pioquinto Manterola näherte sich hinkend dem Spiegel und schäumte sein Gesicht dick mit Rasiercreme ein. Seine Augen blitzten aus dem weißen Schaum hervor. Einem Etui, das seine Initialen trug, entnahm er ein scharfes Rasiermesser aus deutschem Stahl, probierte es an den Haaren seines Unterarms aus und begann mit der Rasur.

»Sie werden heute entlassen, nicht wahr?«, fragte eine Nonne des Krankenhauses, die ihn beobachtete.

»Heute oder morgen, Schwester. Der Arzt hat gesagt, dass er die Narbe noch einmal sehen will, heute Nachmittag oder morgen früh, und wenn alles in Ordnung sei, würde er mich entlassen.«

»Wie schön, dass Sie sich so schnell erholt haben.«

»Schwester, können Sie mir einen Gefallen tun und die Pralinen, die ich geschenkt bekommen habe, einem anderen Kranken geben, ich mache mir nichts aus Süßigkeiten.«

»Gerne, im Nebenzimmer liegt eine Frau mit infektiöser Bronchitis, die von niemandem Besuch bekommt.«

Der Journalist sah im Spiegel, wie die Nonne die mit einer grünen Seidenschleife verzierte Schachtel nahm und das Zimmer verließ, und widmete sich erneut dem deutschen Rasiermesser und seinem Bart.

Für den Journalisten waren die Minuten des Rasierens der geeignete Augenblick, um seine Gedanken zu ordnen. Um der Welt ein wenig Kohäsion zu verleihen, den minimal notwendigen, unabdingbaren Zusammenhalt. Auch wenn es an machen Tagen eher ein vager Nebel von Ideen, Impulsen, Wünschen, widersprüchlichen Gefühlen, schwarzen Wolken, irrationalen Depressionen war.

Aber heute war einfach nicht sein Tag. Manterola, der Journalist, mobilisierte seine letzten Denkreserven, um zu verstehen, was für eine schwarze Wolke sich in den letzten Wochen über ihm und seinen Dominofreunden zusammengebraut hatte.

Wieder blitzten seine Augen durch den Rasierschaum, der sein Gesicht bis zu den Augenbrauen bedeckte.

»Ad eins«, sagte er leise, als würde er beten. »Ein Posaunist wird, während die Kapelle einen Pasodoble spielt, ermordet. Oder war es ein Militärmarsch? In seinen Taschen hat er genügend Schmuck, um einen Juwelierladen zu eröffnen. Es handelt sich um einen Feldwebel der Armee, der in seinem früheren Leben José Zevada hieß. Der Mörder ist Linkshänder.«

Das Rasiermesser glitt sanft über die unebene Narbe an seinem Hals.

»Ad zwei. Ein Mann stürzt zwei Tage später aus dem Haus Nummer 23 der Humboldt-Straße. Es ist ein Oberst namens Froilán Zevada ...«

Ad drei und ad vier blieben unausgesprochen, weil er sich gerade vorsichtig um den Schnurrbart herum rasierte.

»Ad fünf. Drei Typen versuchen uns mit Kugeln zu durchsieben. Niemand von ihnen überlebt, um seine Geschichte erzählen zu können.«

Er dachte gerade über ad sechs nach, als ihm schlagartig klar wurde, dass er sich absurderweise bis über beide Ohren in die Frau mit den violetten Augen verliebt hatte. Die vor seinem geistigen Auge aufsteigenden Bilder lenkten ihn von der Rasur ab und hätten ihn um ein Haar das Leben gekostet, als ihm das Rasiermesser am Hals abrutschte.

Liebe und Selbstmord bildeten eine tückische, dem Journalisten wohl vertraute Verbindung. Man verliebt sich und dann begeht man Selbstmord, um der Lächerlichkeit zu entgehen, wenn sich die Liebe verflüchtigt.

»Hören Sie mal, hören Sie mal, schon wieder auf den Beinen?«, sagte Gonzaga, der Starillustrator des *Demócrata*. »Ich dachte, Sie lägen noch im Bett.«

»Gonzaga, was für eine Überraschung«, rief der Journalist, der dankbar war, dass der Kollege ihn aus dem Strudel seiner Gedanken riss.

Gonzaga, der in den letzten zehn Jahren noch nie so freundlich empfangen worden war, stutzte einen Moment. In der rechten Hand hielt er seinen Notizblock, mit der linken schleppte er eine transportable Smith Corolla, die gut 15 Kilo wog.

»Wie, was ...«, stammelte er, wobei er für ein Mal auf sein »Hören Sie mal« verzichtete. »Ich habe Ihnen Arbeit aus der Redaktion mitgebracht.«

Gonzaga stellte die Schreibmaschine auf den Tisch und wartete, bis Manterola, der ihn im Spiegel beobachtete, mit dem Rasieren fertig war.

»Können die in ihrer Ausbeuterhöhle nicht warten, bis ich wieder auf den Beinen bin?«

»Hören Sie mal, das war meine Initiative. Ich dachte, dass diese Geschichte, hören Sie mal, Sie total begeistern würde«, sagte er, klappte seinen Zeichenblock auf und näherte sich dem Journalisten. Die mit energischen Bleistiftstrichen konturierte und mit Kohlestift schattierte Zeichnung zeigte einen Dompteur in der Uniform eines kaiserlich-österreichischen Husaren des vergangenen Jahrhunderts, der seine Peitsche gegen ein Dutzend Löwen schwang. Im Hintergrund waren die langen Gitterstäbe eines Käfigs zu erkennen. Die Löwen gebärdeten sich aggressiv, einige rissen ihre Mäuler auf oder schlugen mit ihren Tatzen nach dem Dompteur, der einen Revolver im Holster trug und die linke Hand demonstrativ in die Hüfte stemmte.

»Und was soll das bedeuten? Könnten Sie ausnahmsweise auf Ihren Telegrammstil verzichten und mich über die Geschichte aufklären?«

»Zirkus Krone, sechs Uhr nachmittags, hören Sie. Dompteur deutscher Herkunft, spanisch-deutscher. Silverius Werner Cañada. Verrückt geworden wegen Liebe zu Trapezkünstler.«

»Trapezkünstler oder -künstlerin? Von welchem Geschlecht reden Sie, Gonzaga.«

Der Angesprochene stierte Manterola an und antwortete: »Trapezkünstlerin, ein bisschen nuttig.«

»Na bitte, geht doch.«

»Ging in den Löwenkäfig, Mitte der Vorstellung ...«

»Wie immer?«

»Normale Sache, hören Sie. Aber statt seine Nummer zu machen, anfing, den Bestien mit der Peitsche an die Eier zu gehen, bis sie genug hatten von ihm und ihn auffraßen.«

»Karacho!« sagte Manterola.

»Geschichte unvergesslicher Liebe, hören Sie. Bestürztes Publikum war Zeuge von alles.«

»Und warum, verflucht noch mal, haben sie ihn da nicht rausgeholt?«

»Selbst eingeschlossen, hören Sie. Den Schlüssel weggeworfen, als er drin war, mit Kette verschlossen und dann ...«

»Gut geplant ... Und wie hat man ihn da rausgekriegt?«

»Hören Sie, das habe ich nicht gefragt. Bleibt in Zweifel.«

»Wie, bleibt in Zweifel? Haben sie ihn denn noch nicht wieder rausgeholt?«

»Hören Sie, vermute, die Biester kauen noch an seinen Knochen rum.«

»Hören Sie«, sagte der Journalist und wusste nicht, ob er lachen oder weinen sollte. »Helfen Sie mir mal mit der Schreibmaschine, Gonzaga, ich bin noch nicht sicher auf den Beinen.«

»Klar doch«, sagte der Zeichner, nahm die Maschine und stellte sie auf den Nachttisch.

»Und noch was, Gonzaga. Könnten Sie zur Krankenhausverwaltung gehen und um ein paar Blatt Papier bitten?«

Beim Rausgehen stieß der Illustrator mit der Nonne zusammen, die in das Zimmer hereinstürzte.

»Schnell, kommen Sie!«, rief sie außer sich und rannte aus dem Zimmer hinaus.

Manterola und Gonzaga verließen das Zimmer und folgten dem flatternden weißen Ordenskleid bis zu einem Zimmer zwei Türen weiter. Im Flur erschienen bereits die ersten Schaulustigen.

»Sehen Sie, sehen Sie, sehen Sie sich das nur an. Ich habe ihr nur zwei Pralinen gegeben«, schluchzte die Nonne neben dem Bett, auf dem der unnatürlich verdrehte Körper einer Frau lag, deren Augen hervorquollen und deren Hände ineinander verkrampft waren. Sie war an einer Zyankalivergiftung gestorben, nachdem sie die mit Gift gefüllten Pralinen gegessen hatte, wie man zwei Stunden später wissen würde.

Kapitel 29
Schatten des Schattens und ein gepanzerter Packard

»Ist Ihnen eigentlich aufgefallen, dass wir der Schatten eines Schattens sind? Die Verschwörer aus dem Haus der Witwe, falls es eine solche Verschwörung gibt, sind ein Schatten, ohne klares Profil, ohne erkennbare Absicht, zumindest soweit wir das wissen, und wir, die wir ihnen aufs Geratewohl folgen wie verirrte Kinder, spielend und stolpernd, sind der Schatten dieses Schattens. Ist Ihnen das aufgefallen?«

»Klingt zumindest sehr lyrisch. Das muss man Ihnen lassen«, sagte Verdugo zum Dichter, als sie am Abend im Restaurant *Abel* (einem der fünf besten von Mexiko-Stadt, gleich nach dem *Cosmos* und dem *Bach*, und ein bisschen besser als das *Sanborns* und das *Regis*) spanische Tortilla mit gebratener Chorizo aus Toluca verspeisten und dazu zwei Flaschen Rotwein aus Ávila leerten, die ein Frachter vor knapp einer Woche in Veracruz ausgeladen hatte und die nach Meinung des Inhabers ein bisschen »seekrank«, nach Meinung der Kunden aber ausgezeichnet waren. Ein herber Wein, der die Lippen dunkelrot färbte.

»Ich sage das, weil ich überzeugt bin, dass sie uns, selbst wenn wir nichts machen und unser absurdes Leben weiterführen wie bisher, töten werden, falls wir nicht selbst in die Offensive gehen.«

»Wer will uns töten?«

»Der Schatten, oder etwas, dessen Schatten sie sind, oder ein Schatten, der nicht so herumirrt wie unserer.«

»Warum plötzlich diese Eile? Ist seit dieser Geschichte bei Peltzer nichts Nennenswertes mehr passiert?«

»Was glauben Sie, wie oft ihre Anschläge noch fehlschlagen werden? Wenn dich in dieser Stadt jemand umbringen will, wird es nicht allzu lange dauern, bis er es geschafft hat. Wir sollten die Sache nicht auf die leichte Schulter nehmen.«

»Ganz meine Meinung«, sagte Verdugo, der die These des Dichters teilte, dass es fortan nicht ausreichen würde, auf Schüsse zu reagieren, wenn man überleben wollte.

Der Dichter hob seinen Schnurrbart aus dem Weinglas und sah seinen Freund lange an. Er meinte an ihm einen gewissen Hang zum Selbstmord zu erkennen. Und wenn er es genau betrachtete, galt das Gleiche für den Journalisten und für Tomás, den Chinesen. Ihn störte das nicht weiter, denn er verspürte selbst zuweilen eine Art Todesnostalgie, eine tiefe Sehnsucht nach Frieden. Ihn bestürmte dabei die Erinnerung an die Schlacht von Paredón, und er fühlte sich wie ein Überlebender, der den Ruhm verpasst hatte, beim glorreichsten Angriff der besten Kavallerie der mexikanischen Geschichte gefallen zu sein. Aber das war eine vorübergehende Laune, die ihn normalerweise bei Hunger oder Erkältung beschlich, nicht zu vergleichen mit Verdugo, der das schmerzhaft-ironische Lächeln einer Kameliendame zur Schau trug, die an unheilbarer Tuberkulose erkrankt war. Er ließ nicht locker.

»Der Schatten des Schattens muss zur Aktion übergehen.«

»Was schlagen Sie vor?«

»Wir sollten Ihren Losgewinn nutzen, um Waffen zu kaufen. Wenn ich etwas von Pancho Villa gelernt habe, dann, dass man sein Geld in die eigene Bewaffnung investieren sollte.«

Verdugo war von diesem Vorschlag nicht weiter überrascht und verstand ihn in seiner ganzen Doppeldeutigkeit: Feuerwaffen und eine weitere Flasche Ávila. Er hob die Hand, um beim Kellner den Rotwein zu bestellen.

Das Restaurant war halbleer. Für das Mittagessen war es zu spät und für das Abendessen noch zu früh, aber unsere Freunde feierten, dass Verdugo in der Lotterie auf ziemlich kuriose Art und Weise 1.700 Pesos gewonnen hatte. Nach dem Besuch eines Stundenhotels hatte der Anwalt versehentlich seinen Gabardinemantel mit einem anderen vertauscht. In der Manteltasche hatte er ein Lotterielos gefunden, das ihm am nächsten Tag einen Hauptgewinn bescherte. So viel Glück und Zufall waren eine Verpflichtung zum Feiern. Kaum hatte er diesen Entschluss gefasst, hatte er im Alameda-Park Fermín Valencia getroffen, der gerade auf einer Bank ein leidenschaftliches Gedicht zu den Buchstaben von Lupe Vélez schrieb, ein Akrostichon.

In einträchtiger Harmonie gelangten sie so zur Flasche Nummer fünf und zu Bekenntnissen, die im Rückblick als Ausfluss von Vertrauensseligkeit erscheinen mochten. Der Dichter las dem Anwalt ein langatmiges Gedicht ohne Endreim vor, mit dem er unter dem Pseudonym Blanca Flor López auf dem Blumenfest von Milpa Alta ein paar Geldscheine zu gewinnen hoffte, und der Anwalt fasste ihm gerührt drei Kapitel aus seiner Doktorarbeit in internationalem Recht zusammen: *Die Hoheitsgewässer in den transozeanischen Wasserstraßen.* Wenn die in den Köpfen der Wirte, Kellner, Restaurantbesitzer und Streifenpolizisten sorgsam gehüteten Kneipenregister von Mexiko-Stadt nicht logen, war dies das erste und einzige Besäufnis unserer Freunde, seit sie sich kannten. Die Motive lagen im Dunkeln. Wann und wo hatten der Dichter Fermín Valencia und der Anwalt Verdugo beschlossen, von der kontrollierten Erhöhung des Alkoholspiegels wie bei einem Experiment ihres beiderseits geschätzten Physikers Gay Lussac zum willentlichen Vollrausch überzugehen? Vielleicht hatten sie einen Tiefpunkt erreicht, vielleicht hatte der unverhoffte Reichtum sie angestachelt, vielleicht war es die angespannte Atmosphäre jener merkwürdigen Zeit. Der Weinrausch war angenehm und einlullend, er lud zu tränenreichen, genüsslichen Nostalgien ein und animierte zu großen Taten. Verbürgt ist jedenfalls, dass sie gegen halb sieben bei der siebten Flasche angelangt waren.

»Wir brauchen einen Panzer«, sagte der Dichter. »Ein Kampfgerät, wie es die Engländer vor fünf Jahren an der Somme eingesetzt haben. Mit Panzerketten und einer kleinen Kanone obendrauf, eisern und rostig.«

»Einen gepanzerten Wagen. Einen Packard, wie ihn General Pablo González hatte.«

»Hat ihm ja nicht viel genutzt.«

»Weil er naiv war. Er hat sich schließlich ohne seinen Packard auf den Weg nach Monterrey gemacht, und das war sein Ende.«

»Und was werden wir mit dem Packard machen?«

»Das Gleiche wie mit Ihrem Panzer, nur ohne auf der Straße aufzufallen.«

»Ich weiß nicht, ich weiß nicht«, sagte der Dichter und steckte seinen Kopf zwischen die leeren Flaschen, als wolle er sich vor dem plötzlich sehr ernsten Blick Verdugos verstecken.

»Vielleicht sind die ja die Guten, und wir stecken unsere Nase in Sachen, die uns nichts angehen, als Aufdeckstörer.«

»Oh, ein Neologismus, Herr Dichter.«

»Welcher, Anwalt?«

»Glauben Sie wirklich, dass diese Beknackten auf der richtigen Seite stehen? Wenn Manterola hier wäre, würde er Ihre Zweifel schnell zerstreuen. Wahrscheinlich hat dieser Oberst Gómez schon als Kind seinen Brüdern die Babyflasche geklaut. Und der Spanier, und dieser kleine Leutnant, der mit ihnen zusammen war, und der Franzose und die Dame, die sich mit Hypnotisieren beschäftigte, und die Witwe ...«

»Ich habe das Gefühl, dass unser Journalist in die Witwe verliebt ist ... Und Sie sind Ihrer Freundin Concha doch auch nicht abhold, oder?«

»Jetzt überraschen Sie mich aber, mein Dichter. Sie lassen doch sonst nicht den Puritaner raushängen. Also – wozu brauchen wir einen Panzer?«

»Eigentlich für nichts«, erwiderte Fermín Valencia und begann, ein paar Verse eines jungen Poeten aus Veracruz mit dem Familiennamen Maples Arce zu zitieren, die ihn sehr berührt hatten, als er sie am Morgen gelesen hatte:

»*Die aufständische Stadt mit ihren Leuchtreklamen / Schwebt auf den Kalenderblättern / Wo Abend um Abend / Auf planierten Wegen eine Straßenbahn verblutet.*«

Verdugo betrachtete seinen Freund aufmerksam.

»Scheiße, wenn ich nur so schreiben könnte wie dieser junge Kerl«, sagte der Dichter.

Als sie bei der Flasche Ávila Nummer neun angekommen waren, kehrten sie ohne vorherige Absprache zur Frage der Kriegführung zurück und rekapitulierten die Geschichte:

»Ich habe gesehen, wie sie den Posaunisten getötet haben, und das war wirklich hässlich, auf die ganz miese Tour. Es waren zehntausend Leute da. Oder weniger, fünftausend, tausendfünf Personen, die dem Marsch zuhörten, und – zack – pusten sie ihm den Kopf weg, einfach so, mit einem Dings, einem Schuss, nicht wahr?«

»Ich war auf dem Fest, aber ich war eingeschlafen, bei dem Film war ich eingeschlafen. Er war aber auch nicht gut ... Sie waren so wie die Römer, genauso scheiße, so ... Und der Bleihagel, mein Dichter, der Bleihagel. Meine Hand tut immer noch weh«, sagte Verdugo und bewegte seine verbundene linke Hand.

»Und was sagen Sie dazu, dass dieser Offizier mich fast umbringt, wie einen Zirkusaffen jagt er mich durch das ganze Gebäude, mein ganzer Rüssel ist kaputt von dem zerbrochenen Glas, sehen Sie«, und er deutete auf die Verletzungen, die die Glassplitter in seinem Gesicht hinterlassen hatten, das auch schon bessere Zeiten gesehen hatte.

»Ich wollte, dass ...«, sagte Verdugo, hielt dann inne und dachte einen Moment nach, als er den Satz aber fortsetzen wollte, hatte er vergessen, was er sagen wollte.

Am nächsten Tag wachte er frühmorgens mit Magenschmerzen auf, die er auf den »etwas seekranken« Wein aus Ávila zurückführte. Den Rest seines frisch erworbenen Vermögens hatte er aber noch in der Hosentasche. Er stand auf und kaufte einen gepanzerten Packard aus zweiter Hand.

Kapitel 30
Verschiedene Dinge, die sich zugleich ereignen

Cipriano näherte sich Tomás während der Arbeitszeit, nahm ihn beim Arm und fragte:

»Tomás, kannst du einem Genossen in deiner Wohnung Unterschlupf gewähren? Ich würde dich nicht darum bitten, wenn es nicht äußerst wichtig wäre, mein Junge.«

Tomás stimmte zu: »Wenn es ihm nichts ausmacht, am Molgen zu stolpeln. Das Haus ist nämlich voll.«

»Haben Sie etwa geheiratet?«

»Zu lang, um das zu elkläen. Du, bling ihn mil einfach molgen flüh zu Hause volbei.«

»Kennst du das Kino Rialto in San Ángel? Gegenüber gibt es eine Gaststätte, die von der Witwe Magañas geführt wird, des Genossen von der Fabrik *La Carolina*, den die Gelben umgebracht haben. Morgen früh, um halb elf, wird da ein Genosse sitzen und *Die Elenden* von Victor Hugo lesen. Wenn er eine Mütze auf hat, bleib auf Distanz, warte, bis er rausgeht und folge ihm vorsichtig, um zu sehen, ob er verfolgt wird. Wenn er keine Mütze trägt, kannst du problemlos Kontakt zu ihm aufnehmen. Als sich der Vorarbeiter näherte, unterbrachen sie das Gespräch und trennten sich.

75 Minuten später wurde der Journalist Pioquinto Manterola, der am Tag zuvor das Krankenhaus verlassen hatte und wegen der vergifteten Pralinen immer noch geschockt war, von seinem Freund, dem Anwalt Verdugo, zum Chef des Sondereinsatzkommandos, Nacho Montero, auf das 7. Revier begleitet. Dieser fand bei der Vernehmung nicht mehr heraus, als er bereits wusste, und gab selbst herzlich wenig preis: Die Pralinen waren in der Rezeption von einem Pagen des Hotels Bristol in der Jesús-María-Straße abgegeben worden. Nur jede Dritte enthielt Zyankali. In den vergifteten Pralinen war genug Zyankali, um ein Pferd zu töten. Es war schwer, das Gift nicht herauszuschmecken, auch wenn es sich um Mandelpralinen handelte. Das war alles.

»Feinde? Puh, bei meinem Beruf ist es fast unvermeidlich, sich Feinde zu machen, auch wenn man häufig nicht einmal ihre Namen kennt«, erklärte der Journalist.

Draußen auf der Straße hatte ein leichter Nieselregen eingesetzt. Zwei Reiter beschleunigten den Trott ihrer Pferde und überholten einen lahmenden Ford. Verdugo öffnete die Tür des gepanzerten Packard und half dem Journalisten beim Einsteigen.

»Das reicht jetzt wohl. Wir sollten etwas unternehmen.«

»Die Witwe hat mir geschworen, dass es nichts mit ihr oder ihren Freunden zu tun hat ...«

»Mit wem dann?«

»Ich habe keine Ahnung. Aber Sie haben Recht, es reicht.«

»Niemand kommt von sich aus auf den Gedanken, zu behaupten, dass er unschuldig sei, wenn er gar nicht beschuldigt wird. Niemand gibt Antworten, wenn ihm keine Fragen gestellt werden.«

»Wahrscheinlich haben Sie Recht, wir müssten da anfangen.«

»Gestern haben sie auf den Dichter geschossen und ihn beinahe getötet. Mal sehen, ob der Schatten aus dem Dunkel hervortritt, wenn wir die Schrauben ein bisschen anziehen.«

»Welcher Schatten?«

»Der Feind. Der Dichter hat ihn so getauft ... Und unserem Club der Dominospieler hat er den hochlyrischen Namen ›Schatten des Schattens‹ verliehen.«

»Nicht schlecht, gar nicht schlecht. Dieser Dichter sollte bei meiner Zeitung arbeiten.«

Der Erwähnte stand unterdessen am Lieferanteneingang des Hotels Regis, wo er dem Küchenchef sechs Schinken aus Toluca verkaufen wollte, die ohne weiteres als Serrano-Schinken hätten durchgehen können. Eigentlich waren sie aber auch nicht aus Toluca, sondern aus Tlaxcala, und der Dichter hatte sie als Lohn für ein Gedicht zum 15. Geburtstag der Tochter eines Großgrundbesitzers aus Santa Inés bekommen. Mit viel Überredungskunst schaffte er es schließlich, die Schinken gegen 17 Pesos und einen Gutschein für sechs Mittagessen im Hotelrestaurant einzutauschen. Als er wenig später die Essensgutscheine in der Bar für den entsprechenden Wert in Getränke umsetzte, sah er, wie an einem Hintertisch ein nordamerikanischer Journalist des Hearst-Konzerns lautstark mit Bertram Wolfe stritt. Der Dichter kannte Wolfe, einen Englischlehrer am Gymnasium und Freund der Maler, die den Hof mit riesigen Wandmalereien schmückten. Der Gringo gefiel ihm: In wenigen Monaten hatte er sein Spanisch erheblich verbessert, und über Mexiko sprach er immer mit liebevoller Zuneigung und Wohlwollen. Er schrieb für eine linke Presseagentur in New York und arbeitete mit Zeitungen der nordamerikanischen Kommunistischen Partei zusammen, trank wenig und hatte eine wunderschöne Frau, Ella. Trotzdem hätte der Poet sich nie an einen fernab der Tür aufgestellten Tisch gesetzt, sondern mit ein paar vor sich stehenden Gläsern versucht, einem Gedicht Form zu geben, das ihm im Kopf herumging, wenn er nicht aufgeschnappt hätte, dass die Gringos über die Leiche sprachen, die Manterola vor einer Woche im Hotel gefunden hatte. Deshalb nahm der Dichter, der sich allmählich daran gewöhnt hatte, dass sich die Fäden dieser überraschenden Geschichte, in die er geraten war, respektlos verflochten, einen Stuhl und setzte sich zu ihnen.

Ansonsten gab es über diesen Tag wenig zu berichten, außer dass Rosa, während der Chinese gerade seine Spätschicht in der Fabrik beendete, vom Fenster ihres kleinen Zimmers in Contreras aus zwei Schatten an der Straßenecke bemerkte, die ihr Haus beobachteten; dass Pioquinto Manterola in der Nacht Alpträume hatte, in denen ihm eine nackte Frau mit einem Sonnenhut auf dem Kopf erschien, um ihn mit zwei riesigen Schlachtermessern in der Hand zu umarmen; und dass Pancho Murguía, der Lieblingsgeneral Carranzas, aus den Vereinigten Staaten kommend in Mexiko eindrang, um eine weitere Militärrebellion gegen Obregón anzuzetteln, die schnell niedergeschlagen wurde.

Kapitel 31
In dem die Freunde ein Dominospiel beginnen, ohne es zu beenden, woran der Journalist und seine 15 Fragen großen Anteil haben

Als der Dichter durch die Schwingtür das Hotel Majestic betrat, schenkte Tomás, der mit einem Glas am Tresen stand, dem von der Straße hereinwehenden Luftzug keinerlei Beachtung; Manterola und Verdugo, die an dem üblichen Tisch saßen, lächelten hingegen zufrieden.

Diese Partie Domino musste gespielt werden, dabei ging es nicht so sehr um das Spiel, sondern darum, die Kontrolle über diese seltsame Geschichte zu gewinnen, in die sie verwickelt waren. Es war wie bei einem Theaterstück, bei dem ein zerstreuter Regisseur vergessen hatte, die Rollenbücher an die Schauspieler auszuhändigen, die sich in Dialoge, Morde, Feste, Orgien und Gesänge verwickelt sahen, ohne dass klar wäre, wen sie eigentlich darstellen sollten.

Der Dichter war sich der Situation bewusst und er begab sich ohne weitere Vorreden direkt zu dem Tisch. Sogar Tomás fühlte sich von dieser neuen Aura der Dringlichkeit angezogen und ließ das halbvolle Glas stehen, um sich zu seinen Freunden zu gesellen.

Die Veränderung der Spielregeln lag spürbar in der Luft, und der Wirt, der nicht eingeweiht war, nahm es als kleine Warnung wahr, weshalb er dem Marmortisch fernblieb, auf dem die geschickten Hände Pioquinto Manterolas nun die Steine mischten, die den Spielern ihre Rückseite zuwandten.

Dieses Mal waren die Plätze nicht ausgelost worden. Alle hatten sich ohne weiteres Brimborium auf die Stühle gesetzt.

»Kommen Sie laus, meine Hellen«, sagte Tomás, der den Doppel-Sechser in die Mitte legte und dessen Aufforderung für den Journalisten das erwartete Signal war, um aus seiner Westentasche ein Blatt Papier zu ziehen und einen Vorschlag zu machen:

»Ich habe hier eine Liste mit einigen Fragen, die mir durch den Kopf gegangen sind. Mal sehen, ob wir es schaffen, die Verwicklungen zu entwirren, in die wir geraten sind, ohne es zu wollen oder jemals befürchtet zu haben.«

»Gehen wir in die Offensive«, sagte der Anwalt Verdugo und legt den 6-er/4-er an.

»Sagen Sie das wegen del Viel?« fragte Tomás, der die Hast seiner Kollegen genoss, vielleicht weil seine Maske wie eine zweite Haut war und es ihm Spaß machte, zu sehen, wie schwer sich seine Freunde mit der »gleichmütigen Art der Orientalen« taten.

»Doppel-Vier«, sagte der Poet.

»Nur ein Anfänger spielt bei der ersten Gelegenheit einen Doppelstein«, grummelte Manterola.

»Nein, nicht wegen der Vier, Tomás«, sagte Verdugo und wandte sich dem Journalisten zu. »Nun machen Sie schon, Manterola, diese Geschichte weckt mich aus dem Tiefschlaf auf, in dem ich mich seit November 1887 befinde.«

»Was ist denn damals passiert? Ach so, klar, Ihr Geburtsdatum. Verzeihung, aber ich bin ein bisschen langsam«, sagte der Dichter.

»Es ist nicht unbedingt die richtige Reihenfolge, aber fangen wir mal an. Erstens: Was verbindet die Witwe Roldán mit Oberst Gómez, mit Conchita, der Sekretärin, mit Celeste, der Hypnotiseurin, mit Ramón, dem Spanier, der aus der Distanz ejakuliert, mit dem namentlich nicht bekannten Leutnant und dem aristokratischen Franzosen, von dem wir nur sehr wenig wissen? Was haben sie gemeinsam? Wer wohnt in dem Haus und warum? Wer sind die Drahtzieher?«

»Ausgezeichneter Stil, Herr Journalist ... sehr schön die erste Frage«, sagte der Dichter. Als er den 5-er sah, den der Chinese ausgespielt hatte, dachte er, dass sein Spielpartner die Sechs, die bis dahin von allen bedient worden war, zufällig gelegt hatte. Einem Reflex gehorchend sortierte er seine beiden 6-er Steine um, einen legte er mit dem Kopf nach unten zu den 3-ern, den anderen zu den blanken Steinen.

»Wollen sie Antworten oder reichen Ihnen die Fragen?«, wollte Verdugo lächelnd wissen, dem es ein bisschen peinlich war, weil er die eigene Unentschiedenheit spürte, tiefer in die Geschichte einzudringen, die sie bereits gefangen hielt.

»Heben wir uns die Antworten für später auf«, sagte der Journalist und spielte eine Vier, womit er die Sechs vom Beginn des Spiels am anderen Ende des Spieltisches unberücksichtigt ließ. Mit belegter Stimme las er, ohne den Tonfall zu verändern, vor: »Zweitens: Wer tötete den Feldwebel Zevada? Wer den Oberst Zevada? Nehmen wir an, dass es der- oder dieselben waren und kommen wir zum Warum. Wir sollten uns Folgendes fragen: Was verbindet die Zevada-Brüder mit der Gruppe um Gómez und die Witwe? Mit allen? Mit einigen? Wir wissen, dass die Zevadas Margarita gekannt haben. Zumindest hatten sie ein Foto von ihr, schließlich sind wir über das Foto auf sie gestoßen. Und wir wissen außerdem, dass Margarita in dem Gebäude gegenüber der Zeitung war, als Oberst Zevada herunterstürzte. Mehr wissen wir nicht.«

»Gute zweite Frage, mein Lieber«, sagte der Dichter wieder. Der Chinese debattierte schweigend mit sich selbst, ob er dem Faden der Fragen folgen oder versuchen sollte, die Sechs zu bedienen. Er ahnte nämlich, dass sein Partner falsche Schlüsse daraus gezogen hatte, dass er auf seiner Seite nicht mit der Sechs weitergemacht hat, aber schließlich hatte die Schlafmütze ja auch nicht darauf gedrängt.

»Machen Sie weiter, Gentleman, aber bis jetzt haben wir

weitaus mehr Fragen als Antworten«, sagte Verdugo und lächelte dabei über das ganze Gesicht.

»Doppel-Zwei«, sagte der Journalist und spielte den Stein mit den Zweien.

»Auf die Sechser«, sagte der Chinese und atmete so leise aus, dass seine Erleichterung unbemerkt blieb. Er legte den 2-er/6-er an.

»Sieh an, so klärt sich das Geheimnis auf«, sagte Verdugo.

»Drittens«, sagte der Journalist. »Warum hatte der Dümmere der beiden Zevada-Brüder Juwelen in seiner Tasche?«

»Prima«, sagte der Dichter. »Alles wunderbar: die Zweien, die Sechsen und die Juwelen. Das Leben klärt sich von selbst auf und bestätigt meine Philosophie, dass man das Wasser den Fluss hinunterlaufen lassen sollte, wenn man sowieso keine Ahnung hat, was gerade passiert.«

»Viertens: Wie viele Linkshänder tauchen in der Geschichte auf?«

»Bevor wir zu fünftens übergehen, schlage ich vor, dass wir die Zevadas nicht in Kategorien wie dumm oder clever einteilen, es sei denn Sie besitzen ein Indiz für diese Zuordnung, sondern bei Posaunist Zevada und Oberst Zevada bleiben«, sagte Verdugo und deutete an, dass er passte.

»Fünftens: Was wollte die Witwe Roldán in dem Haus in der Humboldt-Straße? Und was hatte Oberst Zevada dort zu suchen? Man muss schon ein ziemlicher Trottel sein, aber ich war so von der Frau fasziniert, dass ich nichts mitgekriegt habe. Ich bekenne, dass ich mich absolut unprofessionell verhalten habe. Ich habe noch nicht mal den Zeitungsartikel des Kollegen gelesen, der über die Geschichte berichtet hat.«

»Kein Problem«, sagte Verdugo. »Ich habe den Artikel gelesen. Er stürzte, oder wurde gestürzt, aus dem Bürofenster der Juweliere Weiss.«

»Bei der Leiche waren aber keine Juwelen. Da bin ich mir sicher.«

»Hinzu kommt, dass der Juwelier betont, er habe ihn noch nie gesehen.«

»Ich bedaule, in so einem Moment pedantisch zu elscheinen, abel da del liebenswelte Joulnalist sich nicht entscheiden kann, seinen Stein zu legen, kann ich Ihnen volschlagen, einen englischen Schliftstellel namens Conan Doyle zu lesen.«

»Ist er übersetzt?«

»Nein«, sagt Verdugo, »aber Tomás hat Recht. Das *Strand Magazine* hat eine Aufsehen erregende Serie seiner Detektivgeschichten veröffentlicht. In den Vereinigten Staaten macht er Furore. Sein Detektiv arbeitet immer mit einem Arzt zusammen.«

»Den hat er wahrscheinlich nötig. So wie wir.«

»Nein, bitte nicht. Nicht noch ein Engländer, mir reicht im Moment der Franzose. Wie heißt er eigentlich?«

»Michel Simon oder so ähnlich. Ich weiß nicht, ob er Linkshänder ist, aber die Pistole trägt er jedenfalls im linken Stiefelschaft. Eine kleine Pistole, eine Derringer oder irgendein Scheiß in der Art«, sagte Verdugo.

»Die Derringer benutzt man doch, um Löcher in den Gruyère-Käse zu machen«, sagte der Dichter.

»Auf drei Meter Entfernung ist sie genauso tödlich wie ein 45-er Colt Spezial«, erwiderte Verdugo, der sich damit auskannte.

»Sechstens – und nehmen Sie hier eine Vier, werter Sohn des Orients.«

»Sinaloa liegt im Okzident, Joulnalist. Abel vielen Dank fül die Viel.«

»Sechstens also: Wieso konnte Gómez Oberst der Gendarmerie von Mexiko-Stadt werden, wenn er ein Freund von Pablo González war? Wieso überlebte er die Säuberungsaktion gegen die González-Leute im Jahr 1920?«

»Das ist eine gute Frage. Wissen sie etwas darüber, Tomás?«, fragte der Dichter.

Der Chinese verneinte mit einem Kopfschütteln.

»Siebtens: Ist Roldán eines natürlichen Todes gestorben? Ist Margarita die Witwe eines natürlich Verstorbenen?«

Das Dominospiel stockte. Entgegen ihrer Gewohnheit hatten die Spieler es nicht geschafft, das Geschehen auf dem Spieltisch mit ihrer Unterhaltung zu synchronisieren. Keiner der

Gäste schaute ihnen heute zu, und auch der Wirt brachte nicht die gewohnte Flasche Habanero mit vier Gläsern.

»Achtens: Hat der ›Club der Schatten‹, wie unser Freund, der Dichter, sie nennt, etwas mit dem ermordeten Engländer im Hotel Regis zu tun? War Oberst Gómez rein zufällig dort und was hat es mit seinem Schlüsseltrick auf sich? Wer ist der ermordete Engländer? Was hatte er in Mexiko-Stadt zu tun? Wo befinden sich die Wertpapiere in Höhe von einer Million Pesos jetzt?«

»Zu dem Punkt kann ich etwas beitragen«, sagte der Dichter. »Gestern habe ich zufällig mit Wolfe und diesem anderen Vogel vom Hearst-Konzern über unsere Leiche gesprochen.«

»Was hat Wolfe gesagt?«, fragte Pioquinto Manterola, der den nordamerikanischen Journalisten kannte.

»Anscheinend war der Engländer der Repräsentant eines englisch-holländischen Erdölkonzerns und hielt sich in Mexiko auf, um mit der Regierung über Exportrechte zu verhandeln. Wolfe hat dazu eine ganze Theorie entwickelt. Ihm zufolge hatten die Ölbarone nach dem in New York abgeschlossenen Lamont-Delahuerta-Abkommen und der Anerkennung einer Bankschuld von einer Milliarde Pesos durch die Regierung Obregón, für die das nationale Eisenbahnnetz und die Ölexportrechte als Sicherheit dienten, Angst bekommen, dass der Artikel 27 bezüglich des Nationaleigentums an Grund und Boden strikt angewendet werden könnte, was für sie ziemlich unangenehme und langwierige Verhandlungen nach sich ziehen könnte. Demnach war Ingenieur Blinkman das erste U-Boot, das der Erdölkonzern El Águila losschickte, um an den Amerikanern vorbei mit der Regierung Obregón Verhandlungen zu führen. Williams sagt, dass Blinkman ein Mann etwas seltsamer Gewohnheiten war und dass sie ihm eine Pistole in den Mund gesteckt haben, um ihm nicht etwas anderes hineinzustecken, eine Hosengeschichte nennt er das. Wolfe schwört Stein und Bein, dass es eine Geheimgesellschaft der Ölkonzerne gibt. Er glaubt, dass die Pistoleros der Nordamerikaner von der Huasteca oder der Texas Oil sie gegründet haben, und prophezeit für die nächsten Monate viele Tote ohne Grabstein, wenn die Konzerne erst anfangen, Roulette zu spielen. Williams vermutet, dass Blinkman von seinem Zimmergenossen Van Horn getötet wurde, der seitdem verschwunden ist.«

»Das bringt mich zu Frage neun: Was hat Tampico mit all dem zu tun? Zevada und Gómez wurden in Tampico zum Oberst befördert, dort haben auch die Ölgesellschaften ihr Hauptquartier. Liegt der Schlüssel zu unserer Geschichte in Tampico?«

»Tomás?«, fragte Verdugo.

»Ich habe in del Wäschelei gealbeitet, dann als Schleinel. Ich kenne sie, ihle Namen walen belühmt in del ganzen Eldöllegion. Beim Stleik 1919 walen sie da und gaben Befehl, mit Blei auf die Albeitel zu schießen. Mehl kann ich Ihnen nicht sagen. Tampico wal eine dleckige Stadt, wo Unmengen von Geld im Umlauf walen, man kaufte und velkaufte Obelste, Geneläle, Boden. Mold wal an del Tagesoldnung. Das Öl ist wie ein Tümpel voll mit schwalzel Scheiße. Mehl weiß ich nicht.«

»Gut, und zehntens: Was hat die Chinesin von Tomás damit zu tun?«

»Gar nichts«, antwortete Tomás und lächelte, wobei er für einen Moment Tampico vergaß.

»Entschuldige, Tomás, aber in dieser Geschichte gibt es keine Zufälle, und wenn mitten in einer Schießerei eine Frau aus einer zwielichtigen Bude gerannt kommt und dich um Hilfe bittet, bleibt mir nichts anderes übrig, als Fragen zu stellen.«

»Nichts«, wiederholte der Chinese.

»Dann die Nummer elf: Wer erteilte dem Galicier Suárez und Felipe Tibón den Auftrag, uns zu ermorden? Wer war der dritte Tote bei der nächtlichen Schießerei? Hinter wem von uns waren sie her? Hinter mir, weil ich mich der Witwe genähert und drei idiotische Vorschläge gemacht habe? Hinter dem Dichter, der den Mord an dem Posaunisten Zevada beobachtet hat? Hinter Tomás, der Rosa López gerettet und sie mit nach Hause genommen hat? Hinter mir, weil ich in der Zeitung geschrieben habe, dass Blinkman ermordet wurde und nicht Selbstmord begangen hat? Hinter uns allen? Hat das alles mit dem Rest der Geschichte zu tun oder nicht?«

»Zu viele Fragen für mich in einer einzigen Nacht«, sagte der Dichter.

»Warten sie, Fermín, hier kommt noch eine Frage. Zwölftens: Was wollte Margarita Roldán von mir, als sie mich im Krankenhaus besuchte?«

»Und was Celeste, die Hypnotiseurin, von mir, außer mir den Magnetismus zu erklären? Kommt auf das Gleiche raus. Das werde ich nie rauskriegen.«

»Noch eine dreizehnte: Wer ist dieser Offizier, der ohne Umschweife eine Salve Blei auf unseren Dichter abgefeuert hat, und warum?«

»Das ist eine leichte Frage«, sagt Verdugo. »Wenn wir neulich nicht so viel Wein getrunken hätten, wäre das Rätsel schon gelöst. Ist es ein 1,70 Meter großer Mann, Kotelettenträger, hervorspringende Augen, extrem dichte Augenbrauen, etwas jünger als dreißig?«

»Nein, verdammt, ganz und gar nicht. Wenn ich mich richtig erinnere, es war ja nur ein kurzer Blick und schon ging die Ballerei los, dann war er schlank und ein erhebliches Stück größer als ich, bartlos, ein Blonder, dessen Haare von der Sonne gebleicht waren.«

»Wie kommen Sie auf die Beschreibung?«, fragte der Journalist.

»Ich dachte, dass es vielleicht der Adjutant von Goméz sein könnte, ein kleiner Leutnant, der während des Festes immer an seiner Seite war und der ständig um die Hypnotiseurin herumscharwenzelte«, sagte Verdugo. »Aber die Beschreibung des Dichters kommt mir auch bekannt vor, vielleicht war es ein anderer Offizier aus dem Gefolge von Gómez.«

»Wenn er nicht dazugehört, würde das die Sache noch komplizierter machen ... Und er hat wirklich nichts gesagt, bevor er den ersten Schuss abfeuerte? Das scheint mir nicht gerade mexikanischer Stil zu sein.«

»Nicht mal ›Guten Tag‹ hat er gesagt. Er sah mich, schaute noch mal hin und Feuer.«

»Verflixt, ich habe noch eine. Die vierzehnte: Wer schickte

warum die vergifteten Pralinen ins Krankenhaus? Und noch eine, fünfzehntens: Was wissen wir? Wen stören wir? Was haben wir gemacht?«

»Das ist die beste«, sagte Tomás.

»Es ist die letzte.«

»Das sind jetzt aber eine ganze Menge Fragen«, entgegnete der Anwalt Verdugo. »Wenn Sie nichts dagegen haben, reißen wir Ihren Zettel in Streifen und teilen die Stücke unter uns auf. Ich glaube, es wird allmählich Zeit, dass wir statt Fragen Antworten finden. Das Spiel ist jetzt sowieso nicht mehr zu retten.«

»Was für ein Jammer, gerade jetzt, wo Tomás und ich am Gewinnen waren.«

»Mein Vater hat immer gesagt, dass man beim Spielen nicht sprechen soll«, sagte Verdugo, der die Liste des Journalisten in vier gleich große Stücke teilte.

»Warum hat er das gesagt?«

»Wer?«

»Ihr Herr Papa.«

»Mein Vater hat nie das Wort an mich gerichtet«, antwortete Verdugo.

Der Dichter lächelte. Tomás stand auf und begab sich zum Tresen des Majestic.

Kapitel 32
Treffen alter Freunde an einem Regentag

Mexiko-Stadt verlängerte sich nach Süden hin in die proletarische Welt von San Ángel, Puente Sierra, Tizapán, Contreras. Städte, die durch die dünne Nabelschnur der Straßenbahn von Tacubaya mit dem Bundesdistrikt verbunden waren. Hier überwogen labyrinthische, gepflasterte Straßen, kleine Gassen, die an den großen Textilfabriken endeten, die auf dem Boden der alten Haziendas errichtet worden waren: *La Abeja, La Carolina, La Eureka, La Magdalena, La Alpina, Santa Teresa*. Fabriken, die französischen, englischen oder spanischen

Besitzern gehörten; Werkstätten und Färbereien, in denen schweißtreibende Arbeiten verrichtet wurden, umgeben von heruntergekommenen proletarischen Häusern, in welchen die Arbeiter von der Firma für die Zeit ihrer Anstellung einquartiert wurden. Kleine Gemüsegärten, die von den Arbeitern, die ihre bäuerliche Herkunft noch nicht völlig abgestreift hatten, bewirtschaftet wurden.

Im Süden regnete es. Diese Stadt war für den Regen geboren. Aber diesmal war es selbst für diese Stadt zu viel, der Regen trieb sie in den Wahnsinn. Die Straßen verwandelten sich in reißende Bäche, die zu dem kleinen Rathausplatz von San Ángel hinunterflossen; dabei führten sie Berge von Schlamm mit sich und ließen Autos und Karren in Sümpfen versinken. Der Regen machte die Radfahrer verrückt und die Pferde der berittenen Gendarmerie nervös, die in dem Gebiet patrouillierte.

Tomás, der eine graue Gummi-Regenjacke trug, sprang von Pflasterstein zu Pflasterstein über die Pfützen. Ein ums andere Mal rutschte er aus, schaffte es aber irgendwie, nicht völlig aus dem Gleichgewicht zu geraten. Schließlich blieb er vor einem einfachen Restaurant stehen, in dem ein paar Arbeiter an den Tischen aßen. Einer von ihnen, ein Dünner mit zusammengewachsenen Augenbrauen, spitzer Nase und einer Schiebermütze, die neben einem unberührten Teller Suppe lag, las im Band 2 der *Elenden*.

»Hallo, Sebastián«, grüßte der Chinese und näherte sich ihm.

»Ich werd' nicht mehr, Tomás, du bist es«, antwortete dieser mit einem breiten Grinsen.

»Ein Jahl ist es hel, odel?«

»Mehr oder weniger«, sagte Sebastián und lud den Chinesen ein, Platz zu nehmen. »Seit Mai 1921 haben wir uns nicht mehr gesehen.«

»Bist du schnell wiedel zulückgekommen?«

»Sechs Monate war ich in Guatemala, wo ich ein bisschen organisiert habe, danach bin ich zu Fuß über die Grenze zurück. Mann, eine schöne Scheiße war das, mehr Fliegen als

Bäume gab's da. Ich musste meinen Namen wechseln und Ende des Jahres war ich in Atlixco. Die Gelben haben ziemlich Druck gemacht, und ich bin in eine Schießerei geraten, musste also wieder weg und ging zurück nach Tampico. Aber es hat sich viel verändert, seit wir da waren. Ich bewege mich die ganze Zeit halb im Untergrund, kann keine offene Arbeit machen. Wenn ich mal auf einer Versammlung spreche, muss ich danach zwei Wochen abtauchen. Auf jeden Fall läuft die Sache da jetzt supergut. Es gibt immer mehr Propaganda auf den Erdölfeldern, und es wird nicht mehr lange dauern, bis eine Gewerkschaft der Erdölarbeiter auf den Beinen steht, die unseren Ideen verbunden ist. Es ist eine Frage von Monaten, höchstens einem Jahr, mein Freund.«

»Und was machst du jetzt hiel?«

Sebastián stand auf und umarmte den Chinesen, der angesichts der Gefühle anderer immer nervös wurde, aber trotz seiner Steifheit die Umarmung erwiderte.

»Du bist ja noch dünnel gewolden, Fleund. Schwele Untelelnählung ist das, was du hast.«

»Ja, Scheiße, ich verließ Tampico, war dann in San Luis Potosí, wo ich ein paar Tage im Haus von Genossen Unterschlupf fand, die nicht mal für sich selbst genug Essen hatten. Was willst du da machen?«

»Wilst du hiel gesucht?«

»Ich glaube nicht, dass sie wissen, dass ich in Mexiko bin. Wenn mich jemand erkennt und denunziert, sieht es allerdings schlecht aus. Ich habe mit Huitrón und Rodolfo Aguirre gesprochen und sie meinten, dass ich nach Süden gehen und der Stadt fernbleiben solle. Denkst du, dass ich da Arbeit als Mechaniker finden kann?«

»Gute Mechanikel welden immel gesucht, vol allem in den Kesselfabliken. Abel wenn du kein Zeugnis hast, welden sie dil wenigel Lohn zahlen. So was nutzen sie sofolt aus.«

»Ich besitze die besten gefälschten Arbeitszeugnisse der Welt. Das wär' ja noch schöner, an Papieren soll es jedenfalls nicht scheitern.«

»Dann lässt sich das leicht machen. Wil müssen eine kleine Fablik suchen, wo dich niemand kennt odel wenn, dann nul ganz zuvellässige Genossen. *La Plovidencia* könnte gehen. Odel *La Aulelá*. Willst du in del Gewelkschaft albeiten?«

»Nein, nur in den Gruppen. Deshalb hab ich nach jemandem gefragt, der mich mit der schärfsten Gruppe hier in der Gegend zusammenbringen kann. Ich habe ein paar Aktionsvorschläge, über die ich reden möchte.«

»Willst du eine dilekte Aktion dulchfühlen? Die Gluppe ist knallhalt, abel es ist eine Plopagandagluppe. Manchmal blieb nichts andeles üblig, als auf die Stlaße zu gehen, abel sie machen keine individuelle Aktionen.«

»Werden sie mir wenigstens zuhören und nicht gleich nein sagen?«, fragte Sebastián San Vicente, wobei er den Chinesen fest anblickte.

»Clalo.«

»Gut, abgemacht. Wo kann ich Unterkunft finden, bis ich meinen ersten Lohn erhalte?«

»Bei mil zu Hause, obwohl es nul ein Bett fül alle dlei gibt«, sagte Tomás und dachte, dass das Bett ziemlich eng für drei war und dass sie wieder etwas in der Art Kopf nach oben, Kopf nach unten organisieren müssten. Rosa würde das wahrscheinlich nicht besonders gefallen.

»Bruder, ich schlafe auf dem Boden, das wäre ja noch schöner. Ist schließlich nicht das erste Mal. Hast du geheiratet, Tomás?«

»Ich bin mit einel Genossin zusammen, abel das ist eine seltsame Geschichte, elzähl ich dil spätel mal.«

»Kannst du auch eine Unterkunft für einen Genossen besorgen, der aus Puebla kommt? Ein absolut zuverlässiger Genosse, schwör ich dir.«

»Wahlscheinlich schon, lass mich am Samstag mit den Genossen dalübel splechen.«

Tomás blickte Sebastián San Vicente nachdenklich an. Der Anarchist war 1921 von der Polizei Obregóns des Landes verwiesen worden. Niemand verdiente mehr Respekt als er, allerdings hatte er einen ausgeprägten Hang, auf die Gewalt des Systems mit individueller Gewalt zu antworten. In diesem

Moment aber lächelte San Vicente, während er die vom Regen gepeitschte Straße betrachtete.

Außerhalb des Cafés Paris regnete es ebenfalls heftig. Eine Blumenverkäuferin hatte sich im Eingang untergestellt und versperrte Pioquinto Manterola die Sicht auf die Straße. Regen stimmte ihn immer traurig, jetzt schmerzte auch noch die frische Verletzung am Bein, ein diffuser Schmerz im Narbenbereich. Es fiel ihm schwer, sich zu konzentrieren. Wie die meisten über 40-jährigen Journalisten erinnerte auch ihn der Regen an vergangene Liebesgeschichten. In der Regel handelte es sich um Beziehungen, die durch Ungeduld und Besitzdenken zerstört worden waren.

»Noch einen?«, fragte der Kellner und hob die Flasche spanischen Brandy.

»Nein, Marcial, zwei sind mehr als genug für einen verregneten Nachmittag wie diesen. Aber stellen Sie ruhig ein Glas auf den Tisch; die Person, auf die ich warte, wird in weniger als einer Minute die Straße überqueren, in die Pfütze treten und zur Tür hereinkommen.«

»Woher wollen Sie das wissen?«

»Weil sie, seit ich sie kenne, immer exakt eine halbe Stunde zu spät kommt«, antwortete der Journalist und zog eine Schweizer Taschenuhr aus seiner Westentasche, die nach einem berufsbedingten Zusammenstoß hatte repariert werden müssen. Ihr versilberter Deckel wies zwei Beulen auf.

Der Journalist blickte auf, die Blumenverkäuferin hatte sich im Eingang des Cafés an die Wand gelehnt, und er konnte sehen, wie Elena Torres aus einem Taxi stieg und die Straße überquerte, indem sie über die Pfützen sprang.

Elena und der Journalist hatten sich 1919 kennengelernt, als die Lehrerin aus Yucatán als Repräsentantin Carrillo Puertos und der Sozialistischen Partei des Südostens nach Mexiko-Stadt gekommen war. Sie war auf den sozialistischen Kongressen von Yucatán die einzige weibliche Teilnehmerin gewesen und die Entschließungen zum Thema Scheidung, Frauenarbeit und Frauenwahlrecht trugen erkennbar ihre Handschrift. In Mexiko war sie, gemeinsam mit Evelyn Roy, die treibende

Kraft des roten Feminismus, sie war Herausgeberin der Zeitschrift *La Mujer*, Mitarbeiterin des *El comunista*, eines Organs der Kommunistischen Partei Mexikos, und führendes Parteimitglied. Die Rebellion von Agua Prieta erlebte sie zusammen mit Carrillo Puerto auf der Siegerseite, und während der kurzen Amtszeit von Ramírez Garrido bekleidete sie einen hohen Posten bei der Polizei von Mexiko-Stadt. Danach hatte sie sich dem Frauenblock innerhalb der CROM, der Regionalen Konföderation der mexikanischen Arbeiter, angeschlossen, aus der sie aber ein paar Monate austrat, weil sie mit der opportunistischen Politik Morones nicht einverstanden war. Sie blieb aber weiterhin der Sozialistischen Partei des Südostens verbunden und agierte als Sprecherin der Vertreter Yucatáns innerhalb der Abgeordnetenkammer.

Die Frau betrat das Café und schüttete einen nassen Stiefel aus, mit dem sie am Eingang in eine Pfütze getreten war. Sie ging auf den Tisch zu und leerte das Glas Kognak in einem Schluck, als ob sie es eilig hätte.

»Hallo, Journalist, womit kann ich dienen?«

Die Frau war blond, klein, nicht über dreißig, mit markanten Gesichtszügen und einer rauen Stimme. Sie lachte so gut wie nie, und wenn sie es doch einmal tat, war es zum Fürchten.

»Setz dich doch, Elenita, ich brauche eine Information«, sagte der Journalist, stand auf und wartete, bis sich die kleine Blonde gesetzt hatte.

»Das habe ich mir schon gedacht, Journalist. Mich interessiert, was ich von dir dafür bekomme.«

»Ich kann dir nichts anbieten, Elenita. Verbuche es auf meinem Schuldenkonto.«

»Wenn alle deine Schuldenkonten so aussähen wie bei mir, könntest du dich nicht mehr auf die Straße trauen.«

»Was weißt du über Oberst Gómez? Warum ist er Kommandant der Gendarmerie von Mexiko-Stadt, obwohl er vorher auf der Seite von González stand?«

»Gómez? Ist das der Heilige, den du jetzt anbetest, Journalist?«

»Letzte Woche hat man auf mich geschossen, Elenita, und ich muss wissen, ob Gómez dahinter steckt.«

»Uff, der schlimmste Feind, den du dir aussuchen konntest, dieser Kerl ist eine Schlange. Ich glaube, dass er nicht mal seinen Freunden sympathisch ist. Kennst du ihn persönlich?«

»In Pachuca hat er einmal den Befehl gegeben, mich zu füsilieren, aber ich glaube, wir sind uns nie näher als bis auf zehn Meter Distanz gekommen.«

»Und? Haben sie dich erschossen?«

»Klar«, sagte der Journalist und bewegte seine Hand unbewusst zum Brustkorb, wo er eine weitere Narbe hatte.

Elena lachte, ihre blonden Haare wirbelten durch die Luft und sie fuhr sich mit der Hand über den Kopf, um sie wieder zu ordnen.

»Er soll vor seiner Militärzeit Vorarbeiter in einem Bergwerk in US-amerikanischen Besitz unten in Coahuila gewesen sein und sich erst spät dem Aufstand von Carranza angeschlossen haben. Deshalb ist er nie zum General aufgestiegen und musste immer die Drecksarbeiten erledigen. Er war ein Vertrauter von Pablo González. Zahlmeister der Division des Nordostens. Danach war er Militärgouverneur im Erdölgebiet. Eigentlich kann ich mich nicht erinnern, dass er jemals an einer Schlacht teilgenommen hat, aber das solltest du besser einen Militär fragen. Ich weiß, dass er 1919 in Tampico war und den Befehl gab, auf die Streikenden zu schießen. Das ist sein Metier, er ist ein Henker, der Offizier eines Erschießungskommandos. Beim Aufstandsplan von Agua Prieta schloss er sich erst spät den rebellierenden Generälen an, anfangs folgte er seinem Protektor Pablo González, aber als er sah, wie es lief und die Truppen Obregóns auf Mexiko-Stadt vorrückten, unterstellte er seine Garnisonen rund um Veracruz dem Befehl Benjamín Hills. Es wird gemunkelt, dass er in dieser Zeit auf nicht allzu natürliche Weise zum Witwer wurde. Einmal hörte ich jemanden erzählen, dass er seine Frau erschossen habe, weil sie ihm auf die Nerven ging. Ich weiß aber nicht, ob das ein Scherz sein sollte oder die Wahrheit war. Ein wortkarger Typ, ein Intrigant, schmutzig in Gedanken und Taten.«

»Jetzt werden Sie aber ganz schön moralisch.«

»Was soll ich machen, ich krieg Pickel, wenn ich nur an den Typen denke. Auf einem Ball hat er mich mal zum Tanz aufgefordert, mehr als eine halbe Polka habe ich es nicht ausgehalten. Als Obregón die Präsidentschaft antrat, suchte er einen Mann seines Kalibers als Chef der Gendarmerie von Mexiko-Stadt und unterstellte ihn dem Befehl von General Cruz. Die beiden nehmen sich nicht viel. Vor ein paar Monaten hat mir ein Freund gesteckt, dass er krumme Geschäfte mit der Verwaltung macht, die ihm die Konzession für die Belieferung der gesamten Kavallerie des Tals von Mexiko mit Pferdefutter zugeschanzt hat. Aber das ist schließlich nichts Neues.«

»Und was kann er aus so einem Vertrag herausschlagen?«

»Sechs- oder siebentausend Pesos Nettogewinn pro Monat, wobei er einen Umschlag an fünf oder sechs Komplizen abzweigen muss, die mit in der Geschichte stecken. Hilft dir das eigentlich weiter, was ich hier so erzähle?«

»Gómez und Erdöl, Gómez und Juwelen, Oberst Gómez und Oberst Zevada. Sag dir das etwas?«

»Du verlangst aber wirklich viel von mir, mein Kleiner. Von den Zusammenhängen, die du zuletzt genannt hast, habe ich keinen Schimmer. Vor ein paar Jahren, als ich noch bei der Polizei war, hätte ich dir mehr Informationen beschaffen können, jetzt bin ich eine harmlose Lehrerin aus der Provinz, die in der Abgeordnetenkammer ihren Landsleuten dient.«

»Aus der Provinz kommst du, aber das mit dem harmlos, Elenita, das nimmt dir nicht mal deine Mutter ab. Du sollst neulich einem Anwalt in einem Restaurant das Schienbein mit einem Fußtritt zertrümmert haben.«

»Dieser Hirnverbrannte hat in aller Öffentlichkeit seine Frau geohrfeigt.«

»Willst du mich nicht heiraten, Elenita?«

»Einen Journalisten niemals, Manterola.«

»Na gut, ich hab's zumindest versucht«, sagte der Journalist und wandte seinen Blick dem nicht enden wollenden Regen zu, der gegen die Fenster prasselte, auf denen man den Schriftzug Café Paris verkehrt herum lesen konnte.

Kapitel 33
Geschichten aus vergangener Zeit: Rosa im Spiegel

Ich betrachte mich in einem zerbrochenen Spiegel und erinnere mich an einen anderen Spiegel in einem Rahmen aus hellem, nach Rosen duftendem Holz. Ich bin eine andere und bin es nicht. Mein Körper belügt mich, führt mich hinters Licht. Er vergisst mich, er versteckt sich. Aber die Erinnerung des Spiegels ist die Erinnerung einer anderen Person. Andere Augen, die mich anblicken, meine elfenbeinfarbene Haut bewundern und die in den Himmel zielenden Brüste, als wollten sie Vögel jagen, bereit zu schießen. Vögel, die auf chinesische Wandschirme gemalt sind, in Häusern des Exils.

Ich betrachte mich im Spiegel und denke, dass niemand ein anderer sein möchte. Niemand. Und noch weniger Teil von etwas sein, was er nie gekannt hat, was dieser nackte Körper nie gelebt hat, in Kanton, Schanghai, Hangzhou, Peking. Zweisilbige Namen, die keine Erinnerung bergen, aber ihre festen Regeln haben.

Ich betrachte mich in diesem neuen Spiegel und erinnere mich an den anderen, und an die andere Frau, und auch wenn ich es nicht will, erinnere ich mich daran, dass der Spiegel nicht nur einen nackten Körper reflektiert, sondern auch ein nacktes Gesicht, ein anderes Gesicht, das nicht zu mir gehört. Ein Gesicht, das den Körper betrachtet, als wenn es ihn besäße, und es besitzt ihn. Besitz durch Kauf: eine Frau gegen drei Schuldscheine des faltigen Alten, der mein Vater war.

Und ich zerschlage den Spiegel, aber den anderen kann ich nicht zerstören. Er erzittert zwar, in meiner Vorstellung und in meinen Erinnerungen aber bleibt er ganz.

Kapitel 34
Noch mehr Regen und noch mehr Fragen

Fermín Valencia und der Anwalt Verdugo waren übereingekommen, ihre Nachforschungen mit dem Geschäftlichen zu verbinden. Der Dichter hatte den Anwalt zum 6. Strafgericht des Bundesdistrikts begleitet, um dort einen Torero wegen Vergewaltigung einer Tänzerin anzuzeigen, und der Anwalt war dem Dichter zum Büro der Peltzer-Fabrik gefolgt, damit sein Freund sein Honorar kassieren und etwas über den Leutnant mit der locker sitzenden Pistole in Erfahrung bringen konnte.

Zwischendurch hatten sie vor einem Waffengeschäft halt gemacht und den Ratschlag beherzigt, den Pancho Villa einst dem Dichter erteilt hatte, indem sie ihr Waffenarsenal durch den Kauf von zwei Gewehren, nebst Munition, sowie einer deutschen Walther-Pistole aufstockten.

Der kugelsichere Packard rollte behäbig, aber ohne klares Ziel durch den Regen die Straße San Juan de Letrán entlang.

»Estrada heißt der kleine Leutnant«, sagte der Dichter. »Juan Carlos Estrada, er wollte eigentlich Reifen für den Fuhrpark der Gendarmerie kaufen.«

»Gómez.«

»Genau, und ich glaube, dass mit den Reifen ein krummes Geschäft verbunden war.«

»Und wie hat er Peltzer das Herumballern erklärt?«

»Er hat dem Gringo weisgemacht, dass ich ihn beleidigt hätte.«

»Oh je, armer Dichter, das wird immer konfuser. Sind Sie sich hundertprozentig sicher, dass Sie ihn nicht kennen. Sind Sie diesem Pappkameraden in den letzten Jahren nicht eventuell doch zu nahe getreten? Vielleicht haben Sie ja seinen Papa umgebracht oder seine Schwester verführt.«

»Das mit dem Papa kann ich nicht beschwören, aber eine Estrada habe ich nie im Bett gehabt, oder sie mich in ihrem, da bin ich mir sicher.«

»Und was machen wir jetzt?«

»Haken wir mal beim Juwelier nach. Mein Gefühl sagt mir, dass wir dort vielleicht einen Faden in die Hand bekommen.«

Als der Dichter und der Anwalt das Büro der Gebrüder Weiss betraten, richtete sich ihr Blick unwillkürlich auf die zur Straße schauende Fensterfront. Die Scheiben, die Oberst

Zevada bei seinem Fenstersturz zerbrochen hatte, waren inzwischen repariert worden. Eintönig prasselte der Regen auf sie ein.

»In der letzten Zeit werden kaum noch Fragen gestellt. So verändert eine Revolution die Lage. Alles ist undurchsichtig, merkwürdig, überraschend. Jemand wechselt ein Schmuckstück für eine Zugfahrt ein, ein anderer für drei Pferde und einen Koffer. Ein Kind rettet den Schmuck seiner Mutter aus dem brennenden Haus, ein Soldat stiehlt die Juwelen einem Leichnam, der sie wiederum, als er noch lebte, einem anderen Toten gestohlen hatte. Das Hausmädchen einer porfiristischen Familie versetzt den Schmuck seiner Herrschaft. Das ist alles schon höchst seltsam. Aber das sind ja auch keine normalen Zeiten. Seit zehn Jahren schon verlange ich keine Rechnungen oder Belege mehr. Ich kaufe, und fertig. Ich erkenne das Eigentum dessen an, der mir das Schmuckstück vorlegt, ich gebe ihm einen Beleg und mache ihm einen guten Preis ... Wundern Sie sich nicht. Nichts ist mehr wie früher. Nicht, dass das Geschäft irregulär wäre, oder betrügerisch, es ist nur so, dass dies seltsame Zeiten für den Handel sind«, erläuterte der runzelige Besitzer dieses seltsamen Juweliergeschäfts, ohne in seinem Wortschwall ein einziges Mal innezuhalten.

Das Büro hätte, abgesehen von dem riesigen, auf vier Stahlfüßen stehenden Tresor der Firma Stendhal und Co., genauso gut jedem anderen Gewerbe dienen können. Die Wände waren kahl, der Schreibtisch aus Eiche leer, seine Gebrauchsspuren überlackiert. Es gab nicht einmal die typische Diamantenlupe oder eine Samtunterlage, Pinzetten oder ein Vergrößerungsglas. Hinter dem Tisch saß Weiss, ein kleiner Mann mit struppigem, weißem Haar, der unseren beiden Freunden zulächelte, die vor ihm standen, weil es außer einem lächerlichen Kuschelsofa aus rosa Samtstoff, das an der am weitesten entfernten Wand stand, keine Sitzgelegenheit gab.

»Zevada?«

»Ich hatte diese Person vorher noch nie gesehen. Er war das erste Mal hier und wollte mir wohl ein Geschäft vorschlagen.«

»Der Familienname kommt Ihnen nicht bekannt vor?«

»Überhaupt nicht. Als die Polizei zum zweiten Mal hier war, haben sie mir ein Foto des Bruders von diesem Oberst gezeigt. Ebenfalls Fehlanzeige. Sie legten mir ein paar Schmuckstücke vor, auch die hatte ich noch nie gesehen.«

»Und Margarita Roldán, die Witwe des Besitzers der Druckerei *La Industrial*?«

»Margarita Herrera, Witwe Roldán. Doch, die kenne ich schon.«

»Kauft sie oder verkauft sie bei Ihnen?«

»Sowohl als auch. Aber eigentlich hat sie mehr gekauft als verkauft. Nichts Besonderes. Einen sehr schönen Saphir. Ein Perlendiadem, zwei ungeschliffene Diamanten. Eine Halskette mit Topassteinen, wahrscheinlich für ein Geschenk ... Nichts Besonderes ... Sie täuschen sich, meine Herren. Das Einzige, was mich mit ihrer Geschichte verbindet, ist die zerbrochene Fensterscheibe, die ich aus meiner eigenen Tasche bezahlt habe.«

Sie ließen den Wagen vor der Bank von London stehen und liefen im Regen weiter, wobei sie ihre Zigarren mit dem Hut schützten. Verdugo hatte darauf bestanden, die Bar *La Araña* in der Netzahualcóyotl-Straße zu Fuß aufzusuchen, die drei Schritte von der Bäckergewerkschaft entfernt lag. Den Wagen hatten sie stehen lassen. »Ein gepanzerter Packard wirkt an so einem Ort aggressiv, verstehen Sie?«

Der Dichter bewunderte das profunde Wissen und die offensichtliche Beliebtheit seines Freundes in bestimmten Milieus von Mexiko-Stadt: Ganoven, Prostituierte, Dealer, Kleinkriminelle, alle grüßten ihn ausgesprochen herzlich oder mindestens mit Respekt. In Ermangelung von Musik – ein mechanisches Pianola stand unbenutzt in einer Zimmerecke – bestimmten laute Stimmen und Qualm das Ambiente. Vom hochprozentigen Alkohol mit Zuckerrohrsaft bis zum erlesenen Cognac gab es alles Erdenkliche zu trinken.

Verdugo folgte dem Ritual und gab der Besitzerin der Bar, einer fettleibigen Frau, die bewegungslos hinter dem Tresen trohnte, einen Begrüßungskuss, wobei er aus dem Augenwinkel nach seiner Informationsquelle Ausschau hielt. Die Bar hatte etwas Verruchtes, und es fiel sofort auf, wenn jemand auf der Suche nach Informationen war. Kaum hatten der Dichter und Verdugo an einem Tisch in der Nähe der Tür Platz genommen, als sich auch schon ein Einäugiger zu ihnen gesellte.

»Scheiß drauf, der Doc. Kaufen oder verkaufen?«

»Gratis, Einauge. Ich suche jemanden, der zwei verstorbene Freunde zu betrauern hat, dann sehen wir weiter.«

»Gratis nicht mal meine Mutter.«

»Dann sagen wir eben Tausch, eine Information gegen eine zukünftige Dienstleistung. Der beste Anwalt Mexikos einmal gratis für dich.«

»Zwei Beratungen für eine Auskunft.«

»Okay, zwei für eine, Einauge ... Die beiden Toten waren der Galizier Suárez und Felipe Tibón.«

»Wollen Sie Namen oder eine Person, Doc?«

»Lieber eine Person, Einauge.«

»Warten Sie hier, in einer halben Stunde bin ich zurück«, sagte das Männlein und verließ schnellen Schrittes die Kneipe. Unsere beiden Freunde machten es sich auf ihren Stühlen bequem, bestellten eine Flasche englischen Gin, einen Krug Wasser und drei Limonen, um die Wartezeit zu überbrücken. Es waren noch keine fünfzehn Minuten vergangen, als der Einäugige mit einer schmächtigen und durchnässten Gestalt im Schlepptau auftauchte. Aus dem Anzug, der ihr um die Schultern schlabberte, tropfte an allen Ecken und Enden das Regenwasser. Der Mann war etwa vierzig Jahre alt, hatte eine chronisch in Falten gelegte Stirn, glänzende schwarze Haare, die ihm über die Augen hingen, und trug eine schwarze, schmutzige Krawatte, die über dem Hemd baumelte. Eine Ausbeulung des Anzugs ließ eine Pistole erahnen.

»Der Zigeuner steht Ihnen zu Diensten, Doc«, sagte der Einäugige und verschwand im Tumult der Kneipe.

Der frisch Angekommene legte seinen breitkrempigen andalusischen Hut neben der Ginflasche ab, setzte sich auf einen Stuhl, den er an den Tisch geschoben hatte, und stützte sich mit den Armen auf den Stuhllehnen ab.

»Womit kann ich dienen, Anwalt?«

»Sie kennen mich?«

»Nicht persönlich, aber Sie haben mal eine Cousine von mir verteidigt.«

»Ich habe also für die Familie gearbeitet.«

»Belassen wir es dabei«, sagte der Zigeuner und goss sich, mit einer Geste um Erlaubnis bittend, Gin in eines der leeren Wassergläser.

»Letzte Woche haben der Galicier, Felipe Tibón und ein dritter Typ, dessen Namen ich nicht kenne, versucht, mich und meine drei Freunde zu ermorden, ohne dass es vorher einen Konflikt gegeben hätte. Es muss sie jemand für diesen Auftrag angeheuert haben. Wer könnte das sein?«

Der Zigeuner blickte vom Dichter zum Anwalt und flüsterte mit leiser, aber eindringlicher Stimme, die sich gegen den Lärm der Nachbartische behauptete:

»Es ging nicht um Sie, Doc. Es ging um den Journalisten. Der Auftrag galt nicht Ihnen.«

»Woher wissen Sie das?«

»Was tut das zur Sache? Womöglich habe ich das selbst organisiert. Womöglich war der namenlose Tote ein weiterer Cousin von mir. Was soll's? Wissen Sie, was ein Toter in dieser Stadt wert ist? In Guadalajara oder in Puebla ist er billiger zu haben. Hier kostet ein Toter wie Sie, ohne Ihnen zu nahe treten zu wollen, also ein Toter ohne besondere Bedeutung, so um die dreihundert Pesos. Legen Sie sechshundert auf den Tisch und ich kümmere mich um denjenigen, der Felipe und dem Galicier den Auftrag erteilt hat. Das würde ich sogar liebend gerne tun, weil der Auftraggeber kein Wort darüber verloren hat, dass die Zielpersonen ebenfalls mit der Waffe umzugehen wissen. Sie zogen los, um Kaninchen zu jagen, und sind auf Apachen gestoßen.«

»Warum sechshundert?«, fragte der Dichter lächelnd.

»Weil der Auftraggeber kein Nobody ist und auch kein Idiot. Er versteht sich ebenfalls aufs Schießen. Eigentlich müsste ich den Tarif noch höher ansetzen.«

»Sechshundert für den Namen«, sagte Verdugo.

Der Zigeuner dachte nach. Dann blickte er sich um.

»Sechshundert und ein Versprechen, Doc.«

»Wenn ich es erfüllen kann.«

»Sie müssen Erfolg haben. Wenn es nämlich in die Hose geht, werde ich kaum in den Genuss kommen, das Geld auszugeben.«

Verdugo und der Dichter sahen sich an. Der Anwalt zog seine Geldbörse hervor und zählte sechs Hundert-Peso-Scheine ab, die von dem Lotteriegewinn noch übrig waren.

»Wir hören.«

»Scheiße, wenn die Tarife dort nicht so erbärmlich wären, würde ich sofort nach Zacatecas oder San Luis Potosí gehen.«

Verdugo nahm die Scheine, faltete sie zusammen und schob sie über den Tisch.

»Sie brauchen sie gar nicht zu verstecken, Doc. Hier gibt es mehr Augen als im Kino. Mehr als nur einer hat längst alles mitgekriegt, ohne etwas gehört zu haben.« Der Zigeuner goss sich noch ein Glas Gin ein, trank es in einem Schluck aus und sagte: »Der Mann, den Sie suchen, ist Oberst Martínez Fierro.«

Kapitel 35
Arbeit als Broterwerb

Manterola wandte seinen Blick von der Jungfrau mit den lila und gelben Gewändern ab und sah den 19-jährigen Maler an. Schlagartig wurde ihm klar, dass der junge Mann im Besitz der Wahrheit war. Wie sollte er seinen Lesern nur diese plötzliche Erfahrung absoluter Gewissheit vermitteln, die ihn beim Anblick jenes Jugendlichen mit dem eindringlichen Blick überwältigt hatte. Der junge Mann trug eine Krawatte, war extrem blass und dünn, hatte volle Lippen und fragende Augenbrauen. Seine gesamte Energie schien in seinen durchdringend blickenden schwarzen Augen gebündelt zu sein.

»Herr Revueltas?«

»Nennen Sie mich einfach Fermín, mein Herr.«

»Warum malt ein Atheist die Jungfrau von Guadalupe?«

»Ist das wirklich eine Jungfrau? Beachten Sie die Farben? Womöglich ist sie gar keine Jungfrau. Auf jeden Fall ist sie Mexikanerin, nicht wahr? Und sie ist in Feststimmung, sie und alle, die sie verehren. Und die, die sie verehren, sind das Volk. Verzeihen Sie, aber mit Worten kann ich mich nicht gut ausdrücken.«

»Doch, Sie drücken sich sehr gut aus, aber ich weiß nicht, ob ich das meinen Lesern verständlich machen kann. Im Grunde bin ich ein Action-Reporter, ich berichte über Aufruhr, Schießereien, Verbrechen aus Leidenschaft. Für gewöhnlich schreibe ich nicht über Wandmalereien.«

»Gefallen Ihnen die Jungfrauen von Tintoretto, die Frauen mit Flügeln von Botticelli? Was halten Sie davon, den Eiffelturm im Alameda-Park aufzustellen?«

»Und der Meister Rivera malt im Hörsaal wirklich die Schöpfungsgeschichte?«

»Betrachten Sie die Muskeln seiner Figuren und lassen Sie sich nicht vom Titel irreführen. Alle haben wir unseren eigenen Weg, der nach Rom führt. Meiner führt über die Farbe.«

»Sie haben in Chicago studiert?«

»Solange es mir von Nutzen war«, sagte der junge Mann und betrachtete die in leuchtenden Farben gemalte Jungfrau von Guadalupe, für die das Erziehungsministerium ihm nach Fertigstellung des Wandgemäldes 400 Pesos bezahlen würde.

»Und stimmt es, dass es in den Gängen zu Schießereien gekommen ist?«

»Es hat mehr Beleidigungen als Schüsse gegeben. Die Studenten ärgern sich, dass wir neue Ideen auf die Mauern pinseln. Sie übermalen unsere Arbeiten, bewerfen uns mit Kaugummikugeln und nassen Papierklumpen, und manchmal wechseln wir mehr als nur Worte. Gefällt sie Ihnen denn?«, fragte der Maler und deutete dabei auf die Jungfrau.

»Sehr sogar«, erwiderte Pioquinto Manterola, der, auch wenn er es nicht gerne zugab, nicht nur bluttriefende Nachrichten liebte, sondern auch für jeden anderen Akt der Leidenschaft empfänglich war.

Manterola verließ den jungen Maler, der auf seinem Gerüst, das durch Bretterverschläge gegen die Angriffe der Studenten abgeschirmt war, weiter in die Betrachtung der Jungfrau versunken war.

Er ging die Gänge der *Escuela Nacional Preparatoria* entlang und beobachtete den Franzosen Charlot, der spanische Ritter malte, die gegen die Azteken kämpften und wie metallische Ungeheuer aussahen. Rivera war an diesem Tag nicht auf dem Gerüst in der Schule. Liebeskummer, Magen- und Rückenschmerzen hatten ihn zu Hause festgehalten.

Als er von seinem Rundgang zurückkam, sah er Revueltas mit einem dicken Pinsel voll gelber Farbe gegen zwei Studenten kämpfen, die einen ziemlich dandyhaften und affektierten Eindruck machten.

»Wenn das Gemälde Ihnen nicht gefällt, sehen Sie sich von mir aus doch Ihren Arsch an«, sagte der Maler.

»Besser wäre es, alles weiß zu lassen, als solche Schweinereien zu fabrizieren. Das wäre einem Ort des Studiums wie diesem weitaus angemessener«, murmelte einer der Studenten, in dem der Journalist einen gewissen Novo erkannte, der manchmal durchaus geistreiche Verse für seine Zeitung verfasste.

»Brauchen Sie Hilfe, Maler?«

»Der Pinsel reicht mir vollkommen, Journalist. Kommen Sie doch bei Anbruch der Dunkelheit noch mal vorbei, dann gehen wir zusammen einen trinken.«

»Mussten Sie gegen einen der Studenten schon ernsthaft handgreiflich werden?«

»Bis jetzt bei Dreien, nicht der Rede wert, mit diesen beiden Lackaffen werden es dann fünf sein«, sagte der Maler, der sich anschickte, weiterzuarbeiten. Zu ihm hatte sich ein kleiner dunkelhaariger Gehilfe gesellt, der mal gerade 16 Jahre alt war und statt eines Pinsels einen Spachtel in der Hand hielt.

Der Journalist lächelte.

Kapitel 36
Eine Entführung und eine Befreiungsaktion, die aber leider nicht zusammenpassen

Obwohl die Gruppe *Fraternidad* eigentlich klein war, war die kleine Wohnung von Tomás restlos überfüllt, wenn ihre Mitglieder Bett und Stühle belegten. Es war unmöglich, beim Reden hin und her zu gehen, und so musste jeder bis zum Ende des Treffens an seinem Platz bleiben. Es gab keine starren Regeln. Keine dieser Gruppen, die gemeinsame Leidenschaften zusammengeführt hatten, basierte auf festen Regeln. Sympathie und weltanschauliche Übereinstimmung hatten sie zusammengebracht und sie agierten innerhalb der Bewegung nach Übereinkünften, die sie auf nicht enden wollenden Versammlungen getroffen hatten. Es gab Gruppen, die die freie Liebe propagierten, Gruppen zur Förderung der vernunftgemäßen Erziehung, Gruppen für gewaltsame direkte Aktionen, Gruppen, die die Lehren der anarchistischen Klassiker verbreiteten, oder einfach Diskussionsgruppen. Die *Fraternidad* war eine kleine Gruppe von sechs Mitgliedern, die nichts Missionarisches an sich hatte. Wenn jemand aufgenommen werden wollte, war er willkommen, und wenn jemand die Gruppe aufgrund ideologischer Differenzen, wegen einer Reise oder weil er sich langweilte verließ, dann war auch das in Ordnung. Ihr Hauptanliegen war der revolutionäre Gewerkschaftskampf. Sie druckten nicht nur das eine oder andere Flugblatt, sondern verteilten auch die Zeitschriften der CGT in der gesamten Südzone. Durch ihre Hände gingen die Zeitungspakete von *Nuestros Ideales* und *Solidaridad*, sie verteilten die Druckschriften und sammelten die Gelder ein.

Die Gruppe zeichnete sich durch einen weiteren Wesenszug aus. Sie bestand aus Leuten, die in Gewerkschaftskreisen als »Männer der Aktion« bezeichnet wurden. Sie waren mit Pistolen bewaffnet und standen bei den Zusammenstößen der anarchistischen Gewerkschaften von San Ángel oder Contreras mit der Gendarmerie oder den Pistolenschützen der CROM in der ersten Reihe. Varela, der Anarchist aus Veracruz, der hinkende Paulino Martínez, der im spanischen Badajoz geborene Konditor Hidalgo, der 16-jährige schwarze Héctor aus Tabasco, Manuel Bourdillón, der uneheliche Sohn eines französischen Vorarbeiters, der in der Mechanikerwerkstatt von Santa Teresa arbeitete, und Tomás Wong hatten eine gemeinsame Haltung zur Gewalt. Sie waren der Meinung, dass die Gewalt der Arbeiter von den Massen ausgehen müsse, dass sie Teil der Mobilisierung sein müsse und defensiv ausgerichtet sein sollte. Eine Art Schutzschild für die Meetings, Demonstrationen oder Streiks. Die notwendige Gewalt, die der Bewegung erlaubte, sich zu entfalten, und die ihre Flanken vor der Gewalt des Systems schützte. Zu einem früheren Zeitpunkt, Mitte 1920, hatten sie das Problem der individuellen Gewalt ausführlich diskutiert, als am Sitz des Erzbistums und in der Fabrik *El Recuerdo*, die Modeschmuck herstellte, von Gómez gelegte Bomben hochgingen. Die Gruppe hatte klar zum Ausdruck gebracht, dass diese Bomben nicht den Ideen und der Organisation des Anarchosyndikalismus entsprachen. Dass diese Art der Aktion die weniger entschlossenen Sektoren von der Massenbewegung fernhalten würde, die gerade im Wachsen begriffen war und ein paar Monate später in die Gründung der CGT münden sollte. Aus diesem Grund sah Tomás die Anwesenheit San Vicentes und seines gerade aus Puebla gekommenen linkshändigen Freundes *El Zurdo* auf ihrer Versammlung mit zwiespältigen Gefühlen.

»Mensch, Tomás, du kennst mich doch, du weißt doch, dass ich nicht verrückt bin«, sagte San Vicente, ohne viel Zeit zu verlieren. »Ich trete nicht für Einzelaktionen ein und glaube auch nicht an die Propaganda der Tat. Ich bin gegen Attentate als zentrale Bestandteile des Kampfes. Ich bin gewerkschaftlicher Organisator und als solcher schon überall tätig gewesen. Und immer habe ich die Notwendigkeit einer Tageszeitung unterstrichen. Die können wir aber nicht auf die Beine stellen, wenn wir den Redakteuren keinen Lohn bezahlen können und über keine eigene Druckmaschine verfügen. Was passierte beim Eisenbahnerstreik 1921, als die Druckereien uns die Türen vor der Nase versperrten? Was passierte Anfang dieses

Jahres in Atlixco? Immer wenn die Propaganda am nötigsten war, fehlte das Geld dafür. Lies das Papier vor, Zurdo.«

Der Linkshänder El Zurdo brachte ein vierfach gefaltetes Blatt Papier zum Vorschein, das er mit monotoner Stimme vorlas.

»Projekt einer Zeitung der Organisation für zwei Jahre. Gehälter für drei Redakteure, einen Drucker, einen Schriftsetzer, einen Presseverantwortlichen, zwei Packer, einen Verwalter: 19.600 Pesos. Druckerei, zwei gebrauchte deutsche Druckmaschinen der Marke Stein, Walzen, Blei, Papier, Druckerschwärze, Schreibmaschinen, Telefon, Mobiliar: 182.000 Pesos. Portogebühren für zwei Jahre: 11.000 Pesos. Geschätzte Auflage: von anfänglichen 5.000 Exemplaren bis auf 20.000 ansteigend. Ein Flugblatt pro Monat. Eine wöchentliche Beilage, wie sie es in Argentinien bei *La Protesta* machen. Ein Büro für die Zeitung, im Keller eines örtlichen Gewerkschaftslokals, das obere Stockwerk als Versammlungsraum nutzbar. Mit weniger als 5.000 Pesos machbar. Gesamtkosten: 218.000 Pesos aufgerundet.«

San Vicente blickte in die glänzenden Augen der Zuhörer.

»Woher willst du das Geld nehmen, San Vicente, und wie wirst du seine Herkunft erklären?«, fragte Bourdillón.

»Die Erbschaft eines türkischen Millionärs, die einem erfundenen Genossen zugefallen ist, der sie wiederum der Organisation vermacht hat. Wir werden ein schönes Theaterstück aufführen, aber gut inszeniert.«

»Woher, Sebastián?«, setzte Tomás beharrlich nach.

»Zurdo, hol das Papier raus«, sagte dieser lächelnd und zündete sich eine Zigarette ohne Filter an.

El Zurdo holte erneut ein Papier mit der linken Hand aus seiner geflickten Weste und las wieder vor:

»Postzug von Puebla, Stopp in Apizaco in Höhe von Kilometer 11. Drei Männer für die Aktion selbst, einer am Bahnhof von Apizaco, ein Fahrer mit Automobil, einer mit Pferden. Insgesamt sechs Genossen. Geschätzte Beute: 18.600 bis 21.000 Pesos. Geldbote von La Asarco in Aguascalientes am Freitag, begleitet von zwei bewaffneten Leibwächtern der Firma. Benötigte Männer für die Aktion: vier, einer davon mit Automobil. Geschätzte 19.000 bis 23.000 Pesos, je nachdem in welcher Woche wir es machen. Zentrales Post- und Telegrafenbüro in Mexiko-Stadt ...«

»Mal langsam, Langfinger. Wie viele Überfälle brauchen wir insgesamt?«

»Neun«, antwortete El Zurdo vollkommen ernst. »Ich habe hier noch ein anderes Papier, wo alle detailliert beschrieben sind. In zwei Monaten können wir anfangen. Alle an anderen Orten, alles ganz sauber, ohne Tote oder Verletzte. Stimmt's, Sebastián?«

»Klar, Mann, genau darum geht es, ich will schließlich nicht irgendeinen Geldboten oder Zuschauer umlegen, die Sachen müssen sauber ablaufen.«

»Wenn es ihnen durch irgendeinen Zufall gelingt, uns festzunehmen, wenn irgendwas schiefläuft, wenn sie die Organisation für die Überfälle verantwortlich machen, dann ist es genau das, was der Regierung Obregón fehlt, um die CGT zu illegalisieren und die Bewegung zu eliminieren.«

»Das Risiko existiert, das will ich nicht kleinreden. Ich habe lange darüber nachgedacht«, sagte San Vicente, wobei er aufhörte zu lächeln.

»Mil gefällt das nicht«, sagte Tomás und stützte seinen Kopf auf beide Hände. »Das gefällt mil ganz und gal nicht. Diese Zeitung ist ein Gefallen, den wil den Leuten machen wollen. Das wäle keine gloße Anstlengung. Die Gewalt macht mil keine Angst, und ich denke nicht, dass das Geld, das sie haben ... del Postzug, del Geldbote von La Asalco, dass das ihnen gehölt. Das gehölt genauso uns wie jedelmann, sie haben es uns gestohlen. Das ist es nicht.«

»Mir gefällt die Sache auch nicht«, sagte Héctor, der Schwarze.

»Mir auch nicht«, schloss sich Paulino Martínez an.

»Für mich ist das nicht so klar. Die ganze Angelegenheit scheint gut durchdacht zu sein«, sagte Hidalgo.

»Wenn die Mehrheit dagegen ist, wirst du dich dann fügen?«, fragte der Franzose San Vicente.

»Wenn die Mehrheit dafür ist, machen wir es dann alle zusammen?«

»Wil sind acht. Wil welden das machen, was die Mehlheit beschließt. Abel nicht jetzt«, sagte Tomás. »Geben wil uns eine Woche Bedenkzeit, um alles gut zu übellegen.«

Die Anwesenden waren einverstanden. Danach gab es noch einige Routineangelegenheiten zu besprechen wie die Verteilung der Zeitung in der Umgebung von *La Abeja*, wo schon die zweite Woche gestreikt wurde und wo sich die Pistoleros der CROM herumtrieben. Die Versammlung schloss, wie sie begonnen hatte, ohne jegliche rituelle Förmlichkeit.

»Ich wollte dich nicht über den Tisch ziehen, Tomás. Ich habe nur ehrlich versucht, dich zu überzeugen. Was ich zu sagen hatte, habe ich gesagt. Räumen wir ein bisschen auf?«, sagte San Vicente. »Dabei fällt mir ein, wo ist eigentlich deine Gefährtin? Hast du sie während des Treffens rausgeschickt?«

»Ich habe sie gebeten, lauszugehen und sich im Kino einen Film anzusehen, abel sie hätte eigentlich schon längst wiedel hiel sein müssen«, sagte Tomás, während er die Asche von einem Teller in einen Abfalleimer leerte.

San Vicente streckte sich auf dem Bett aus und atmete tief durch.

»Ich glaube, dass ich eine Arbeit gefunden habe, in der Fabrik *La Providencia*. Als Namen habe ich Arturo Reyes angegeben. Es wäre deshalb besser, wenn die Genossen mich von jetzt an Arturo nennen würden, damit nicht später irgendjemandem was Falsches rausrutscht.«

Tomás stimmte zu und räumte einen Krug mit Wasser weg.

»Sie haben sie entführt, Tomás, sie haben sie entführt!«, rief der Junge, der ins Haus gerannt kam.

»Wen, mein Junge?«, fragte San Vicente.

»Seine Chinesin, Herr, die Chinesin von Tomás, sie haben sie entführt.«

»Wo? Wel?«, fragte Tomás, der kreidebleich war.

»Vor dem Aurora Kino, Tomás. Als sie rauskam. Sie packten sie und schleiften sie in einen Wagen. Zwei Männer und ein Dritter, der den Wagen fuhr, ein Wagen, weiße Farbe, mit Zierleisten aus Holz an der Karosserie. Sie hielt mich an der Hand. Sie hatte mich ins Kino eingeladen, und beim Rauskommen haben sie sie geschnappt. Einer hat mir einen Fußtritt gegeben, damit ich sie loslasse, Tomás. Aber ich habe sie festgehalten und dabei ihr Kleid zerrissen.«

»Scheiße«, sagte der Chinese.

»Das waren Chinesen wie du, Tomás, aber feige Schweine.«

San Vicente öffnete die dritte Schublade der Kommode, die Tomás ihm für seine Sachen überlassen hatte, und holte einen 38-er Revolver heraus. Er vergewisserte sich, dass er geladen war, und sagte: »Du weißt, wo es langgeht, nicht wahr?«

»Scheiße«, sagte Tomás und öffnete eine andere Schublade, um sein Messer herauszuholen.

Es war Samstagabend und Paare von Soldaten und Dienstmädchen, wie man sie in Mexiko-Stadt zu dieser Zeit häufig sah, flanierten durch die Straßen von San Rafael. Sie tummelten sich auch vor der Villa der Familie Roldán, die der Dichter und der Anwalt von ihrem Packard aus observierten, den sie rund zwanzig Meter vom Eingang entfernt in der Rosas-Moreno-Straße geparkt hatten.

»Wiederholen Sie den Teil über die Straßenbahn, Dichter.«

»Aber nur wenn Sie mir Ihre Übersetzung des Gedichts von Paul Verlaine vortragen.«

»Das ist das Werk eines Amateurs, aber dieser Maples Arce ist der wahre Dichter unserer Zeit.«

»Die aufständische Stadt mit ihren Leuchtreklamen / Schwebt auf den Kalenderblättern / Wo Abend um Abend / Auf planierten Wegen eine Straßenbahn verblutet«, rezitierte der Dichter mit sanfter Stimme.

»Ziellos liefen wir durch die Nacht / Wie Ausgestoßene und Mörder / Witwer, Waisen, ohne Haus, ohne Kind, ohne Morgen / Beschienen vom Licht der in Flammen stehenden Wälder«, entgegnete Verdugo, der seinen Kollegen während ihrer Observierung an den Weisheiten teilhaben ließ, die er sich in der langen Zeit seiner Einsamkeit angeeignet hatte.

Auf diese Art verbrachten sie den Nachmittag, unterbrochen nur durch wenige Bewegungen in der Villa. Gegen Viertel nach fünf war die Witwe in Begleitung Conchitas angekommen, und Verdugo musste sich auf dem Fahrersitz zusammenducken, damit sie ihn nicht entdeckten. Anderthalb Stunden später fuhr Ramón mit einem klapprigen Ford weg. Kurz darauf verließ die Hypnotiseurin Celeste in einem langen Kleid das Haus und stieg in ein Taxi, das sie telefonisch bestellt haben musste. Dann war alles ruhig.

Die Villa war, von außen betrachtet, ein kleiner Klotz aus grauem Stein, umgeben von einem Garten, der offensichtlich vor nicht allzu langer Zeit angelegt worden war. Die Zufahrt war mit einem zweiflügeligen, schmiedeeisernen Tor versperrt. Zum Haus führte eine imposante Treppe mit rosa Balustraden, auf deren oberen Enden Blumentöpfe mit Malven standen. Von der Straße aus konnte man durch die Gitter die erleuchteten Fenster des Salons erkennen.

Auf die Idee, dort ein paar Stunden Wache zu schieben, war der Dichter gekommen, der so die Zeit überbrücken wollte, bis sie hoffentlich ihre Freunde in der Bar des Majestic treffen würden. Zuvor hatte er vergeblich versucht, den Journalisten in der Redaktion des *El Demócrata* aufzutreiben; und auch Tomás hatte er nicht erreichen können, um ihnen vom seltsamen Auftauchen des Obersten Martínez Fierro in der Geschichte zu berichten. Er hatte den Anwalt förmlich mitschleifen müssen, der eigentlich lieber nach Hause gegangen wäre, um sich umzuziehen und Dokumente für einen Prozess am Montag durchzusehen. Inzwischen hatte selbst der hartnäckige Dichter die Hoffnung aufgegeben, dass die Observation zu einem Ergebnis führen würde. Aber schließlich sorgte das Leben selbst dafür, dass es anders kam, als man denkt.

»Da kommt Ramón mit dem Ford zurück«, entfuhr es dem Dichter und seine Worte weckten mit einem Schlag seinen Mitstreiter auf und veranlassten ihn, in den Rückspiegel zu schauen.

Die Hupe des Fords ertönte drei Mal, und das Gittertor öffnete sich. Ramón parkte den Wagen und stieg aus. Der Dichter hatte das Gefühl, dass etwas Ungewöhnliches im Anmarsch war, als Ramón vorsichtig in beide Richtungen der Straße spähte. Im Garagentor erschien der mit einem grauen Anzug und Melone bekleidete Franzose und zerrte einen sich wehrenden Mann hinter sich her. Ramón näherte sich, um dem Franzosen zu helfen.

»Was geht denn da vor sich?«, fragte der Dichter.

»Nimm das Gewehr!«, brüllte der Anwalt, der im selben Augenblick die Tür des Packards öffnete. Der Dichter, etwas langsamer als sein Freund, brauchte ein paar Sekunden, um sich die Brille aufzusetzen, die er in der Jackentasche hatte. Dann ergriff er das auf dem Rücksitz liegende Gewehr und lud es filmreif durch, während er losrannte.

»Hände hoch, ihr Komiker!«, rief Verdugo den beiden überraschten Männern zu, die den Mann fallen ließen, den sie zum Wagen hatten zerren wollen. Der Mann war übel zugerichtet, das Gesicht blutverschmiert und voller Kratzer, das Hemd in Fetzen und blutdurchtränkt, die Hose zerrissen. Er versuchte sich aufzurichten, indem er sich an das Hosenbein Ramóns klammerte.

»Verdammt, was fällt Ihnen ein«, rief Ramón.

»Und wie nennen Sie das, was Sie mit diesem armen Christenmenschen angestellt haben?«, antwortete der Dichter, der auf den Franzosen zielte, damit dieser seine Hand nicht weiter zu seinem linken Stiefel hinunterbewegte. Der Dichter mochte in seinen Reaktionen langsam sein, von seinem Gedächtnis konnte man das nicht behaupten.

»*Que c'est qu'il passe?*«, fragte der Franzose, um irgendwas zu sagen, denn eigentlich war die Sache mehr als klar.

Verdugo näherte sich dem Mann, in dessen Augen man nur das Weiße sehen konnte, der sich aber immer noch abmühte aufzustehen. Mit einer Kraft, die ihm niemand zugetraut hätte, hob Verdugo ihn auf und warf ihn sich über die Schulter.

»Beten Sie, meine Herren, wir werden Ihnen nämlich jetzt ein paar Löcher ins Fell brennen«, sagte er, wobei er das Gewehr in einer Hand hielt und abwechselnd auf einen der beiden zielte.

»Ich habe ein gutes Gedächtnis, Herrschaften«, sagte Ramón.

»Sie wissen doch nicht mal, wo sie Ihren Schwanz hinstecken sollen«, entgegnete Verdugo. Der Dichter, der die Situation unter Kontrolle hatte und ab und zu aus dem Augenwinkel einen Blick auf die Villa warf, brach in schallendes Gelächter aus. Unter den verstörten Blicken eines Dienstmädchens, das herausgekommen war, um einen Hund spazieren zu führen, gelangten unsere beiden Freunde zusammen mit dem Geretteten, der von dem Anwalt wie ein Sack Kartoffeln transportiert wurde, zu ihrem Packard. Während der Dichter weiter auf den Franzosen und Ramón zielte, ließ Verdugo den Motor an. Der Dichter stieg auf das Trittbrett und rief, während er sich mit der freien Hand an der Wagentür festhielt:

»Geben Sie Gas, Anwalt, ich wollte schon immer der Held in einem Actionfilm sein.«

Als der Packard mit quietschenden Reifen lospreschte, feuerte der Dichter, am Wagen hängend, sein Gewehr in Richtung seiner verdutzten Gegner ab, wodurch sich einer der Blumentöpfe mit Malven in seine Bestandteile auflöste.

»Es lebe Pancho Villa, ihr Weicheier!«, rief er ihnen, selig vor Glück, zum Abschied zu.

Ungefähr im selben Augenblick stiegen Tomás und sein Freund Sebastián San Vicente am Alameda-Park aus einem Taxi und gingen in Richtung Dolores-Gasse. Zur Zeit der Abenddämmerung, wenn die ersten Schatten das Licht verschluckten, begann die Verwandlung des Viertels. In den Läden und Restaurants änderte sich das Publikum, und die Bevölkerung chinesischen Ursprungs bemächtigte sich der Straße. Das Opium, das sich tagsüber in eleganten Salons und schmuddeligen Bruchbuden verbarg, kam vorsichtig zum Vorschein, die Bettler verwandelten sich in Konsumenten, Familienväter, zärtliche Liebhaber. Menschliche Wracks ließen sich mitten auf der Straße fallen und provozierten als einzige Reaktion einen behenden Sprung, um ihnen auszuweichen. Der Regen der letzten Tage hatte den Boden der schummrig beleuchteten Gasse in Schlamm verwandelt. Tomás schüttelte einen Verkäufer von Heilpflanzen ab, der ihn mit einem Holztablett voller Proben verfolgte, und blieb vor dem Restaurant *Pekingente* stehen. Auf die Gesichter von Tomás und San Vicente, der wie ein Schatten an ihm klebte, fiel jedes Mal ein kurzer Lichtschein, wenn sich die Restauranttür öffnete und Gäste herauskamen. Tomás dachte nach.

»Worauf warten wir, Tomás?«

»Hiel ist es, hiel ist sie lausgekommen. Hiel odel aus dem Haus nebenan.«

Auf dem Weg in das Chinesenviertel hatte Tomás die Frage, warum ihm das Mädchen so wichtig war, verdrängt. Er wollte nicht, dass die Gefühle seinen Verstand beeinträchtigten. Aber es gab verdammt wenig Anhaltspunkte, auf die er sich stützen konnte. Er wusste nur, dass Rosa wegen der Spielschulden ihres Vaters, der Besitzer einer Wäscherei in der López-Straße war, an einen chinesischen Restaurantbesitzer verkauft worden war und dass das Mädchen das Auftauchen der Polizei im Spielcasino ausgenutzt hatte, um zu fliehen. Schließlich fasste er eine Entscheidung, schob den Perlenvorhang zur Seite und trat ein.

»Ich möchte mit dem Besitzel splechen«, sagte er zu einem Chinesen in weißer Kellnerjacke.

»Ta'i Lu«, sagte der Chinese, womit er ihnen den Namen seines Chefs verriet.

»Ich spleche nicht Chinesisch, Kollege«, antwortete Tomás. Der Kellner sah ihn mit bohrendem Blick an und wies ihnen ein Separée im hinteren Restaurantbereich zu.

In der Nähe des rot lackierten Tresens saßen zwei Pärchen beim Essen und zwei Okzidentalen, die Tee tranken und mit einem Chinesen über Geschäfte sprachen. Das Lokal wirkte zu dieser Zeit ziemlich desolat. San Vicente zündete sich eine Zigarette an und wartete, nachdem er zuvor die Hintertür unter die Lupe genommen hatte, durch die der Kellner verschwunden war. Tomás fühlte sich an diesem Ort genauso fremd wie sein Genosse. Im Grunde war er ja nur durch Zufall Chinese.

»Hier lang, bitte«, sagte der Kellner, der nach einem kurzen Moment wieder auftauchte.

Tomás bemerkte bewundernd, dass er das »R« ohne Probleme aussprach.

Mit einer Petroleumlampe in der Hand ging der Kellner ihnen durch dunkle und enge Flure voran. Sie durchquerten den Nebenraum einer Küche, eine Vorratskammer mit Gemüse und Getreide, einen mit Gemälden und Wandteppichen behängten Flur, einen Hof mit Enten und Hühnern, verschiedene Zimmer, die mit Kisten vollstanden. Sie folgten einem Labyrinth, das mal nach rechts, mal nach links, mal vor und mal zurück führte. Als sie gut fünfhundert Meter gelaufen waren, öffnete der Chinese die Tür zu einem Raum, in dem der Irrweg endete, und trat zur Seite, damit Tomás und San Vicente eintreten konnten. Unsere Freunde fanden sich in einem großen verlassenen Saal wieder, der wie ein Varieté-Theater dekoriert war und von einem riesigen, von Spucknäpfen aus Bronze umgebenen Bambusstuhl beherrscht wurde. Die Tür fiel hinter ihnen ins Schloss.

»Was zum Teufel soll das? Wo sind wir?«, fragte San Vicente und ging bis zur Mitte des Raums.

»Was weiß ich«, antwortete Tomás und folgte ihm.

In diesem Moment öffnete sich der Boden unter seinen Füßen.

Kapitel 37
In den Socken suchen

Im Laufe der acht Jahre seiner Tätigkeit als Reporter hatte Manterola sich eine präzise Meinung über den Charakter der aus der Revolution hervorgegangenen Polizei gebildet. Sein Urteil ließ sich in einem einzigen Satz zusammenfassen: Sie war zu nichts nütze. Wenn sie ein Verbrechen aufklärte, so war dies dem puren Zufall zu verdanken. Ihre Kontakte zur Unterwelt von Mexiko-Stadt waren so ausgedehnt und intim, dass die Grauzone, die eigentlich die Grenze markieren sollte, das normale Ambiente war, in dem Polizei und Delinquenten zusammenlebten und den gleichen Aktivitäten nachgingen. Aber während die Polizei völlig unfähig war, hatte die Unterwelt von Mexiko-Stadt, seit die Revolution die Hauptstadt ab 1916 in Ruhe gelassen hatte, sichtlich dazugelernt. Auf der einen Seite hatte der Weltkrieg eine stattliche Anzahl von Experten ins Land gebracht, die vor dem Krieg auf der Flucht waren; auf der anderen hatte das Chaos, das jede Revolution mit sich bringt, eine Unmenge von Geldscheinen in Umlauf gebracht, Aktienpakete, Juwelen, Gold und Silber, die in Reichweite begieriger Hände waren, die auf fremdes Hab und Gut aus waren, das sie angesichts der herrschenden Zeiten leicht in ihr Eigentum verwandeln konnten. Die gewalttätige Welt der Entführer, Räuber und Mörder war von einem vorgelagerten Kreis aus Betrügern, Taschendieben, Trickdieben, Lebemännern, Ganoven, Zuhältern, Damen der Nacht (oder des Nachmittags, wenn es die Geldbörse erforderte), Scharlatanen, Erfindern von Absurditäten umgeben. Auserlesen waren nicht nur die Fähigkeiten, sondern auch die exotischen Namen der Banden: »Die würgende Hand«, »Die Legion der Mörder«, »Das rote Mal«, und die ihrer Anführer: Mario Lombarc, Die schwarze Mütze, der Franzose mit den Seidenfingern, Hau-weg-den-Scheiß, der türkische Apache, Won-Li, Eufrasio der Finger.

Der Journalist gestand seinen Anteil an diesen Fantasienamen ein, vor allem seit er bei seiner Arbeit von einem wortgewandten Kollegen der Zeitung *El Heraldo de México* begleitet wurde. Durch die Macht der Medien und ihre Wortgewandtheit hatte sich ein elender Typ wie Ranulfo Torres in den »Unsichtbaren« verwandelt und María Juárez, eine durchschnittliche Straßenhure, in die »Dame mit dem tödlichen Biss«.

Nie zuvor hatte die Stadt so viele Parias mit nicht registrierten Berufen gekannt, eine so ausgedehnte Unterwelt, eine ganze Infrastruktur in den Kloaken. Als Manterola sich entschloss, der Spur der Juwelen, die sich in der Tasche des Feldwebels Zevada befunden hatten, nachzugehen, standen ihm deshalb viele Möglichkeiten offen. Er sichtete in der Redaktion zunächst die Zeitungsausschnitte der letzten drei Jahre sowie eine Auswahl von Artikeln des *Heraldo* und des

Excelsior, die er in einer Schublade seines Büros aufbewahrte. Stichwort: Juwelen. Innerhalb einer halben Stunde fand er sechs oder sieben Geschichten, während er den ersten von drei Folianten mit den gesammelten Titelseiten durchblätterte. In der Redaktion war es für Manterolas Geschmack zu dieser Tageszeit zu ruhig, sodass er sich beim Chefredakteur unter dem Vorwand einer dringenden Recherche die Genehmigung für einen freien Tag holte und sich einen anderen Platz zum Lesen suchte. Zweieinhalb Minuten, nachdem er das Büro des *El Demócrata* verlassen hatte, klingelte das Telefon und jemand verlangte ihn zu sprechen.

»Was haben sie gesagt?«, fragte der Dichter.

»Dass er weggegangen ist«, sagte Verdugo.

Sie hatten die Nacht beim Roten Kreuz zugebracht, wo die Bereitschaftsärzte versucht hatten, ihren Geretteten zusammenzuflicken, aber die ärztliche Kunst konnte nur die oberflächlichen Wunden versorgen, die dem Unbekannten zugefügt worden waren.

»Er steht unter Schock. Sie sollten auf seine Worte nicht allzu viel geben, er wird viel Unsinn zusammenfantasieren, völligen Quatsch. Zumindest die nächsten zwei Tage. Sorgen Sie dafür, dass er liegen bleibt. Er braucht viel Ruhe. Geben Sie ihm Suppe zu essen, Hühnerbrühe. Bringen Sie ihn noch mal her, sobald er den Schock überwunden hat.«

So fuhren sie also den halben Vormittag durch Mexiko-Stadt, den unter Schock Stehenden hatten sie in eine englische Wolldecke gehüllt und auf dem Rücksitz des gepanzerten Packard untergebracht.

Vor Gericht hatten sie einer Beweisaufnahme beigewohnt, bei der der Rechtsanwalt seine ganze Kunst aufgeboten hatte, um der Karriere eines zweitklassigen Fußballspielers ein Ende zu bereiten, der offenbar geglaubt hatte, dass seine Fähigkeiten auf dem Spielfeld (die im Übrigen, wie der Dichter meinte, äußerst bescheiden waren) ihm gestatteten, einer blonden Tänzerin aus dem Edén namens Iris (in Wirklichkeit hieß sie Magdalena und kam aus Puebla) ungestraft Gewalt anzutun. Danach waren sie zu Verdugo nach Hause gefahren, um sich etwas auszuruhen und die Zeit zu überbrücken, bis Manterola auftauchte, mit dem sie die letzten Ereignisse besprechen wollten.

Sie legten den unter Schock Stehenden auf dem Bett ab, der Anwalt ließ sich in seinen Sessel fallen und der Dichter legte sich auf den Boden, das neue Gewehr an seiner Seite.

»Habe ich schon erwähnt, dass der Franzose dem Typen ziemlich ähnlich sah, der den Offizier begleitet hat, der auf mich geschossen hat?«

»Wird wohl derselbe gewesen sein«, murmelte Verdugo, der damit kämpfte, ein Gähnen zu unterdrücken.

»Ist Ihnen aufgefallen, dass Ihr Gewehr nicht geladen war, als der Franzose und Ramón auftauchten?«

»Stimmt, verflucht noch mal. Mein Vater hatte schon Recht, als er sagte, dass ich einfach unverantwortlich sei«, antwortete Verdugo mit einem Lächeln.

»Das bestätigt meine Theorie, dass es vor allem auf den Stil ankommt«, sagte der Dichter und zündete sich eine Zigarette an. »Aber wir sollten diesen Typen durchsuchen, vielleicht hat er ja irgendwas dabei.«

Verdugo erhob sich schwerfällig aus seinem Sessel und ging zum Bett.

»Mal sehen ... In den Hosentaschen – nichts ... In der Weste – nichts. Doch: eine Quittung des Hotels Regis.«

»Der verschwundene Holländer!«

»Van Horn ... In der linken Sakkotasche – nichts. Eine unbeschriebene Postkarte aus Toluca, noch eine Postkarte mit einem Foto meiner Freundin Inés Torres, gänzlich unbekleidet.«

»Ah, lassen Sie mal sehen.«

»Möchten Sie ein Foto mit Autogramm? Kann ich Ihnen ohne Mehrkosten besorgen.«

»Nein, war reine Neugier. Schauen Sie auch in den Socken nach, die Europäer sind ziemlich einfältig, und ein Trottel vom englischen Foreign Office hat mal die Behauptung aufgestellt, dass in Mexiko die Socken der sicherste Platz zum Aufbewahren wichtiger Dinge seien.«

»Okay, ich schau nach ... Karamba, sie haben Recht.«

»Hab ich's nicht gesagt?«

»Der Zugangscode für ein Schließfach der Bank von London.«

»Geben Sie mal her.«

Der Anwalt reichte seinem Freund, dem Dichter, das kleine Stück grüner Pappe. Fermín Valencia holte einen Bleistiftstummel aus seiner Westentasche und begann, auf der Rückseite ein Gedicht über Socken zu notieren.

»Ich geh mal Zigaretten kaufen, mein Freund. Wenn sich jemand Zugang verschaffen will, ohne vorher drei Mal geklopft zu haben, verpassen sie ihm eine gehörige Portion Blei, aber zielen sie schön hoch, für den Fall, dass es sich doch um eine Freundin handelt, die zu Besuch kommt.«

»Zu Befehl«, sagte der Dichter, der sein Gewehr durchlud und sich in den Sessel setzte. Verdugo ging mit müdem Gesichtsausdruck zur Tür, setzte den perlmuttgrauen Hut auf und trat hinaus auf die Straße.

Pioquinto Manterola hatte sich schon immer vorgenommen, eine methodische Vorgehensweise zu entwickeln. Jetzt schien der Moment gekommen zu sein, diesen Vorsatz umzusetzen. Er hatte die verschiedenen Zeitungsartikel sortiert, eine Liste der Schmuckstücke erstellt und ihnen die entsprechenden Beschreibungen zugeordnet. Er hatte die Namen der Banden notiert, denen man die Diebstähle, Überfälle, Unterschlagungen, Betrügereien zuschrieb, dazu die Namen der Überführten und der Geständigen, derer, die sich in Haft befanden, und derer, die auf freiem Fuß waren. Von seiner Liste strich er dann den Schmuck, der wieder aufgetaucht war. Zusätzlich hatte er sogar die Namen zweier Hehler herausgefunden, die aber, wenn die Daten stimmten, ihre Knochen im Knast von Belén ausruhten.

Die Auflistung versetzte den Journalisten langsam in Unruhe. Zu viele Juwelen, zu viele alte Damen, die gefoltert worden waren, damit sie das Versteck des Familienschmucks verrieten, zu viele Offiziere, die in Räubereien verwickelt waren, Klunker, die schließlich am Hals oder von den Ohren ihrer

Angebeteten baumelten, wo sie im Licht des Kerzenscheins funkelten. Die Geschichten, die er zu lesen bekam, versetzten ihn in die Welt seiner eigenen Erinnerungen zurück. Er malte sie aus und ergänzte sie: die Farbe des Teppichs, die hervorspringenden Augen der strangulierten Frau, das Stottern des verhafteten Vermittlers, die Kälte der Nacht in der Garage, in der das Pärchen lag, das Selbstmord begangen hatte. Die Liste machte ihn nervös, weil sie zu sehr einer persönlichen Bilanz seiner letzten Jahre glich.

»Warum bist du Polizeireporter geworden, Manterola? Weil sich hier die wirkliche Literatur des Lebens findet, Bruder.« So fragte und antwortete sich der Journalist, der vom Wahrheitsgehalt seiner Worte völlig überzeugt war.

Manchmal verstummte die vom Jahrmarkt herüberschallende Musik, und der Journalist blickte von seinem Folianten aus hartem Karton und mit Messing verstärkten Kanten auf. So ging der Vormittag vorbei.

Kapitel 38
Jede Menge Feuerwerk und ein Ex-Maurer ohne Erektion

Die Sonnenstrahlen, die durch die halb offenen Jalousien drangen, tauchten den Raum in schummriges Licht. Der Dichter hatte seine Stiefel ausgezogen und sich wie ein sprungbereiter Kater in den Sessel gekauert. Er schaute abwechselnd zum Paralysierten und zur Tür hinüber, durch die sechs Stunden zuvor sein Freund, der Anwalt, nach draußen gegangen war. Er hatte Hunger, aber in der Wohnung gab es nicht einen Krümel zu beißen, und er traute sich nicht, die Wohnung zu verlassen, um draußen etwas essen zu gehen. Einige Male hatte er die Augen von dem Holländer abgewandt und zum Fenster hinausgespäht, um nach dem Anwalt Ausschau zu halten. Außer einem alten Orgelspieler, dem ein paar Kinder zuhörten, und zwei Maurern, die gerade eine Baustelle verließen, hatte er niemanden entdecken können. Der Holländer brabbelte zwischendurch unverständliches Zeug, und Fermín, der etwas Englisch konnte, weil er einmal im Auftrag Pancho Villas über die Grenze nach Norden gegangen war, um Verpflegung und Waffen zu kaufen, schrieb das Gestammel fein säuberlich auf. Das Ergebnis mehrerer Stunden war ein Potpourri aus unzusammenhängenden englischen und holländischen Sätzen sowie Teilen eines Gedichts, die Fermín auf die Rückseite einer Partitur geschrieben hatte. Hatte der Anwalt eine Schwäche für Musik? Komponierte er? In der Wohnung war jedenfalls kein Klavier zu entdecken, nicht mal eine Gitarre oder Querflöte, aber auf dem Notenpapier, dessen Rückseite der Dichter beschrieben hatte, prangte ein Stück mit dem Titel *Carmen. Ein Bolero.*

Er kam gerade aus dem Bad zurück, wo er eine Blumenvase mit Wasser gefüllt hatte, das er dem paralysierten Holländer zu trinken geben wollte, als jemand leise an die Tür klopfte. Der Dichter ließ die Blumenvase auf den Teppich fallen und griff zu seinem Gewehr. Das Geräusch, das beim Spannen des doppelläufigen Gewehrs entstand, übertönte er mit einem:

»Wer ist da?«

»Der Milchmann«, antwortete eine männliche Stimme, die im selben Augenblick von der Detonation eines doppelten Schusses zum Schweigen gebracht wurde.

Fermín Valencia war dem Rat des Wohnungsinhabers gefolgt und hatte dorthin gezielt, was nach seinem Verständnis hoch war (1,70 Meter), weil er fest davon überzeugt war, dass niemand Milch zu dieser Wohnung bringen würde. Das Ergebnis waren ein vierzig Zentimeter großes Loch in der Tür und jede Menge Schrotkugeln. Er lud das Gewehr mit zwei Patronenhülsen aus seiner Westentasche nach und näherte sich der Tür, wobei er darauf achtete, nicht in die Schusslinie des rauchenden Lochs zu geraten. Mit der linken Hand drückte er die Türklinke, ging in die Knie und öffnete vorsichtig die Tür. Hinter ihr lag ein blutüberströmter Körper auf dem Boden. Ihm blieb keine Zeit für weitere Erkundungen, da vom Treppenabsatz her in schneller Reihenfolge drei Pistolenschüsse auf ihn abgefeuert wurden, die nur knapp an seinem Kopf vorbeistrichen. Er feuerte erneut sein Gewehr in Richtung der Schüsse ab und warf es dann zur Seite, weil er keine Zeit zum Nachladen hatte. Stattdessen zog er seinen Colt. Er machte einen Satz über die Leiche und rannte laut schreiend und schießend die Treppe hinunter. Zwischen dem ersten und dem zweiten Absatz stieß er auf einen weiteren zusammengekrümmten Körper, und er rannte weiter nach unten, wobei er sechs oder sieben Stufen auf einmal nahm, bis er frontal gegen die Tür einer Zahnarztpraxis prallte, die ein Stockwerk unter der Wohnung des Anwalts lag. Er nutzte die unfreiwillige Pause, um seinen Colt neu zu laden, und lief dann weiter die Treppe hinunter, jetzt aber vorsichtiger, bis er auf die Straße gelangte. Die Straße war leer, mit Ausnahme eines Autos, das mit quietschenden Reifen vom gegenüberliegenden Bürgersteig aus startete, als der Dichter im Hauseingang auftauchte. Sein Anblick war furchteinflößend: ohne Schuhe, mit wild zu Berge stehenden Haaren, einen rauchenden 45-er Colt in der rechten Hand. Der Dichter zögerte keinen Augenblick und begann, auf den beschleunigenden Wagen zu schießen, wobei er dessen Rückfenster durchsiebte und den Rückspiegel abschoss.

Von einem Moment auf den anderen sah er sich plötzlich allein und verlassen auf der Straße stehen, die Socken tropfnass, die Ohren von den Schüssen taub, die Zähne zusammengepresst, der Rachen trocken wie die Wüste Sahara. Von den Beinen aus breitete sich ein Zittern aus, das sich in den Nieren in einen stechenden Schmerz verwandelte und wie Schüttelfrost zum Nacken aufstieg. Er fiel auf die Knie und murmelte, als würde es sich um ein Stoßgebet handeln:

»Fermín, was bist du nur für ein Scheißtyp; Fermín, wie brutal bist du. Fermín, hör auf zu schießen. Fermín, verzeih mir.«

Plötzlich hatte er das Gefühl, dass ihn jemand beobachtete. Links von ihm, auf dem Boden sitzend und an die Hauswand gelehnt, hockte der Anwalt Verdugo, ohne Hut, den Kopf seitlich zur Schulter geneigt, die Augen verdreht, das Hemd offen und die Ärmel aufgekrempelt.

»Was haben sie denn mit dir gemacht, Doc? Was haben sie

dir angetan?«, rief der Dichter bestürzt und stand auf.

Als Manterola in die Redaktion zurückkam, warteten zwei Aufträge auf ihn, ein Artikel über einen Banküberfall in Guadalajara, dessen Spur sich in Mexiko-Stadt verlor, und ein Bericht über eine alleinstehende Mutter, die Selbstmord begangen hatte, indem sie den Gashahn aufdrehte. Die Arbeit nahm zwei Stunden in Anspruch, und er wurde gerade noch rechtzeitig fertig, als ein Magenknurren ihm anzeigte, dass er den ganzen Tag noch keinen Bissen zu sich genommen hatte.

Er suchte den Chefredakteur auf und erzählte ihm, dass er weiter an der Juwelengeschichte arbeite, womit er sich von einigen kleineren Aufgaben befreien und gegen acht Uhr abends das Büro des *Demócrata* verlassen konnte. In einer Kneipe in der Straße Puente de Alvarado legte er einen Zwischenstopp ein und verspeiste eine Portion Chilaquiles, sein Lieblingsgericht aus Maisfladenstreifen, Chilis, Käse und Tomaten. Dann ging er weiter zur Guerrero-Straße, um den Geschäftsführer der Druckerei *La Industrial* zu sprechen. Die Adresse hatte er von einem Druckerkollegen, der früher dort gearbeitet hatte. Er redete eine halbe Stunde mit dem Leiter der Druckerei und machte sich dann, leicht hinkend, auf den Weg zum Majestic.

Am Tresen feierte eine Gruppe von Baseballspielern ein gewonnenes Spiel, die Billardtische waren besetzt, und eine Bande von Betrügern und Falschspielern, die aus Galicien stammten, schmiedete an dem strategisch günstig gelegenen Tisch nahe des Ausgangs Zukunftspläne.

Manterola ging zu dem gewohnten Platz, und auf der Stelle tauchte Eustaquio mit einer Flasche Habanero und einem schmutzigen Lappen auf, mit dem er den Marmortisch abwischte.

»Sind meine Freunde noch nicht da?«

»Sie sind bisher nicht aufgetaucht und haben auch keine Nachricht hinterlassen oder angerufen. Aber dieser Herr da hat nach Ihnen gefragt.«

Manterola folgte dem Fingerzeig Eustaquios und erblickte einen eleganten Offizier mit perfekt gebügelter Uniform und glänzenden Schulterstücken. Eine Woche zuvor hatte er ihn als angeblichen Maurer, der angeblich im Koma lag, im Krankenhaus kennengelernt. Der Journalist grinste. Wenn Jesus aus Nazareth es geschafft hatte, warum sollte dann nicht auch ein Maurer aus Mexiko-Stadt von den Toten wiederauferstehen? Mit einer Geste bedeutete er ihm, sich mit an den Tisch zu setzen. Eustaquio bat er, ein zweites Glas zu bringen.

»Major Martínez, vom Geheimdienst. Und verzeihen Sie, wenn ich Sie so überfalle«, stellte sich der Offizier vor.

»Schon gut, Major. Sie sollten sich lieber dafür entschuldigen, dass Sie bei unserem letzten Zusammentreffen so sterbenskrank waren. Ein bisschen Unterhaltung im Krankenhaus hätte mir gut getan, und sei es auch nur über das Maurerhandwerk.«

»Tut mir leid, Manterola, Dienstanweisung.«

»Und wem dienen Sie, Major, wenn ich so indiskret sein darf?«

»Ich bin direkt dem Sekretär des Präsidenten Obregón, Herrn Alessio Robles, unterstellt. Meine Kollegen und ich führen einen Spezialauftrag aus.«

Der Wirt stellte ein zweites Glas auf den Tisch und Manterola füllte es mit Habanero, aber der Offizier lehnte mit einer Geste ab.

»Danke, ich bin im Dienst.«

»In Ordnung, ich bin ganz Ohr, Major.«

»Eigentlich sollte es umgekehrt sein, Manterola.«

»Was wollen Sie wissen?«

»Alles, was Sie über die Offiziere Martínez Fierro, Zevada und Gómez wissen. Und über den Plan von Mata Redonda.«

»Den was?«

»Gut, belassen wir es bei den Obersten.«

»Martínez Fierro – diesen Namen höre ich zum ersten Mal. Zevada ist tot, er stürzte, oder wurde gestürzt, aus einem Haus gegenüber der Zeitung, für die ich arbeite. Gómez ist der Chef der berittenen Gendarmerie dieser Stadt. Das ist eigentlich auch schon alles. Oder, genauer betrachtet, dieser Oberst Gómez ist ein Dieb, ein korrupter Offizier und ein Mörder.«

»Wenn ich Ihnen sagen würde, dass Martínez Fierro Ihre

Ermordung in Auftrag gegeben hat und dass es dann Gómez ein zweites Mal versucht hat, was würden Sie dazu sagen?«

»Hören Sie, Major, lassen Sie uns zur Sache kommen. Sie sagen mir, was Sie wissen, und ich werde versuchen, die Puzzlestücke beizusteuern, die ich einbringen kann.«

»Ich bedaure, Herr Manterola. Allerdings soll ich Ihnen noch etwas mit auf den Weg geben: Der Präsident der Republik legt Ihnen persönlich ans Herz, mit Ihren Nachforschungen fortzufahren. Ich schließe mich dem an, möchte Sie aber bitten, vorsichtig zu sein. Das ist alles, was ich Ihnen sagen kann. Hier haben Sie meine Telefonnummer, rufen Sie an, wenn etwas Wichtiges passiert oder wenn Sie meine Hilfe benötigen.«

Der Offizier gab Manterola eine Karte, auf die er die Nummer 42-38 notiert hatte.

»Soll ich über Ericsson oder über die mexikanische Telefongesellschaft anrufen?«

»Die mexikanische, verlangen Sie nach dem Wählen die ›rote‹ Nummer«, sagte der Offizier, der bereits aufgestanden war.

Manterola grüßte zum Abschied, indem er mit dem Stück Pappe salutierte, und blickte ihm nach, bis er das Lokal verlassen hatte. Dann murmelte er:

»›General Obregón legt Ihnen persönlich ans Herz...‹ Herrje! Dieser Ochse denkt wohl, dass ich ein Hampelmann bin.«

Kapitel 39
Geschichten aus vergangener Zeit: Fermín Valencia in Zacatecas

Mitte Juni 1914 befahl Pancho Villa der Norddivision gegen den Widerstand von Carranza, auf Zacatecas vorzurücken. Die Pferde wurden mit Zügen transportiert, auf deren Dächern die Reiter davon sangen, wie sie Huertas Heer in Zacatecas das Rückgrat brechen würden. 22.000 Männer waren in der Umgebung der Stadt in Bewegung. Die Brigade von Nateras, die von Zaragoza, die Truppen Aguirre Benavides', die Brigade Villas, die von Urbina, von Morelos, die Streitkräfte von Maclovio Herrera und Manuel Chao, die Artillerie unter dem Befehl von Felipe Ángeles.

Fermín Valencia durchstreifte die Feldlager, roch das Essen und beobachtete die Gesichter, in denen er nach Hinweisen auf die Schlacht suchte, aber nichts als Vorbereitungen auf ein Fest entdeckte.

Von dieser Atmosphäre angesteckt, begann sein Blut zu kochen, als am 23. Juni um zehn Uhr morgens die 50 Kanonen der Norddivision das Feuer auf die befestigten Hügel, die die Stadt umgaben, eröffneten. Pancho Villa hielt die Kavallerie in Reserve, gruppierte die Kanonen um und rieb mit Infanterieangriffen die föderalistischen Kräfte auf. Innerhalb von einer Stunde fiel Loreto. Das Bombardement nahm zu. Vom bedeckten Himmel über Zacatecas regnete es Eisen.

Um fünf Uhr nachmittags erhielten die Brigaden Villas und Cuauhtémacs den Angriffsbefehl. Der Dichter versetzte sein Pferd in leichten Trab und rückte gemeinsam mit tausend anderen Reitern der Revolution in Richtung Feind vor.

Schon bald gingen sie zum Galopp über, da die föderalistische Artillerie Lücken in ihre Reihen riss. Die unsichtbaren Maschinengewehrschützen schickten ihnen Bleisalven entgegen. Neben dem Dichter wurde ein Pferd getroffen und ließ seinen Reiter in hohem Bogen nach vorne fliegen. Die Reiter durchbrachen den Nebel aus Pulverdampf und aufgewirbelter Erde und ließen die Explosionen der Geschosse hinter sich zurück. Ein Gebrüll erhob sich in ihren Reihen, als der erste Schützengraben wie ein Abgrund mit atemberaubender Geschwindigkeit auf sie zuflog. Sie übersprangen ihn laut schreiend. Der Dichter nahm die Zügel zwischen die Zähne, gab seinem Pferd die Sporen und feuerte mit der Pistole in der Hand auf die fliehenden Föderalisten. Der Reiter an seiner Seite sang aus voller Kehle. Die föderalistische Verteidigungslinie brach zusammen und riss in ihrer Panik die zweite mit.

Plötzlich hielt er sein Pferd an. Er befand sich vor den ersten Häusern der Stadt Zacatecas.

»Es lebe Pancho Villa, ihr elenden Hunde!«, brüllte der Dichter, der in diesem Moment ein glücklicher Mensch war.

Kapitel 40
Zwei Anarchisten im Keller

»Siehst du, San Vicente, wenn du nicht lauchen wüldest, hättest du jetzt kein Ploblem«, sagte der Chinese im Dunkeln.

»Tabak habe ich noch, verdammte Scheiße, aber das ist mein vorletztes Streichholz, und das möchte ich mir eigentlich noch etwas aufsparen.«

Tomás hatte das Glas seiner Uhr entfernt und durch das Abtasten der Zeiger herausgefunden, dass sie mittlerweile zehn Stunden in diesem feuchten, verschimmelten und kalten Keller gefangen saßen, in den sie durch die Falltür des Salons gefallen waren. Nachdem sie sich vom ersten Schreck erholt hatten, hatten sie die Streichhölzer San Vicentes benutzt, um ihr Verlies zu erkunden, hatten diesen Versuch aber nach einer halben Stunde aufgegeben. Außer zwei leeren Särgen in einer Ecke und einem Sack mit verfaulten Kartoffeln hatten sie nichts gefunden. Der Boden und die Wände des Kellers waren aus Lehm und die einzige Möglichkeit rauszukommen war der Weg durch die Falltür in der Decke, die sich automatisch geschlossen hatte, nachdem sie heruntergefallen waren, und die sich dreieinhalb Meter über ihren Köpfen befand. Es sah so aus, als gäbe es nur eine einzige Möglichkeit, um von dem Zimmer aus in den Keller hinein- oder wieder hinauszugelangen: mittels einer Leiter, die vom oberen Stockwerk aus herabgelassen werden musste.

Nur ein einziges Mal war ihre Einsamkeit in den letzten zehn Stunden unterbrochen worden, als sie in der über ihnen liegenden Etage Schritte gehört hatten. Der jähzornige Charakter des spanischen Anarchisten hatte die Geschichte aber schon im Ansatz beendet, indem er zwei Ladungen Blei durch die Falltür nach oben jagte. Die Schreie, die sie daraufhin vernahmen, ließen darauf schließen, dass irgendjemand sich eine

Kugel als Prämie eingefangen hatte. Danach geschah nichts mehr. Tomás war auf die Schultern des Spaniers gestiegen, der wiederum auf den Särgen stand, sodass die ausgestreckten Hände des Chinesen knapp die Falltür erreichten. Aber die Tür war offensichtlich verriegelt worden. So war also die Sachlage, sie gaben auf und schickten sich ins Warten.

»Und wenn sie uns verhungern lassen?«, fragte San Vicente.

»Wie viele Tage kann man ohne Essen aushalten?«

»Herrje, unter guten Bedingungen und mit Wasser drei Wochen. Aber so, wer soll das wissen.«

Weder der Chinese noch sein Freund waren in der Kunst der Freizeitgestaltung bewandert, und nachdem sie zu dem Schluss gekommen waren, dass ihnen außer Warten nichts weiter übrig blieb, wechselten sie pro Stunde nicht mehr als ein halbes Dutzend zusammenhangloser Sätze.

»Tomás, ich habe viel erlebt und dem Tod schon häufig ins Auge gesehen. Schön ist das nie, aber es gibt Todesarten, von denen ich sogar träume, und auch wenn sie mich nicht unbedingt begeistern, sind sie zumindest nicht so idiotisch wie diese hier.«

»Es ist meine Schuld, San Vicente, ich bin ein falschel Chinese. Diese Sachen passielen, weil ich meine Leute nicht kenne. In diesem Stadtteil bin ich viel Mal gewesen, mit diesem fünf Mal. Ich mag das chinesische Essen nicht, und ich hab absolut keine Ahnung von den Tongs oder den Tliaden. In Tampico wal ich schlauel. Scheiße, abel ich kann ja noch nicht mal einen Chinesen von einem Filipino odel einem Japanel untelscheiden.«

»Dafür kannst du einen Genossen von einem Schurken unterscheiden. Vor ein paar Monaten hat mir ein Landsmann in San Luis Potosí eine Postkarte von dem Dorf gezeigt, in dem ich in Asturien geboren wurde, er hätte mir genauso gut ein Foto von Guinea zeigen können. Das mit den Ländern ist doch ein absoluter Scheiß, der mir total auf die Eier geht. Man kommt von da, wo man gerade ist. Dieses Land misst fünfzig Quadratzentimeter. Ein bisschen mehr, wenn sie einen unter die Erde bringen.«

»Wie ist die Falltül?«

»Wie, wie sie ist?«

»Ja, von hiel aus gesehen lechts hat sie Schalniele, links einen Liegel, ein Schloss, das zuschnappt, wenn die Falltül wiedel in ihle Ausgangsposition zulückkommt. Wenn das nicht funktionielt, legeln sie das von oben, so wie sie das volhin gemacht haben, deshalb konnte ich ja dulch Dlücken odel Schieben nichts bewilken, als ich auf deinen Schulteln stand. Abel wenn wil auf den Sälgen stehen, können wil die Schalniele doch wegschießen, odel?«

»Man wird es nur wissen, wenn man es tut. Das einzige Problem ist, dass wir nur noch zwei Streichhölzer haben, um genau zielen zu können. Hättest du da nicht früher drauf kommen können, Tomás?«

»Haben Sie nicht einmal einen Schießwettbewelb mit del Pistole auf dem Jahlmalkt in Tampico gewonnen?«

»Verdammt, aber damals war es nicht so scheißkalt.«

Kapitel 41
Eine schlimme Nacht

Um zwei Uhr morgens kam der Journalist bei der Wohnung Verdugos an, nachdem er es zuvor vergeblich bei der Wohnung des Dichters versucht hatte, dann bei der des Chinesen, die er mit offen stehender Tür und eingeschaltetem Licht leer vorfand, anschließend beim Roten Kreuz, dem Weißen Kreuz, dem städtischen und auf verschiedenen Polizeiwachen der Stadt. Verdugos Haus hatte er ausfindig gemacht, weil er im Leichenschauhaus zufällig auf eine seiner Freundinnen gestoßen war, die einmal in seiner Wohnung übernachtet hatte und jetzt von ihrem Vater Abschied nahm, der nach einem Besäufnis erfroren war. Das zweistöckige Haus, in dem sich drei Büros sowie das Apartment des Anwalts befanden, war dunkel und von mehreren leeren Grundstücken und noch im Bau befindlichen Häusern in der Tabasco-Straße umgeben. Die Straßenbeleuchtung war erst zur Hälfte installiert, und die Laternenpfähle wirkten ohne die sie krönenden Lichter wie Todesboten einer kommenden Zivilisation. Der Mond hingegen tauchte das Gebäude in ein sanftes Licht. Manterola rannte die Treppen hinauf. Nachdem er vergeblich im Majestic auf sie gewartet und anschließend mehrere Stunden nach ihnen gesucht hatte, war er fest davon überzeugt, dass seinen Freunden etwas Schlimmes zugestoßen sein musste. Als er beim Treppenabsatz des ersten Stocks angelangt war, begann sein Bein heftig zu schmerzen.

»Verdugo!«

Durch das Loch in der Tür war die Stimme des Dichters zu vernehmen:

»Das wurde aber auch Zeit, verdammt noch mal, Journalist. Das wurde aber auch Zeit.«

Die Tür war nicht abgeschlossen. Manterola suchte den Lichtschalter, und als er ihn einschaltete, bot sich ihm ein überraschendes Bild: In einem großen, mit Teppich ausgelegtem Raum saß der Dichter mit vor Müdigkeit geröteten Augen in einem Sessel und hielt mit einem Gewehr im Arm Wache. In der Nähe des Sessels schliefen in einem Bett, das in der Mitte des Raumes stand, der Anwalt Verdugo und ein Unbekannter.

Auf dem Teppich waren zahlreiche Blutspuren zu sehen, die ins Innere der Wohnung führten.

»Im Bad liegen zwei Tote, Journalist … Haben Sie Zigaretten? Verdugos Zigarren und die Zigaretten von einer der Leichen habe ich schon aufgeraucht.«

Manterola holte seine ovalen *Argentinos* heraus und bot dem Dichter eine an, der sich an sein Gewehr klammerte, das er mit dem Kolben auf seinem Oberschenkel aufstützte. Dann folgte er der Blutspur ins Bad. Dort lagen zwei Tote in der Badewanne, mit dem Rücken ordentlich in Sitzposition gegen den Beckenrand platziert. Dem einen hatten die Gewehrkugeln die Hälfte des Kopfes weggerissen, der andere hatte zwei fast symmetrische Löcher in der Brust.

»Bei den beiden handelt sich um diesen Franzosen und den Militär, der bei Peltzer auf mich geschossen hat. Er ist übrigens derselbe, der den Posaunisten ermordet hat. Als ich ihn das letzte Mal gesehen habe, trug er eine Militäruniform, sodass ich ihn nicht gleich erkannt habe, aber jetzt, da er dieselbe graue Mütze aufhat, gibt es keinen Zweifel. Außerdem trägt er sein Pistolenholster links«, hörte man die Stimme des Dichters von ganz weit weg sagen.

»Ist die Polizei nicht gekommen?«

»In dieser Siedlung könnten sie deine Mutter vergewaltigen und es laut hinausposaunen, ohne dass sich jemand darum scheren würde. Sie scheinen hier an so was gewöhnt zu sein.«

»Was ist denn mit Verdugo passiert? Sitzen Sie hier schon lange so? Und wer ist der andere da im Bett?«, fragte der Journalist, als er aus dem Bad kam, wobei er die Augen schloss und versuchte, das Bild von der Leiche mit dem halben Kopf zu verdrängen.

»Ich bin hier schon den ganzen Nachmittag oder etwas länger, zwölf, fünfzehn Stunden, die ganze Zeit mit meinen Waffen auf Wache, Manterola ... Verdugo ist um drei Uhr nach draußen gegangen, um Zigaretten zu holen. Dann kamen die Typen, die jetzt in der Badewanne liegen. Aber vorher haben sie sich Verdugo vorgeknöpft. Er lebt, aber irgendetwas haben sie mit ihm angestellt, er schwitzt und schreit. Ich weiß nicht, was ich mit ihm machen soll ... Der andere ist der vermisste Holländer, dieser Van Horn, der das Zimmer mit dem Engländer geteilt hat, der sich nicht selbst umgebracht hat, wie wir herausgefunden haben. Jetzt liegt er im Koma und redet Unsinn. Ich habe die beiden zusammengelegt, weil es nur ein Bett gibt und ich den Gringo nicht auf den Boden legen wollte, auch wenn er nicht aus Watte sein wird ... Wissen Sie was, Journalist? Ich habe eine unbändige Lust, meinen verstorbenen Vater wiederzusehen, damit er mich bei der Hand nimmt, mir ein Glas Wasser reicht und mir eine Geschichte erzählt, damit ich einschlafen kann, nur noch schlafen ...«

»Ich hätte dir liebend gern geholfen, Fermín«, sagte der Journalist.

»Gute Idee, Manterola«, antwortete der Dichter und ließ seinen Kopf nach hinten sinken, wobei er die Augen schloss.

Die nächsten Stunden arbeitete der Journalist wie verrückt. Trotz seines lahmen Beins stieg er die zwei Stockwerke mit Verdugo und dem Holländer auf dem Rücken hinunter, setzte sie auf den Rücksitz, half dem Dichter beim Runtergehen, verstaute die Gewehre und deponierte die beiden Leichen im Kofferraum des Packards. Dann ging er wieder nach oben und wusch sich sorgfältig das Blut ab. Danach lenkte er den Wagen über die Avenida de los Insurgentes in die Calle de las Artes. Dort bog er nach links ab und durchquerte den Anweisungen des Dichters folgend das Viertel San Rafael, bis sie die Villa der Witwe Roldán erreichten. Es musste gegen halb vier morgens sein, als er die beiden Leichen aus dem Kofferraum zerrte und auf der kleinen Bank, zehn Meter vom Haus entfernt, deponierte.

Er startete erneut den Motor, ohne dass in der Nachbarschaft die Lichter angegangen wären oder sich in der Villa irgendjemand bewegt hätte. Er fuhr auf der Avenida San Ángel in Richtung Tacubaya. Der Mond bewegte mit sanften Schlägen die Maisfelder. Neben ihm schnarchte der Dichter. Eine Straßenbahn und ein von einem Esel gezogener Karren eines Lebensmittelhändlers rollten vorbei. Etwas weiter voraus liefen drei einsame Gestalten am Straßenrand. Der Journalist nahm seinen Kneifer und schob ihn zurecht.

»Tomás! Tomás!«

Der Chinese blieb stehen und nahm wahr, wie ein gepanzerter Packard mit Manterola am Steuer, der Dichter schlafend neben ihm, zwei weitere Männer auf den Rücksitzen, mit quietschenden Reifen neben ihm zum Stehen kam. Er hielt Rosa fest, die sich an seinen Arm klammerte, und stoppte San Vicente, der seine Hand bereits in die Jackentasche gesteckt hatte, in der er seine Pistole trug.

»Und wo soll ich die jetzt alle unterbringen? Schließlich habe ich zu Hause nur ein einziges Bett«, dachte er.

Kapitel 42
Böses Erwachen

Manterola ergriff angesichts der desolaten Truppe, die sehnlichst nach einer Erholungspause verlangte, die Initiative. Nachdem sie ein Weile umhergeirrt waren, nisteten sie sich in einem Stundenhotel in Tlalpan ein, das paradoxerweise *Zur Erholung* hieß und dessen Besitzer dem Journalisten noch etwas schuldig war, da er ihm vor drei Jahren beigesprungen war, als ein paar Offiziere Carranzas ihn attackiert hatten.

Der Gringo stand weiter unter Schock, der Anwalt Verdugo delirierte, obwohl er offensichtlich nicht verwundet war, der Anarchist San Vicente hatte sich im Keller eine Erkältung eingefangen, der Dichter befand sich in einem verheerenden Zustand posttraumatischer Apathie, verursacht durch die exzessive Gewalt und die langen Stunden der Anspannung, Rosa hatte Verbrennungsmale an den Armen und Tomás Wong eine klaffende Wunde an der Stirn, die immer noch blutete.

Das Beste, was der Journalist auftreiben konnte, waren zwei Zimmer mit drei Betten und einem Sessel, dazu einen Topf Hühnerbrühe und einen als Engelmacher tätigen Arzt, um seine ramponierte Bande zusammenflicken zu lassen. Anschließend ging er auf den Balkon im zweiten Stock, wo er eine Águila mit Filter rauchte und die Morgendämmerung genoss. Tlalpan war ein Dorf, das durch seine Nähe zur Stadt verdorben war und von zwei Textilfabriken, ein paar Kuhställen und vielen Gemüsegärten lebte.

Zu dieser frühmorgendlichen Stunde, fernab von der Straße und den Fabriktoren, lebte das Dorf den beschaulichen Frieden der tiefsten mexikanischen Provinz, an der die Revolution vorbeigegangen war: zwei Frauen mit Salat und grünen Chilis in ihren Körben auf dem Weg zum Markt, ein Milchmann, der ein Ochsengespann führte, das riesige 25-Liter-Milchkannen transportierte, ein uniformierter Straßenbahnfahrer auf dem Weg zur Arbeit. Der Journalist blies den Rauch aus und sah ihm nach, wie er über das Geländer in den Himmel verschwand. Er hatte keine Ahnung von Kriegführung, sein Gefühl sagte ihm aber, dass sie jetzt mit dem nächsten Spielzug an der Reihe waren. Die Chemie der kommenden Aktionen war ihm bekannt: Schüsse, Täuschungsmanöver, Zeitungsmeldungen. Es war von unschätzbarem Wert, die Presse, die Stimme Gottes, die Schwarz auf Weiß gedruckte Wahrheit auf seiner Seite zu haben. Und davon glaubte Manterola einiges zu verstehen. Das Einzige, was ihn ablenkte, war das ständig wiederkehrende Bild der bis auf den Sonnenhut nackten Margarita, die hartnäckig versuchte, von seinem Denken Besitz zu ergreifen. Um die Witwe aus seinem Kopf zu verscheuchen, machte er eine abwehrende Handbewegung, wie um Zigarettenrauch oder eine Mücke zu vertreiben, und fragte sich, was eigentlich passiert war.

Während der zweistündigen Stadtrundfahrt im Wagen hatte er bruchstückweise so unglaubliche Geschichten gehört, dass er sich nicht in der Lage sah, sie zu sortieren. Das Auftauchen neuer Personen, die Entführung und Flucht Rosas, der unter Schock stehende Holländer, die Aufnahme San Vicentes in den Club, des Anarchisten, der – wenn ihn seine Erinnerung nicht täuschte – im Mai 1921 von Obregón deportiert worden war.

Der Journalist lächelte. Was für eine wunderbare Reportage hätte er aus dieser Ansammlung von Verrücktheiten stricken können, wenn er nicht selbst im Auge des Hurrikans gewesen wäre. Mexiko-Stadt war wahrhaftig das Paradies für einen Journalisten, der sein Handwerk für die vornehmste der schönen Künste hielt und sein spezielles Genre als das Nonplus-Ultra des geschriebenen Worts empfand. »Die Poesie des Jahrhunderts«, raunte er sich zu und ging ins Hotel, um sich zwischen seinen zusammengepferchten Freunden einen Platz zum Schlafen zu suchen.

In einem Zimmer schnarchte San Vicente mit der Pistole in der Hand in dem Sessel, der neben der Tür stand. Im Bett lagen der Holländer und der Dichter, der seine Stiefel noch anhatte und dessen Beine merkwürdig verknotet waren. Manterola ging durch die Verbindungstür ins Nachbarzimmer, wo in einem der Betten Tomás mit offenen Augen und blutigem

Kopfverband lag, der Rosa beschützend umarmt hielt und mit der freien Hand rauchte. Im anderen wälzte sich Verdugo.

»Alles in Oldnung, Joulnalist?«, flüsterte der Chinese.

»Den Umständen entsprechend, ja. Schlafen Sie nicht?«

»Ich muss übel ein paal Kleinigkeiten nachdenken.«

Manterola zog sich die Stiefel aus und steckte die Socken sorgfältig zusammengefaltet hinein, er warf seine Jacke auf den Boden und knöpfte seine Weste auf. Anschließend legte er sich vorsichtig an die Seite des Anwalts. Er sicherte sich einen Zipfel des Kopfkissens, das Verdugo in Beschlag genommen hatte, und fragte: »Wie geht es ihr?«

»Gut, del Doktol sagt, dass es leichte Velblennungen sind. Velblennungen von Zigaletten. Diese veldammten Schweinehunde!«

Manterola drehte den Kopf zur Seite, um den Chinesen mit seinem Zorn allein zu lassen. Sein Blick traf sich mit den hervorquellenden Augen Verdugos, die starr auf ihn gerichtet waren.

»Ach, Alberto«, seufzte der Journalist, merkte aber, dass seine Worte den Anwalt nicht erreichten. Dessen Augen sahen etwas ganz Anderes, sie hatten in die Hölle geblickt.

Verdugo richtete sich im Bett auf und schloss seine Hände im Würgegriff um den Hals des Journalisten.

»Ich bin dein Freund Pioquinto Manterola«, sagte der Journalist, ohne den Versuch zu unternehmen, sich von den um seine Kehle schließenden Händen zu befreien. »Hast du so viele Freunde, dass du es dir leisten kannst, einen zu erwürgen?«

Verdugos Hände schlossen sich noch enger um den Hals und begannen zuzudrücken. Manterola blickte in die verdrehten grauen Augen des Anwalts und erhöhte die Lautstärke: »Alberto, ich bin es, Manterola.«

Tomás sprang aus dem Bett und rief: » Schluss jetzt!«

»Ich bin ... Freund ...«, röchelte Manterola, der die ersten Anzeichen von Erstickung zeigte. Tomás schlug mit der Handkante auf die Unterarme des Anwalts, der weiter zudrückte.

»Wehl dich doch, Joulnalist, wehl dich. Nicht stelben«, rief der Chinese. Endlich reagierte Manterola, umklammerte mit seinen Händen die des Anwalts und versuchte, sich aus dem Würgegriff zu befreien.

»Felmín, Sebastián!«, rief der Chinese, während die Augen des Journalisten hervortraten, dabei aber immer noch die in die Hölle blickenden Augen des Anwalts fixierten.

»Lass ihn los, das ist del Joulnalist. Lass ihn los, du Idiot!«, schrie der Chinese und schlug den Anwalt gegen die Brust. Dieser taumelte, ließ aber nicht von seiner Beute ab. Aus dem Nachbarzimmer kamen San Vicente und der Dichter. Rosa war schon herbeigeeilt und zog Verdugo an den Haaren. Zu viert schafften sie es schließlich, den Journalisten zu befreien, der bereits atemlos nach Luft schnappte. Verdugo sackte auf dem Bett zusammen. Manterola versuchte panisch, Luft in seine schmerzende Lunge zu pumpen.

»Was ist los mit dir, du Tier? Das ist Manterola«, schrie der Dichter Verdugo an, der zu schluchzen begann.

»Er hat Sie angeschmiert, er ist mein Vater. Er wollte mich anschmieren, er ist mein Vater«, stieß Verdugo schluchzend hervor.

San Vicente half dem Journalisten, sich aufzurichten, und bot ihm ein Glas Wasser an. Rosa weinte mit dem Anwalt im Chor.

»Verdammte Scheiße, das muss ein Albtraum sein. Wenn ich einschlafe, wird er vorübergehen«, sagte der Dichter.

»Er hat versucht, mich zu täuschen, er hat so getan, als ob er mein Freund sei«, sagte Verdugo, der sich bemühte, die Tränen zurückzuhalten und seinen Freunden die letzte, unergründliche Wahrheit zu erklären.

Kapitel 43
Geschichten aus vergangener Zeit: Alberto Verdugo in Veracruz

Die helle Sonne von Veracruz brannte auf den weißen – schneeweißen – Anzug des Rechtsgelehrten Alberto Verdugo, als er die Gangway der *Miraflores* hinabstieg. Er versuchte, zwei Passagiere zu überholen, um hinter eine Frau in einem hauchzarten, gelben Kleid zu gelangen, die Tochter eines deutschen Händlers aus Campeche, mit der er schon seit Havanna geflirtet hatte.

Am Fuß der Gangway streckte ein faltiger alter Mann, der nur eine Hand hatte, den Passagieren des Dampfers eine Blechdose mit der Bitte um Almosen entgegen. Verdugo griff automatisch in die Westentasche, um eine Münze hervorzuholen, während sein Blick sich unbeabsichtigt mit dem des Bettlers kreuzte. Der zog die Dose zurück, deutete ein Lächeln an und zwinkerte dem Anwalt zu.

Verdugo zögerte irritiert einen Moment, holte dann seine letzte Schachtel Upmann-Zigaretten hervor, die er in Kuba gekauft hatte und die aus dem besten Tabak der Welt gefertigt waren, setzte sich neben den Bettler und bot ihm eine an.

Die Dame in Gelb verschwand in der Menge, ohne dass der Anwalt in Weiß sich weiter um sie gekümmert hätte. Er hatte sich in diesem Moment zu dem Bettler hinabgebeugt, um unter der strahlenden Sonne von Veracruz eine Zigarette anzuzünden.

Kapitel 44
In dem die Freunde Domino spielen und sich fragen, was Kolumbus in Mexiko gemacht hätte

Die Idee hatte der Dichter gehabt, der später auch als Erster den Doppel-Sechser ausspielen würde. Ein Irrenhaus wie dieses wäre nicht komplett ohne eine Partie Domino, hatte er gesagt und war dann im Laufe des Vormittags verschwunden, um mit einem Kasten Spielsteine aus Elfenbein, einer riesigen Portion Tacos und einem Krug Hibiskusblütentee zurückzukehren, der sofort von Mund zu Mund ging.

»Was zum Teufel soll das?«, versuchte sich San Vicente zu widersetzen, aber Tomás klärte ihn auf.

»Bist du etwa frei von Macken? Bist du nicht fül die Willensfleiheit? Dann iss was, mach einen Mittagsschlaf und stöl hiel nicht, odel setz dich da hin und schau bei dem Spiel zu.«

Zum Glück gab es in dem Zimmer einen brauchbaren Tisch und drei Stühle und zusammen mit dem Sessel, der dem Anarchisten als Bett gedient hatte, waren es vier. Rosa trällerte im Nebenzimmer vor sich hin, während sie sich wusch und die Wunden an ihren Armen verarztete. Der Dichter begleitete ihr Trällern, indem er die Steine auf dem Tisch im Takt mischte.

Verdugo, der die Steine vor sich aufbaute, als wollte er sich hinter ihnen verstecken, war auffallend bleich. Nach dem Angriff am Morgen hatte er sich verlegen beim Journalisten entschuldigt, um anschließend in tiefes Schweigen zu verfallen, das in unruhige Schlafphasen überging, aus denen er schreiend und in kalten Schweiß gebadet aufwachte. Pioquinto Manterola behielt von dem Zwischenfall eine extreme Heiserkeit zurück. Der Dichter hatte sich zwar vorgenommen, die Stimmung der Gruppe zu heben, aber sein Gesicht war geschwollen und seine Witze klangen ein wenig bemüht. Um Tomás war es nicht viel besser bestellt, er sah aus wie ein lädierter Überlebender des Boxerkrieges. Der Dichter legte die Doppel-Sechs auf den Tisch, und das wäre jetzt eigentlich das Signal gewesen, die Geschichte zu ordnen, wenn der Chinese nicht den 6-er/4-er gespielt hätte, worauf Manterola schnell mit dem 4-er/2-er antwortete, während Verdugo das Spiel wieder auf die Sechs zurückbrachte, um Klarheit über den Spielverlauf zu gewinnen. Schließlich konnte man keinen Krieg führen, und nicht einmal die von merkwürdigen Geschehnissen nur so überquellenden Ereignisse der letzten Tage erzählen, wenn man nicht wusste, ob der Dichter geblufft hatte oder tatsächlich noch mehr Sechser besaß. Als der Dichter passen musste, war der richtige Moment gekommen.

»Wenn jeder seinen Teil der Geschichte erzählt, können wir anschließend die Teile zusammenfügen«, schlug der Journalist vor.

»Und wie stellen Sie sich das vor, diesen ganzen Wahnsinn zusammenzubringen? Wer hat Ihnen denn gesagt, dass es sich um ein Puzzlespiel handelt?«, sagte der Dichter und strich sich über den Schnurrbart.

»Während meiner Drogenträume kam mir ein ums andere Mal ein Fragment von Shakespeare in den Sinn, das ich bei einer Aufführung in Mailand gehört habe: ›Was ist Leben? Ein Schatten, der vorüberstreicht! Ein Märchen ist es, das ein Tor erzählt, voll Wortschwall, und bedeutet nichts‹«, zitierte Verdugo und spielt einen Dreier aus.

»Gut, wenn Ihnen das lieber ist, können wir auch weiterspielen und über Stierkampf reden. Mit Reisegefährten wie Ihnen wäre Kolumbus am Texcoco-See mitten in Mexiko gelandet.«

»Und hätte eine Bäckelei aufgemacht«, legte Tomás nach.

»Und sie die Blume von Amerika getauft«, sagte der Dichter, um davon abzulenken, dass er schon wieder die Sechsen auf sich zukommen sah.

»Die dlei Kalavellen«, sagte der Chinese.

»Haus Kolumbus«, schlug Verdugo vor.

»Die Juwelen, warum fangen wir nicht mit den Juwelen an?«

»Er hatte keine Juwelen dabei, nur farbige Glasperlen, um die Eingeborenen übers Ohr zu hauen«, sagte der Dichter.

»Meine Herren, Sie können mich mal«, sagte der Journalist, der gerade gezwungen war, seinen letzten Vierer zu legen.

»Okay, der Schmuck. Was ist los mit den Juwelen?«

»Vor einem Jahr wurden zwei alte spanische Damen tot in einer Pension in der Gante-Straße aufgefunden, man hatte sie gefoltert, damit sie verrieten, wo sie ihren Schmuck aufbewahrten. Die Edelsteine verschwanden nach ihrem Tod und mit ihnen auch ihr kurz zuvor aus Spanien eingereister Neffe.«

»Ramón, der Spanier«, sagte Verdugo.

»Möglich, allerdings hieß er damals noch nicht Ramón, sondern Dionisio.«

Unter den Personen, die mit der Untersuchung des Falls zu tun hatten, war auch der Gendarmerie-Oberst Gómez, der mit seinen Leuten die Verfolgung eines mysteriösen Automobils aufnahm, das in Richtung Toluca raste und in dem man den Mörder vermutete.

»Ja, und?«

»Das Auto, ein Cole and Cunningham, wurde gefunden, der Fahrer aber nicht. Ich lege die Drei.«

»Dann lege ich doch die Doppel-Drei«, konterte Verdugo.

»Ich trage zu der Geschichte Oberst Martínez Fierro bei«, sagte der Dichter.

»Schon wiedel Tampico«, sagte Tomás.

»Ich hatte ihn auch vor meiner Nase. Als ich letzte Nacht im Majestic auf Sie gewartet habe, ermunterte mich ein Geheimdienstoffizier, der angeblich Obregón direkt unterstellt ist, mit unseren Nachforschungen fortzufahren.«

»Haben Sie ihn nicht gefragt, mit welcher?«, unterbrach der Dichter.

»Er hat mir keine Zeit dazu gelassen. Außerdem hat er uns noch eine Information als Geschenk vermacht: Der erste Anschlag auf uns gehe auf das Konto von Martínez Fierro, der zweite auf das von Gómez.«

»Tampico, fast jedenfalls. El wal einel von den Kommandanten del Schutztluppe in Tamaulipas, obwohl el eigentlich mehl im Nolden wal. Wahlscheinlich gehölte el auch zu den Leuten von Pablo González.«

»Prima, jetzt haben wir schon drei Oberste, die vor drei Jahren in der Gegend von Tampico waren: Zevada, Gómez und Martínez Fierro.«

»Und was haben Obregóns Agenten mit dem Ganzen zu tun?«, fragte der Dichter.

»Was weiß ich. Wörtlich sagte der Major: ›Mein General ist sehr an Ihrer Untersuchung interessiert.‹«

»Die Hand des Todes«, sagte der Dichter.

»Genau die«, sagte der Chinese, dessen Beziehungen zum Präsidentenbüro mehr als schlecht waren, seit Obregón gegen die linken Gewerkschaften vorging.

»Der Dichter und ich haben da mehr zu bieten. Für sechshundert Pesos hat uns der Zigeuner verraten, dass Martínez Fierro drei Pistolenschützen auf uns angesetzt hat; die, die uns überfallen haben, als wir aus der Taquería kamen.«

»Und wer ist der Zigeuner?«

»Ein Unterweltfreund dieses Herrn da«, sagte der Dichter und zeigte auf Verdugo.

»Ich habe nur einmal seine Cousine verteidigt«, wandte Verdugo ein und spielte mit eleganter Geste einen Doppel-Zweier aus. Dann trocknete er sich mit einem Tuch den Schweiß vom Gesicht. Der Dichter, der ihn ab und an aus dem Augenwinkel beobachtete, fragte hilfsbereit:

»Soll ich das Fenster öffnen?«

»Ja, bitte, Fermín, mir ist etwas heiß.«

Als er zum Balkon ging, um die Tür zu öffnen, berichtete der Dichter:

»Ich kann Ihnen mitteilen, dass ich weiß, wer den Posaunisten getötet hat, und ich glaube, ich weiß auch, warum sie bei Peltzer auf mich geschossen haben.«

»Also wenn das jetzt so weitergeht, werden wir bald alles wissen, außer was eigentlich hier vor sich geht.«

»Erinnern Sie sich an den Offizier, der den Franzosen begleitet hat? Der Typ, den Peltzer als Estrada identifiziert hat. Mit Uniform habe ich ihn zuerst nicht erkannt. Sie müssen wissen, dass ich etwas kurzsichtig bin, aber als er in der Wohnung des Anwalts auf mich geschossen hat und ich danach den Kadaver mit der Mütze gesehen habe, habe ich gemerkt, dass es der gleiche Typ war, der den Posaunisten mit einem Schuss getötet hat. Von weitem hatte ich ihn nicht erkannt, aber er muss mich wohl gesehen haben, und als er mich dann bei Peltzer wiedersah, ist er durchgedreht und hat angefangen, Blei zu verstreuen.«

»Gut, dann hätten wir jetzt die Verbindung zwischen Gómez und Zevada, aber zu welchem Zweck?«

»Lassen Sie mich die Geschichte rekonstruieren, soweit wir sie bis heute kennen. Wir haben da zunächst mal eine Witwe, die vermutlich ihren Mann umgebracht hat. Zumindest meint der Leiter der Druckerei, dass sich Roldán nicht häufig genug in der Druckerei aufgehalten hat, um sich eine Bleivergiftung zuzuziehen. Seine Freizeit verbrachte er in Spielsalons. Dann gibt es da noch einen Spanier, der Juwelen raubt und seine Tanten tötet, ein Franzosenmännchen, das falsch spielt, sowie zwei Leutnants, eine Hypnotiseurin und eine Gesellschafterin. Und einen Typen, Gómez, der alle zusammenbringt, weil er sie beschützt und benutzt. Elena Torres hat mir erzählt, dass Gómez in ein schmutziges Geschäft verwickelt sei; er besäße die Lizenz zum Kauf des Pferdefutters für die gesamte Kavallerie im Gebiet des Tals von Mexiko.«

»Das Sahnehäubchen zum Nachtisch«, sagte der Dichter, während er seinen Platz am Tisch wieder einnahm und die Steine erneut in Bewegung setzte.

»Wir haben also eine gut bewaffnete Bande, die alle erdenkliche Unterstützung von ihrem Chef erhält, dem Oberst der berittenen Gendarmerie von Mexiko-Stadt, die zwar keine Polizeitruppe ist, sich aber häufig in polizeiliche Angelegenheiten einmischt, so bei Aufständen, Verfolgungsjagden, aufsehenerregenden Festnahmen.«

»Also gut, wir haben da jetzt eine Bande, die wir irgendwie mit dem Mord an Oberst Zevada in Verbindung bringen können. Und dann fallen sie über uns her, als wollten sie uns vom Erdboden verschwinden lassen ...«

»Nicht sie, sondern ein gewisser Martínez Fierro«, unterbrach der Journalist.

»Und wer hat den Auftrag erteilt, Sie zu vergiften?«, fragte der Dichter.

»Und wer hat mich entführt und unter Drogen gesetzt?«, fragte Verdugo.

»Und warum haben diese beiden Typen, denen ich's dann besorgt habe, das Feuer auf Ihre Wohnung eröffnet?«, fragte der Dichter, der allmählich warm wurde. »Wissen Sie was? Statt weiter zu versuchen, herauszufinden, was hier eigentlich abläuft, sollten wir diesem Gómez auflauern, ihm zwei Kugeln verpassen, und fertig.«

»Und was machen wir mit Martínez Fierro?«

»Das Gleiche.«

Auf die letzten Worte des Dichters folgte ein allgemeines Schweigen.

»Sie müssen doch zugeben, dass die Sache ziemlich absurd ist, Dichter«, sagte Verdugo schließlich. »Sie schießen auf uns, sperren uns ein, ich werde beim Zigarettenkaufen entführt, sie injizieren mir was-weiß-ich für eine Scheiße, hypnotisieren mich und schicken mich mit dem Auftrag zurück, Sie zu töten.«

»Wann haben sie Sie hypnotisielt?«, fragte Tomás, bemüht, die aufwallenden Emotionen ein wenig zu dämpfen.

»Ich vermute es. Das Einzige, was ich sicher weiß, ist, dass ich einen Schlag auf den Kopf bekommen habe, als ich aus dem Haus ging, und dass ich auf dem Weg in den Himmel war. Dann sehe ich unterwegs in den Wolken die Augen dieser lispelnden Rothaarigen, die mich auffordert, mich zu entspannen ... An meinem Arm sind zwei Injektionsstellen zu sehen. Ich werde wach und versuche Manterola zu töten und sage ...«

»Dass ich Ihr Vater sei. Was ich nicht gerade lustig finde, schon wegen des Alters ...«

»Scheißdreck, meinen Vater hätte ich auch ohne Hypnose umbringen können.«

»Immer mit der Ruhe, Verdugo, ist ja nichts passiert, ich bin nur ein bisschen heiser.«

»Ja, aber wenn Tomás nicht dagewesen wäre ...«

»Ich bin nur ein bisschen heiser und ich humpele wegen einer Schussverletzung und man hat versucht, mich zu vergiften, und Maurer sind heutzutage auch keine Maurer mehr. Ich würde die Geschichte gerne mit Kugeln lösen, aber das wird nicht einfach sein. Gómez wird uns die Gendarmerie schon unter irgendeinem Vorwand auf den Hals gehetzt haben.«

»Moment mal, was war das mit den Maurern?«

»Das ist nicht weiter wichtig.«

»Gut, wo wir schon mal in der Erklärungsphase sind: Wo haben Sie sich eigentlich die ganze Zeit rumgetrieben, Tomás? Und was verschafft uns das Vergnügen der Anwesenheit Ihres Freundes Sebastián?«

»Es sieht so aus, als wäle das zum Glück eine andele Geschichte. Ein viel einfachele Geschichte, die mit Schüssen gelöst wulde, und aus del Tlaum.«

Möglicherweise wollte der Chinese seine Geschichte noch ausführlicher ausbreiten, aber in diesem Moment kam Rosa ins Zimmer und unterbrach ihn:

»Er ist tot«, sagte sie.

»Wer?«

»Dieser ausländische Herr, den Sie mitgebracht haben.«

»Van Horn ...«

»Sind Sie sicher?«, fragte Manterola.

»Er atmet nicht mehr. Ich habe mich über ihn gebeugt und es genau überprüft, er atmet nicht mehr.«

»Verdammt, und ich habe ihn durch halb Mexiko-Stadt geschleppt«, sagte der Dichter traurig.

Kapitel 45
Das Gremium tagt

Der Dichter hängte an die Tür der Damentoilette des Hotels Ginebra ein viersprachiges Schild: OUT OF ORDER / DESCOMPUESTO / SCOMPOSTO / AUSSER BETRIEB und setzte sich davor, fest entschlossen, jeden ungebetenen Gast, der dem Schild nicht Folge leisten würde, am Eintreten zu hindern. Manterola stellte drinnen unterdessen Stühle und Aschenbecher auf.

Als Erster tauchte Librado Martínez auf, der »Blutchronist« von *El Universal* und *El Universal Ilustrado,* ein Mann dürr wie ein Skelett, dem die Ärzte wegen einer fortgeschrittenen Leberzirrhose nur noch zwei bis drei Monate gaben. Wenige Augenblicke später erschien C. Ortega (niemand wusste, was das C. zu bedeuten hatte, Ortega machte ein Riesengeheimnis daraus), zu dessen Verdiensten es zählte, für den *Excélsior* in tadelloser Prosa einen Hausbrand beschrieben zu haben, bei dem seine eigene Frau und seine beiden Kinder umgekommen waren. Kurz danach war er über seiner Schreibmaschine zusammengebrochen. In kurzen Zeitintervallen folgten ihm Luis Martínez de la Garza alias *El Piojo*, die Laus, dessen Haarschopf von einem weißen Irokesen-Kamm gekrönt wurde und der die Kriminalberichterstattung des *Heraldo de México* trotz seines Stotterns ohne Probleme im Griff hatte, und schließlich Juan Antonio de Blas, der Journalist von *Omega*, der als Zeitungschronist ein Doppelleben führte und sich nach acht Stunden Arbeit als Frau verkleidete und durch die verrufensten Spelunken der Stadt zog.

Die vier Personen, die dem Ruf des Großmeisters des Tagesjournalismus, Pioquinto Manterola, gefolgt waren, hatten, was Alter, Kleidung und Stil anging, nur wenig miteinander gemein. Aber sie waren allesamt unbestechlich und betrachteten ihre Arbeit als letzte Barriere zwischen der Zivilisation und der Barbarei. Sie hingen seltsamen Ideologien an, bei denen der Einfluss Nietzsches, der zweite Akt des *Barbiers von Sevilla*, die Moral Victor Hugos, der Graf von Monte Christo und die Kameliendame, Epikur und Toño Rojas eine wilde Mischung bildeten. Als alle fünf drinnen waren, verschloss der Dichter sorgfältig die Tür und hielt anschließend mit einer Flasche Chianti bewaffnet, die ihm der Kellermeister des Ginebra geschenkt hatte, 45 Minuten lang Wache. Nach Ablauf der Dreiviertelstunde kamen die Personen heraus, sie wirkten nicht derangierter als gewöhnlich, allenfalls ein bisschen mehr in Eile als normalerweise. Als Letzter kam Manterola und rieb sich die Hände.

Kapitel 46
Denkwürdige Dialoge, Zeitungslektüren, Verkleidungen

Sie schlugen mit den Kolben ihrer kurzläufigen Gewehre gegen die Tür, und der Dichter hatte gerade noch Zeit, seine Hose anzuziehen und Otilia mit einem Seil in den quadratischen Innenhof abzuseilen.

Kurz bevor sie den Türrahmen endgültig zerstört hatten, öffnete der Dichter.

»Was soll das Theater, meine Herren?«

»Fermín Valencia?«, fragte ein Sergeant der Gendarmerie, der von zwei einfachen Soldaten begleitet wurde.

»Derselbe, der sich anzieht zum Gehen, und wenn Sie genau hinsehen, dann hat er einen stehen«, improvisierte der Dichter und fing sich dafür einen Gewehrkolbenschlag ins Gesicht ein, wodurch er zwei Zähne verlor.

»Erzähl das deiner Hurenmutter«, brüllte der Sergeant.

Fermín spuckte Blut und sah, wie sich der Anwalt Verdugo einen Weg durch die Menge bahnte, die sich um die zertrümmerte Tür scharte. Tacubaya war wie geschaffen für dramatische Szenen, Tumulte und kostenlose Spektakel.

»Verzeihung, meine Herren, Sie erlauben?«, sagte Verdugo.

»Wer sind Sie denn?«, fragte der Sergeant.

»Der Anwalt dieses Herrn. Wessen wird er beschuldigt?«

»Des Mordes an einem Offizier des mexikanischen Heeres.«

»Wissen Sie, wo Ihr Bauchnabel ist, Sergeant? Ich werde Ihnen jetzt knapp darüber ein weiteres Löchlein verpassen«, sagte Verdugo, der mit einer blitzschnellen Bewegung, die er den ganzen Morgen im Opernbad geübt hatte, eine Pistole aus dem Achselholster zog. Vorsichtiger als sein Freund war er die Nacht über durch die Stadt gestreift, die er kannte und die ihn beschützte, und hatte den Morgen in den öffentlichen Bädern verbracht, wo er sich aus Hochdruckdüsen mit eiskaltem Wasser bespritzen ließ, in einem kleinen Swimmingpool mit lauwarmem Wasser geschwommen war und das Ziehen der Pistole im Separée des Badehauses in der Straße Filomeno Mata Nummer 15 geübt hatte.

»Wenn Ihnen Ihr Leben lieb ist, lassen Sie diesen Herrn auf der Stelle los!«

Er nahm den Dichter beim Arm, der sich aber umdrehte, den Gendarmen ihre Remingtons abnahm und sie durchs Fenster in den Innenhof warf, wobei er betete, dass Otilia schon verschwunden war. Anschließend suchte er seinen Colt in den zerwühlten Bettlaken. Als er ihn gefunden hatte, trat er dicht an den Sergeanten heran.

»Sergeant, Ihr Auftrag lautete, mich festzunehmen. Die beiden Zähne, die Sie mir ausgeschlagen haben, waren also

– wie soll ich mich ausdrücken? – ein Akt, der über die Erfüllung Ihres Auftrags hinausging, nicht wahr?«

»Sie kommen hier nicht raus, unten stehen noch zwei Mann.«

»Sprechen Sie mir jetzt mal schön nach: Ich bin ein Scheißgendarm und auch ein blödes Vieh, dem Dichter wollt' ich es besorgen, der fickt mich jetzt ins Knie ... Also los: Ich bin ein Scheißgendarm ...«

Manterola, der seine Ersparnisse bei sich führte, hatte sich als indischer Prinz verkleidet. Gemäß der Theorie, dass Lächerlichkeit das beste Mittel gegen Verfolgung ist, hatte er sich im Hotel Regis unter dem Namen Maharadscha Singh Lai aus Kuala Lumpur eingemietet (zu etwas musste die Lektüre Salgaris schließlich zunutze sein) und ging jetzt mit Turban und Brokathemd die Morgenzeitungen kaufen.

Der *Excélsior* brachte einen achtspaltigen Artikel, um den Juwelendiebstahl und die Ermordung der beiden alten Damen wieder ins Gespräch zu bringen und den flüchtigen Dionisio Garrochátegui als »einen gewissen Ramón, Schützling eines bekannten Offiziers der Gendarmerie«, zu identifizieren. Der geraubte Schmuck wurde mit den Juwelen in Zusammenhang gebracht, die man in der Tasche eines Posaunisten gefunden hatte, der Bruder eines weiteren Obersten war, der wiederum mit dem bereits erwähnten Oberst eng befreundet war.

Der indische Maharadscha rieb sich die Hände und setzte seine Zeitungslektüre fort. Die erste Seite der zweiten Sektion des *Heraldo* sezierte genüsslich und in aller Ausführlichkeit (der Kollege Martínez de la Garza war ein Genie, die einzige ernst zu nehmende Konkurrenz in diesem Genre) die Korruption, die bei der Versorgung der Kavallerie von Mexiko-Stadt mit Pferdefutter herrschte. Die Zeitung, die Eigentum des Generals Alvarado war, konnte sich den Luxus leisten, Kreise aus der Machtsphäre um Obregón anzugreifen, und Martínez wusste dieses Privileg zu nutzen. Dem Verfasser zufolge besaß ein anonymer Oberst der Gendarmerie (insgesamt gab es nur drei, Gómez und zwei andere, der Untersuchungsgegenstand war folglich gut eingegrenzt) die Konzession für die

Verpflegung der Kavallerie mit Getreide und Pferdefutter im gesamten Tal von Mexiko, und er verkaufte sie dem Militär mit einem Aufschlag von 60 Prozent über dem Marktpreis. Der Reporter fragte sich, wie es zu einer derart beschämenden Situation kommen konnte, und in einem moralisierenden Schlusswort fordert er General Cruz auf, die Sache selbst in die Hand zu nehmen und, um des guten Namens der revolutionären Streitkräfte willen, mit diesen dunklen Machenschaften Schluss zu machen.

Weil das Lesen im Stehen auf die Dauer etwas ermüdend war, begab sich der Maharadscha Manterola schließlich in die Hotelbar, wo er sich aus Gründen der Klandestinität eine schlecht beleuchtete Ecke aussuchte, die auch nicht gerade ideale Bedingungen für die Lektüre bot. Er schlug den *Universal* auf, in dem Librado einen seiner gewundenen und gefühlsbetonten Artikel geschrieben hatte, der diesmal laut und öffentlich die Frage stellte, wie ein bekannter Industrieller des Druckereigewerbes an Bleivergiftung sterben konnte, wenn er doch nie persönlich mit den Bleilettern seiner Druckerei in Kontakt gekommen war. Die Geschichte des Todes von Roldán, die zu ihrer Zeit nicht mehr als zehn Zeilen wert gewesen war, wurde hier mit allen Details und zahlreichen Fotos der Witwe ausgebreitet, die Villa im Viertel San Rafael eingeschlossen. Gegen Ende warf er beiläufig die Frage auf, ob es sich nicht vielleicht um dieselbe Witwe handele, die sich auf den Partys der Hautevolee so gern am Arm eines Obersten der Gendarmerie von Mexiko-Stadt sehen ließ.

De Blas untersuchte im *Omega* in wesentlich vorsichtigerem Tonfall die Anschuldigungen eines nicht existierenden Sprechers der Firma *El Águila* gegen eine Bande mit Sitz in San Rafael, die den Delegierten der Firma, Van Horn, entführt hatte.

Manterola bestellte sich auf Hindi einen Whiskey, was sich genauso anhörte wie auf Spanisch oder Englisch, wenn auch zum Zweck der Täuschung von umständlichen Gesten begleitet, und öffnete seine eigene Zeitung, die er sich für den Schluss aufgehoben hatte.

Es war eigentlich nicht seine Art, eigene Artikel noch einmal zu lesen. Journalismus war die Kunst des Kurzlebigen. Die Berichterstattung über gerade erst geschehene Ereignisse war immer Teil einer historischen Vergangenheit, die zwar Anhaltspunkte für die Gegenwart bot, bei der man sich aber nicht allzu lange aufhalten sollte. Manterola behauptete von sich, stolz darauf zu sein, wenn er auf dem Markt sah, wie ein Artikel von ihm einen Tag nach Erscheinen dazu diente, einen guten Fisch, einen frisch gefangenen Roten Schnapper z.B., einzuwickeln.

Dieses Mal hatte er aber einen Grund für die Lektüre: Er wollte die Details der journalistischen Einkreisung kontrollieren, mit der er Oberst Gómez umzingelt hatte. Unter einem wenig appetitlichen Foto der vor der Villa in San Rafael aufgefundenen Leichen, die als Michel Simon, französischer Spieler, und Gendarmerieleutnant Estrada identifiziert wurden, fragte sich der Journalist, der dazu noch detaillierte Angaben zu den Schrotkugeln in der einen und den Geschossen vom Kaliber 45 mm in der anderen Leiche machte, ob es stimme, dass beide in Diensten von Oberst Gómez gestanden hätten, und ob es ebenfalls richtig sei, dass dieser mit beiden unlängst aus noch unbekannten Gründen eine heftige Auseinandersetzung gehabt hätte. Dann brachte er Leutnant Estrada laut »Aussagen von mehreren befragten Augenzeugen« noch mit dem Mord an dem Posaunisten in Verbindung und strich heraus, dass dessen Bruder, Oberst Zevada, ein intimer Freund von Oberst Gómez sei. »Um den guten Ruf der Gendamerie nicht zu beschädigen, wird Oberst Alberto Gómez seinen Vorgesetzten einige Erklärungen abzugeben haben«, schloss er.

Er holte sein Schweizer Offiziersmesser heraus und schnitt die Artikel aus. Sorgfältig unterstrich er in allen den Namen Gómez oder die Anspielungen auf »einen Oberst der Gendarmerie« und steckte sie in einen Umschlag, der an den Standortkommandanten General Cruz adressiert war. Dann rieb er sich erneut die Hände, bis sie glänzten. Die Stimme der Stummen in Aktion, sagte er sich, der Feldzug des gedruckten Wortes.

Nachdem sie die Gewerkschaftversammlung von La Providencia verlassen hatten, liefen Tomás und San Vicente zusammen durch die Gassen von San Ángel. Der Chinese hatte für sich, seinen Freund und Rosa eine Kohlenhandlung als Versteck ausgesucht, die von ein paar aus anderen Fabriken entlassenen Anarchisten als Genossenschaft geführt wurde. Der wolkenlose, leuchtend blaue Himmel war voller Vögel.

»Ich verstehe dich nicht, Tomás! Wenn wir eine revolutionäre Aktion planen, hast du tausend Einwände, und jetzt zuckst du keinen Moment mit der Wimper, wenn deine Freunde dir mitteilen, dass sie eine Bank überfallen wollen.«

»Die Olganisation ist eine Sache und wil eine andele. So ist das nun mal, da kann ich nichts dlan ändeln.«

»Aber das ist doch ein Haufen blutiger Amateure, verdammt noch mal. Sie sagen ›Lasst uns eine Bank überfallen‹, als würde es darum gehen, Seil zu springen oder Blinde Kuh zu spielen. Das ist doch der Hammer.«

»Genau deshalb blauchen wil dich doch, Bludel.«

»Ja, das ist mir schon klar. Ich habe allerdings auch klargestellt, dass ich die Geldscheine mitgehen lassen werde, falls ihr nur am Schließfach des Gringos und seinem Inhalt interessiert seid.«

»Niemand hat etwas dagegen. Als du elklält hast, dass du das Geld nicht fül dich willst, sondeln fül die analchistische Plesse, haben alle zugestimmt, sogal ich, stimmt's?«

»Das hätte auch gerade noch gefehlt, dass du bereit bist, eine Bank zu überfallen, nur für unsere Sache nicht.«

»Ilgendwann welden du und ich Banken und die Boulgeoisie in del ganzen Welt übelfallen, abel nul an Olten, wo es keine Olganisation gibt, damit sie nicht die Genossen beschuldigen können. Abgemacht?«

»Ich wollte ihn nicht töten, aber irgendetwas zwang mich zuzudrücken, und ich wusste, dass er es nicht war, und dass er es doch war, verstehst du«, brach es aus Verdugo heraus, der eigentlich nicht zum Reden aufgelegt war.

Der Dichter, der gerade an seine Otilia dachte, beschränkte sich darauf, zustimmend zu nicken.

»Niemand weiß, welche Dämonen er in sich birgt. Diese Frau hat einen in mir erweckt und nun rennt er frei herum.«

»Du solltest sie heiraten, auch wenn sie ein bisschen schielt und lispelt.«

»Keine schlechte Idee, Rothaarige haben mir immer gefallen. Und stell dir nur das Schild an der Tür vor: Rechtsanwalt Verdugo und Hypnotiseurin Celeste.«

»*Whiskey, another, please*«, sagte Manterola und trocknete sich den Schweiß ab, der ihm unter dem Turban hervorlief.

»Spritzen Sie ihn rubinrot«, sagte Verdugo zu einem seiner Kontakte aus der Gegend von Candelaria, der für bescheidene 25 Pesos bereit war, den Packard umzulackieren.

»Der Banküberfall ist eine Kunst«, sagte San Vicente. »Eine wirkliche Kunst.«

»Aus welchem Teil Indiens kommen Sie, mein Herr? Ich habe nämlich für mein Land in der Botschaft von Bombay gearbeitet«, sagte ein Argentinier.

»Rot sieht total beschissen aus«, sagte der Dichter, der sich den Schnurrbart abrasierte.

»Wenn man in unsel Altel kommt, muss man sich einfach in die Maschinen vellieben«, sagte der Chinese ziemlich zusammenhanglos zu San Vicente.

»Sie werden leider auch nicht größer, wenn Sie sich den Schnäuzer abrasieren, Dichter.«

»*From Kuala Lumpur, I have never been in India, Sir.*«

»Zünden Sie alles an«, befahl Oberst Gómez zwei Untergebenen, die in der Wohnung Verdugos Benzin auf Bett und Teppiche gossen.

Kapitel 47
Geschichten aus vergangener Zeit:
Aus dem Notizheft Fermín Valencias

Statt Dichter könnte ich Gärtner sein und würde dann nie wieder so eine Scheiß-Pistole anfassen. Mit Pistolen schreibt man keine Gedichte, oder doch?

Kapitel 48
Ein Foto auf dem Zócalo

Verdugo gab seine letzten vom Lotteriegewinn übriggebliebenen Pesos aus, um den Packard voll zu tanken und sich bei American Foto einen Kodak Fotoapparat plus zugehörigem Film zu kaufen. Er ließ sich geduldig die Gebrauchsanleitung erklären, obwohl der Dichter meinte, dass er den Apparat auch so bedienen könne, und bat seine Freunde dann, sich vor dem Nationalpalast zu postieren.

San Vicente, der sich rundheraus weigerte, auf dem Foto verewigt zu werden, wurde schließlich beauftragt, das Foto zu schießen.

»Ich wusste gar nicht, dass Sie so romantisch sind«, sagte der Journalist zu Verdugo, während San Vicente auf den Auslöser drückte.

Das Foto, welches trotz der verflossenen Jahre vielleicht immer noch existiert, zeigt die vier Freunde: Verdugo, mit gerunzelter Stirn, den perlgrauen Stetson schräg aufgesetzt, sein perfekter grauer zweireihiger Anzug ohne eine einzige Falte, die linke Hand spielt mit dem Ring an der rechten. Neben ihm der Dichter, der auf einem kleinen Mäuerchen sitzt, die Stiefel festlich gewienert, er legt einen Arm um die Schulter Verdugos, die andere um die Schulter Manterolas; sein Gesicht, das aufgrund des fehlenden Schnauzbartes leicht kindlich wirkt, lächelt glücklich, wie damals in Zacatecas. Manterola, mit der ewigen englischen Schiebermütze auf dem kahlen Schädel, strahlt dagegen etwas Väterliches aus, ein bisschen wie ein Alter, der gerade einen Schabernack ersinnt: ein leichtes Lächeln auf den Lippen, zwischen denen eine Águila ohne Filter steckt. Neben ihm wirkt Tomás Wong, der den Schnurrbart trägt, der dem Dichter fehlt, wie ein verlorenes Kind, die Hände in den Hosentaschen, herausfordernder Blick in Richtung Nationalpalast; die kräftigen Bizeps schauen aus dem kurzärmeligen weißen Hemd hervor, die Narbe auf seiner Stirn leuchtet. Wenige Meter dahinter ist ein Fahnenmast mit gehisster Nationalflagge zu sehen.

Nach der Aufnahme überfielen sie die Bank.

»Guten Tag, dies ist ein Überfall«, sagte ein maskierter Knirps und ging, ohne sich weiter darum zu scheren, ob die vier Kunden, die Bankangestellten und der Polizist die Hände hoben oder nicht, geradewegs mit einer eisernen Brechstange zu den Schließfächern, wo er aufmerksam die Nummern musterte und sich schließlich daran machte, ein Schließfach aufzubrechen.

»Ich glaube, gehört zu haben, dass der Herr dort sagte, es handele sich hier um einen Banküberfall, also gut, es ist ein Banküberfall. Ich sage Ihnen das nur noch mal, um zu bestätigen, dass Sie richtig gehört haben«, sagte der elegante Maskierte, der auf dem Kopf einen perlgrauen Stetson und in den Händen ein Gewehr trug.

»Verfluchte Scheiße, das ist ein Überfall. Stecken Sie die Geldscheine in große Umschläge. Keine Münzen, kein Gold, kein Silber«, sagte ein dritter Maskierter mit aufgekrempelten Hemdsärmeln.

»Und ich will dieses verdammte Sparschwein knacken«, ergänzte der maskierte Knirps, der mit der Eisenstange herumfuhrwerkte. Nach drei Versuchen gab er auf und trat zu dem Bankdirektor.

»Sehen Sie, ich habe hier den Geheimcode für dieses Schließfach, nur habe ich meine Zugangsidentifikation verloren, aber der Code wird ja wohl ausreichen, oder? Sie könnten mir viel Arbeit ersparen«, sagte er, wobei er dem Bankier einen 45-er Colt an den Hals setzte.

»Das soll alles sein? Und das will eine seriöse Bank sein? Ist dies eine Bank für die Bourgeoisie oder für Bettler, Himmel, Arsch und Zwirn?«, sagte der hemdsärmelige Maskierte und sprang mit einer Behändigkeit, die ihm niemand zugetraut hätte, über den Tresen, um Geldscheine aus den Schubladen in den Umschlag zu befördern.

»Fertig«, sagte der Knirps.

»Was ist es?«, fragte der mit dem Stetson.

»Ein fünfseitiges Dokument und ein zweites, das aussieht wie ein handgeschriebener Vertrag.«

»So gefällt es mir. Das sieht doch gleich viel besser aus«, sagte der mit den aufgekrempelten Ärmeln, der fünf prallgefüllte Umschläge in der Hand hielt.

»Ich hätte ja auch einfach ›Hände hoch‹ sagen können, da kommt kein ›L‹ vo!«, sagte Tomás, als das Auto die Straße Puente de Alvarado in Richtung Tacuba fuhr.

»Und? Hättest du etwa deine gelbe Haut weiß angemalt?«

»So gelb bin ich nun auch wieder nicht. Ich hätte als maskieltel Malaliaklankel gehen können.«

»Maskierter Malariakranker, um Himmelswillen! Wo bleibt der professionelle Ernst?«

»Kann vielleicht mal jemand vorlesen, was in dem Dokument steht, verdammt noch mal!«, sagte Manterola vom Lenkrad des Packard aus.

»Journalist, besitzen Sie eigentlich einen Führerschein?«, fragte Verdugo.

»Es handelt sich um einen militärischen Plan, einen Plan zum bewaffneten Aufstand gegen die Regierung, wenn auch mit vielen hohlen Worten umschrieben. Er datiert aber nicht von jetzt, sondern vom April 1920, einen Monat vor der Rebellion von Agua Prieta gegen Carranza ... Wer auch immer diesen Plan entworfen hat, ist damit ziemlich baden gegangen.«

»Wer hat unterschrieben? Nein, warten Sie, lassen Sie mich raten ... Gómez«, sagte der Journalist.

»Zevada«, antwortete Verdugo.

»Und Martínez Fierro«, fügte der Dichter hinzu.

»Die Sache klält sich langsam auf.«

»Na bitte, besser als gar nichts, viel besser. Dreiundsechzigtausend Pesos, fein säuberlich übereinander gestapelt.«

Kapitel 49
Geschichten aus vergangener Zeit: Zevada, Martínez Fierro und Gómez in Mata Redonda

Die drei Obersten reisten in jener Gewitternacht einzeln an. Zevada und Martínez Fierro in ihren Autos mit Leibwache.

Gómez, der zu Pferd kam und von einem Leutnant seines Vertrauens begleitet wurde, traf als Letzter ein. Er legte sein Regencape ab und betrat den Salon, wo seine beiden Kameraden bereits warteten, während sie Wein aus geschliffenen Kristallgläsern tranken. Weiter hinten im Salon saßen die fünf Nordamerikaner. Zwei von ihnen fläzten sich träge auf einem mit grünem Samt bezogenen Sofa und rauchten Zigarren. Ein dritter Mann, weißhaarig und mit glasigem Blick, betrachtete das Gewitter durch die Fensterscheibe. Zwei weitere saßen am Tisch und unterhielten sich.

»Wir sind vollständig«, sagte Zevada, ein großer, hässlicher Mann mit einer Narbe, die sich von der Unterlippe das Kinn hinunterzog.

»Oberst Gómez«, sagte einer der Nordamerikaner, ein gewisser William C. Greene, Generaldirektor der Huasteca Petroleum Company. »Ich möchte Sie Senator Fall und den Herren Doheny, Sinclair und Teagle vorstellen.«

Gómez reichte dem Senator, der ihm am nächsten stand, die Hand und begrüßte die Ölbarone auf militärische Art. Ein Hackenschlagen für die Standard Oil aus New Jersey, ein weiteres für die Sinclair Oil, die den Familiennamen ihres Besitzers im Firmennamen trug, und ein drittes für die Huasteca Petroleum. Mit diesen drei knappen Gesten hatte er 30 Prozent der Einkünfte, die das Land durch Steuern und Lizenzen für die Förderrechte von 194 Millionen Barrel Öl jährlich einnahm, seine Referenz erwiesen. Danach nickte er seinen beiden Kameraden zu. Die drei repräsentierten die militärische Macht in der gesamten Erdölregion, die von der Grenze zu den Vereinigten Staaten über die Raffinerien in Tampico bis zum Norden der Region Huasteca in der Nähe von Veracruz reichte.

»Gut, meine Herren, lassen Sie uns zur Sache kommen. Draußen ist ein Wetter zum Gotterbarmen, und ich muss morgen in aller Frühe zurück an meinem Standort in Pánuco sein.«

Greene, der als Gastgeber fungierte, geleitete die Gruppe zu einem benachbarten Salon, wo sie sich an einen Teakholztisch setzten. Der Direktor der Huasteca servierte Wein und einige Fleischhäppchen. Außer diesen acht Männern war das Landhaus leer.

»Nun, meine Herren …«, sagte der Direktor der Huasteca Company.

Auf der einen Seite saßen die mexikanischen Militärs, auf der anderen die Ölbarone und Senator Fall. Die drei Obersten blickten sich an. Martínez Fierro hatte seinen Dienstgrad als Erster erreicht, aber Gómez befehligte die entscheidenden Kräfte im Ölgebiet, und er war es auch, der als Erster das Wort ergriff.

»Wir sind bereit, die Erhebung so durchzuführen, wie wir es besprochen haben. Oberst Martínez wird sich um die Grenzregion kümmern, Zevada um das Gebiet um Tampico, und ich selbst decke den nördlichen Bereich von Huasteca bis Veracruz ab. Wir haben die möglichen Schwachpunkte analysiert und sind der Meinung, dass sie unbedeutend sind. Mit dem Startschuss des Putsches werden wir General Arnulfo Gómez beseitigen und Oberst Lázaro Cárdenas in Papantla erschießen lassen müssen. Uns ist bekannt, dass General Peláez nach Ihrer Pfeife tanzt und sich beim ersten Anzeichen der Rebellion auf unsere Seite schlagen wird. In den Garnisonen von Reynosa, Laredo, Tampico, Pánuco, Tantoyuca, Chicontepec und Tuxpan verfügen wir über Leute unseres Vertrauens, sodass wir zu Beginn des Aufstands auf insgesamt fünftausend Bewaffnete zählen können.«

Greene übersetzte murmelnd für den Senator Fall und Doheny für Teagle und Sinclair.

»Allerdings müssen wir davon ausgehen«, fuhr Gómez fort, »dass Carranza vom Zentrum aus Pancho Murguía gegen uns schicken wird, aus Veracruz würde Aguilar sicherlich Guadalupe Sánchez losschicken, und vom Westen her könnten wir Probleme mit den Kräften von General Marcelo Caraveo bekommen. Die Konflikte, die sie auf dem Hintergrund der aktuellen Wahlkampagne untereinander haben, werden sie aber eine Zeit lang in ihrer Handlungsfähigkeit einschränken. Die Zentralregierung wird kaum auf die Truppen Obregóns zählen können, und selbst General Pablo Gónzalez ist zum gegenwärtigen Zeitpunkt keine verlässliche Stütze der Regierung. Das können wir ausnutzen. Dennoch werden wir nicht länger als eine Woche durchhalten können. Diese Zeit geben wir Ihnen. Wenn Sie binnen fünf Tagen das Problem nicht politisch gelöst haben, können Sie uns die vereinbarte Summe gleich auf eine Bank in Los Angeles einzahlen, und das nächste Mal würden wir uns in Ihrem Land treffen, meine Herren.«

»Der Senator Fall hat mich gebeten, Ihnen in seinem Namen Folgendes zu übermitteln«, sagte Greene: »Sobald Sie sich erhoben haben und die Rebellion öffentlich bekannt geworden ist, wird das State Department das Erdölgebiet zur Sicherung der nordamerikanischen Interessen unter seinen Schutz stellen. Am Tag nach der Erhebung werden Sie öffentlich um diesen Schutz nachsuchen, mit dem Argument, dass Sie die Sicherheit der Bohrstellen nicht garantieren können, da die Regierung Carranza drohe, die Bohrlöcher zu sprengen und die Ölfelder in Brand zu setzen. Ich denke, dass wir garantieren können, dass innerhalb von drei Tagen nach Ausbruch des Konflikts eine Einheit US-Marines in Tampico landet. Sie würden dann die Autonomie gegenüber der Zentralmacht ausrufen und eine Administration einsetzen, die in Abstimmung mit den von uns zur Verfügung gestellten Expeditionskräften handelt. Diese Herren hier«, sagte er und zeigte dabei auf die Ölbarone, »werden, sobald der Putsch begonnen hat, Druck auf das State Department ausüben, um eine sofortige Intervention zu erwirken.«

»Können Sie uns eine Garantie geben, dass die Landung innerhalb von drei Tagen stattfinden wird?«, fragte Zevada.

»Ich könnte im Bedarfsfall die Grenze in Reynosa öffnen.«

Greene näherte sich Senator Fall und sie besprachen sich kurz auf Englisch.

»Landung in drei Tagen. Der Vorschlag der Grenzöffnung wird aufgenommen, und Senator Fall wird in Militärkreisen eruieren, ob die Möglichkeit der sofortigen Bereitstellung einer Kavalleriestaffel besteht, die von Norden her auf das Territorium vorrücken könnte.«

»Und wie sieht es mit dem finanziellen Teil der Abmachung aus?«

»Meine Herren, Sie haben die Garantie, dass im Fall eines Scheiterns des Putsches für jeden von Ihnen eine halbe Million Dollar auf einem Bankkonto in L.A. deponiert wird.«

»Und falls wir uns halten können?«

»Drei Prozent für jeden von den aktuellen Steuern auf Erdölförderung und Export.«

»Noch etwas, meine Herren. Wir werden ein Triumvirat bilden, um die autonome Region zu regieren, und wenn sich die Dinge einigermaßen beruhigt haben, sollten Sie uns von Peláez befreien.«

»Abgemacht«, sagte Doheny und schlug zur Unterstreichung seiner Worte mit der Faust auf den Tisch.

Greene öffnete einen grünen Aktenordner und entnahm ihm fünf Kopien eines Dokuments.

»Hier ist der Plan von Mata Redonda, meine Herren, lesen Sie. Eine Kopie ist für jeden von Ihnen, eine für die Ölgesellschaften und die fünfte für Senator Fall, der sie im geeigneten Moment sinnvoll einsetzen wird.«

»Bevor wir unterschreiben, möchten wir eine schriftliche Erklärung Ihrer Absichten und der finanziellen Abmachungen, auf die wir uns geeinigt haben.«

Die Ölmagnaten berieten sich auf Englisch. Doheny ergriff dann für alle das Wort:

»Wir sind einverstanden, allerdings müssen wir ausschließen, dass die Sache im Fall des Scheiterns der Bewegung publik wird. Welche Garantien können Sie uns diesbezüglich geben?«

»Es wird nur ein einziges Exemplar geben, und wir selbst garantieren dafür, dass es nicht in Umlauf geraten wird. Ich werde meinen Adjutanten gleich morgen früh losschicken, damit die Erklärung wie das Testament eines Angehörigen in der Hamburger Bank in Tampico deponiert wird.«

Die Kopien des Plans machten die Runde. Gómez, Zevada und Martínez Fierro unterschrieben, ohne das Dokument durchzulesen.

»Und haben Sie schon einen Namen für das Protektorat für den Fall, dass unsere Bewegung siegreich aus dem Putsch hervorgeht?«, fragte Greene.

»Ich hatte die Idee, das Gebiet Republik des Schwarzen Goldes zu nennen«, sagte Gómez. Nachdem die Antwort übersetzt war, begannen alle Anwesenden zu lachen.

Kapitel 50
Manterola und Vito Alessio

Ohne anzuklopfen, betrat der Journalist das Büro von Vito Alessio Robles, des Leiters und Besitzers der Zeitung *El Demócrata*. Wortlos legte er ihm den Plan von Mata Redonda auf den Schreibtisch und setzte sich, um auf die Reaktion seines Chefs zu warten.

Vito Alessio war der Bruder von Obregóns Sekretär Miguel Alessio Robles. Unter den Mitstreitern Obregóns zeichnete ihn seine eigenständige Geisteshaltung aus und er hatte in nur zwei Jahren die beste Tageszeitung Mexikos auf die Beine gestellt. Dass die Zeitung an Auflagenstärke ihre drei Konkurrenzblätter mit Leichtigkeit überflügelte, war ihrer dezidierten Unabhängigkeit gegenüber der Zentralmacht, einer ausgezeichneten Berichterstattung über die Welt der Arbeit, den umfangreichen Nachrichten aus den Bundesstaaten, einer brillanten Polizeiberichterstattung sowie ihrem exzellenten Layout und den treffenden Schlagzeilen geschuldet. Er hatte es sich zur Gewohnheit gemacht, die Geniestreiche seiner Redakteure angemessen zu bezahlen und ihre Extravaganzen, ihre Besessenheiten und ihr bisweilen penetrantes Boheme-Gebaren geduldig zu ertragen. Im Gegenzug erhielt er eine hervorragende journalistische Recherche und wahrhafte Hingabe an den Beruf. Deshalb war er nicht weiter überrascht, als er seinen Star-Polizeireporter als Maharadscha verkleidet eintreten sah, und las das Dokument ohne zu zögern durch.

»Gut, Manterola, was wollen Sie damit anfangen?«, sagte er, als er von den Papieren aufblickte.

»Sie werden ja meine Kampagne gegen Gómez verfolgt haben, das hier ist der Todesstoß.«

»Ich würde mir vor einer Veröffentlichung gern den Rücken frei halten. Ich werde mit meinem Bruder sprechen, das Dokument belastet schließlich nicht nur die drei Obersten ... Dieser Zevada ist doch der, der gegenüber aus dem Fenster gestürzt ist, oder?«

»Genau so ist es. Wahrscheinlich hat er die anderen erpresst.«

»Das Ganze scheint mir äußerst brisant, schließlich kommen hier die Regierung und ihre Verhandlungen mit den Ölgesellschaften ins Spiel. Sind Sie sich darüber im Klaren, dass wir die nordamerikanischen Ölkonzerne beschuldigen, eine Revolution anzetteln zu wollen, um die Erdölregion vom Rest des Landes abzutrennen? Diese drei Obersten sind mir egal, selbst wenn einer Oberst der Gendarmerie von Mexiko-Stadt ist. Was mir Sorgen macht, ist die Position der Regierung in dieser Angelegenheit.«

»Die Sache garantiert uns eine Woche lang die Titel-Story, Chef.«

»Das bezweifle ich nicht, aber ich würde mich gerne vorher beraten. Ihr Einverständnis vorausgesetzt natürlich. Wenn Sie darauf bestehen, publizieren wir den Artikel auch so. Schließlich ist es Ihre Story, und wenn die ganze Welt daran zugrunde geht, unsere Pflicht ist es, zu informieren. Aber wenn Sie es gestatten, würde ich gern zuvor bei der Regierung vortasten.«

»Ich habe keine Einwände, Chef. Wie viele Tage benötigen Sie?«

»Maximal zwei«, sagte der Herausgeber der Zeitschrift und sah den Journalisten mit festem Blick an.

»Ein kleines Problem gibt es allerdings noch, Chef. Dieses Dokument ist meine Lebensversicherung. Sollten die Obersten Wind davon bekommen, solange es noch nicht veröffentlicht ist, bin ich ein toter Mann.«

»Solange Sie hier in der Redaktion sind, gebe ich Ihnen alle Sicherheitsgarantien.«

»Vor dem Oberst Gómez?«

»Vor ihm und der gesamten Gendarmerie von Mexiko-Stadt, falls nötig. Darauf können Sie sich verlassen«, sagte Vito Alessio und nahm den Telefonhörer. »Fräulein, verbinden Sie mich mit Ericsson 7-91, direkt mit meinem Bruder, sagen Sie seinem Sekretär, dass es um Leben und Tod geht. Ja, richten Sie ihm das genauso dramatisch aus.«

»Chef, ich würde das Original gern behalten.«

»Erlauben Sie mir, dass ich mir ein paar Notizen mache.«

»Aber natürlich.«

»Sie können unterdessen zur Kasse gehen. Schließlich haben Sie sich einen anständigen Scheck verdient.«

»Ich danke Ihnen. Sie können sich gar nicht vorstellen, wie teuer das Leben als Inder mit einer gemieteten Limousine ist.«

Vito Alessio lachte.

Noch mehr lachte allerdings Gonzaga, als er Pioquinto Manterola mit einem Turban auf dem Kopf in der Redaktion sah.

»Gestatten Sie, dass ich Sie zeichne?«

»Ziehen Sie Leine, Sie Affenzeichner!«

»Apropos. Hier ist eine Nachricht für Sie, ein Treffen mit einem Oberst des Heeres. Er erwartet sie jeden Abend, seit gestern. Moment, ich habe es irgendwo aufgeschrieben ... im Circo Negro. Hören Sie, hören Sie doch mal, jetzt verstehe ich auch, warum: Die wollen Ihnen eine Arbeit anbieten ... als Portier.«

Kapitel 51
Schüsse im Circo Negro

Im Wageninneren des Packard zog sich der Dichter zur Überraschung Verdugos die Hose aus. Mit einem Messer schnitt er das Taschenfutter auf, lud das Gewehr und legte es parallel gegen sein rechtes Bein, und zwar so, dass sich die beiden Abzugshähne in der Höhe seines Oberschenkels befanden. Mithilfe einer Rolle Pflasterband klebte er die beiden Gewehrläufe in Höhe des Fußknöchels fest, einen zweiten Klebestreifen brachte er in der Nähe des Knies an, kurz vor den Schlagbolzen, und den dritten wickelte er um Oberschenkel und Gewehrkolben. Dann zog er seine weite Hose wieder an und steckte die Hand in die Hosentasche seines steifen Beins, um durch die Öffnung hindurch die Abzugshähne zu ertasten.

»Perfekt«, sagte er. »Jetzt darf ich nur nicht vergessen, dass ich so nicht tanzen kann. Ich würde durch die Luft fliegen, wenn sich dabei ein Schuss löste.«

»Dichter, wenn wir uns dünne machen müssen, sehe ich nicht, wie du schnell genug in die Gänge kommen willst.«

»Wenn die Zeit drängt, ziehe ich mir eben die Hose aus, und fertig. Strategisches Denken, verstehst du?«

Verdugo, der ihm nicht nachstehen wollte, überprüfte den Ladezustand seiner Pistole und steckte sie in das Holster, das er unter der Achsel trug. Anschließend stopfte er die Taschen seines weißen Palm-Beach-Leinenanzugs, den er vor kurzem im Correo Español für 40 Pesos gekauft hatte, mit Munition voll.

An der Ecke zur Héroes-Straße erschien der Journalist. Die Straße war ansonsten leer.

»Wollen Sie die Brille nicht aufsetzen?«, fragte Verdugo, der vom Auto aus Manterola beobachtete.

»Keine Sorge, wenn es zu einer Schießerei kommt, wird sich alles im Nahbereich abspielen«, sagte der Dichter und knotete sich ein rotes Seidentuch um den Hals. Verdugo betrachtete sich im Rückspiegel und sah zwei glanzlose Augen und ein Lächeln. Er gab sich damit zufrieden. Sie stiegen aus und gingen zum Circo Negro, der Musik entgegen.

Der Circo Negro war bei denen in Mode, die sich in Mexiko-Stadt mit tropischer Musik auskannten, was zu jener Zeit nicht besonders viele waren, und beliebt bei den guten Tänzern der einfachen Bevölkerungsschichten. An der Straßenecke Héroes und Camelia im düsteren Guerrero-Viertel gelegen, hatte sich der Club zur Hochburg der Rumba entwickelt. Heute Abend spielte dort eine zwölfköpfige Combo von Kubanern aus Veracruz mit dem Namen *Éxtasis* auf. Als Verdugo unmittelbar hinter dem Journalisten die Schwingtür durchquerte, schlug ihm eine Welle von Lärm, Schweiß und Rauch entgegen.

Der Nachtklub war wie ein Kasten konstruiert, dessen Seiten von zwei langen Tresen begrenzt wurden, an denen die Getränke ausgeschenkt wurden, hinten befand sich die Bühne für die Musikgruppen und in der Mitte eine große, kreisrunde Tanzfläche. Um die Tanzfläche verteilt standen zwei Dutzend Tische, an denen eine bunte Vielfalt von Besuchern saß, in erster Linie Büroangestellte, Künstler, arme Studenten, Prostituierte und Musiker, die kamen, um etwas Neues zu lernen. Die Gruppe *Éxtasis* beendete gerade ihren zweiten Auftritt des Abends und auf dem Parkett tanzte ein barfüßiger Mulatte. Verdugo erwiderte den Blick eines Militärs, der mit zwei Zivilisten an einem Tisch saß und sie hatte eintreten sehen. Mit dem Rücken zu ihnen tranken der Chinese und San Vicente ein Glas und taten so, als seien sie total in die Rumba vertieft. Während der Journalist, den Dichter im Schlepptau, direkt zu dem Tisch der Militärs ging, blickte sich Verdugo im Salon um. Mit Ausnahme von zwei Subjekten, die in Begleitung einer Frau drei Tische vom mutmaßlichen Zentrum der Auseinandersetzungen entfernt saßen, kam ihm niemand verdächtig vor. Seine Augen tränten vom Rauch.

»Guten Abend, Oberst, ich bin Pioquinto Manterola«, sagte der Journalist und nahm nach der einladenden Geste des Offiziers Platz.

Der Dichter, der ihm hinkend gefolgt war, setzte sich ein wenig vom Tisch entfernt und legte sein steifes Bein so auf einen vom Nachbartisch herangezogenen Stuhl, dass sein Stiefel auf den Bauch des Obersten Martínez Fierro zielte. Verdugo setzte sich links vom Journalisten auf den sechsten Stuhl und war so nur eine Armlänge von einem der Zivilisten entfernt, einem unbeteiligt wirkenden Blonden, der nach Ansicht des Anwalts, der allem mehr vertraute als dem Schein, deshalb umso gefährlicher sein musste.

»Zwei Freunde von mir, Herr Manterola«, sagte der Militär und zeigte auf seine Begleiter.

»Der Anwalt Alberto Verdugo und der Dichter Fermín Valencia, zwei sehr gute Freunde von mir«, entgegnete der Journalist.

»Was darf ich Ihnen anbieten? Trinken Sie einen mit uns?« Der Militär, etwa 40 Jahre alt, dunkelhäutig und mit tief liegenden Augen, die trotz des schummrigen Lichts funkelten, hob eine Flasche, die Mezcal oder Tequila enthalten musste, und goss die Flüssigkeit in die leeren Gläser, die auf dem Tisch standen. Manterola verneinte mit einer Kopfbewegung und auch der Dichter lehnte höflich ab. Verdugo akzeptierte ein Glas. Wenn etwas passieren sollte, dann würde sicher kein Gift im Spiel sein. Er nahm das Glas Mezcal und leerte es in einem Zug. Die Musikgruppe beendete ihre Darbietung mit einer Fanfare. Verdugo applaudierte und suchte mit den Augen nach Personen, die keinen Beifall klatschten. Der Liste möglicher Ziele fügte er so noch einen Mann hinzu, der einige Meter entfernt mit dem Rücken zu ihm an einem der beiden Tresen stand und den Kopf zwischen seinen Armen versenkt hatte.

»Meine Herren, ich will Ihnen nicht Ihre kostbare Zeit stehlen. Sie sind im Besitz eines Dokuments oder wissen, wo es sich befindet. Ich habe versucht, die Leute von El Águila, die es mir gestohlen haben, daran zu hindern, es in Umlauf zu bringen, aber irgendetwas scheint schief gelaufen zu sein. Es gehörte nicht Ihnen, sondern mir und hätte nie aufbewahrt werden dürfen. Was ich jetzt möchte, ist schlicht und einfach, dass Sie es vergessen. Beschäftigen Sie sich mit Ihren Angelegenheiten und ich kümmere mich um die meinen. Dann wird wieder Frieden herrschen.«

»Und was sind Ihre Angelegenheiten, Oberst?«

»Wenn Sie es wüssten, wären es ja nicht meine, Sie Idiot.«

»Das wird nicht mehr lange so weitergehen«, dachte sich der Dichter und veränderte – scheinbar aus Gründen der Bequemlichkeit – die Lage seines unbeweglichen Beins, bis es auf den Kopf des Obersten zielte. Dann steckte er seine rechte Hand in die Hosentasche und liebkoste die Abzugshähne des Gewehrs.

»Und was bieten Sie uns als Gegenleistung an?«, fragte der

Journalist, dessen Hände zu schwitzen begannen. Er war sich bewusst, dass ihn die Angst am Ende lähmen würde, weshalb er nicht viel Zeit verlieren wollte.

»Ich bin nicht Gómez und habe nicht so viel Geld, dass ich es zum Fenster raus- oder jedem Idioten, der sich mir in den Weg stellt, in den Rachen schmeißen könnte. Ich habe einen der Engländer getötet, und weil Sie sich eingemischt haben, nahm ich drei unnütze Trottel unter Vertrag, um Sie zu erledigen. Allerdings waren sie erbärmlich schlechte Schützen. Das kann sich jedoch schnell ändern. Killer und gute Schützen gibt es in dieser Stadt mehr als genug, und noch dazu billig. Ich bieten Ihnen Ihre Haut an, meine Herren, das ist alles. Sie selbst entscheiden, wie viel sie Ihnen wert ist. Wozu wollen Sie Geldscheine? Etwa um sie als Erbe zu hinterlassen?«

»Sie verlangen also allen Ernstes unser Schweigen gegen unser Leben? Das kann man eigentlich kein gutes Geschäft nennen, oder, Verdugo? Ein Oberst, der im Dienst der Gringos stand und bereit war, ihnen ein riesiges Stück Land zu verkaufen, bietet uns das Leben an. Was für ein Scheißdreck!«

»Erlauben Sie, Manterola?«, sagte der Dichter.

»Sprechen Sie, Herr Valencia.«

»Dieser Vollidiot von einem Oberst hat sich gründlich in uns getäuscht. Drecksäcke wie ihn würde ich nicht mal meine Stiefel ablutschen lassen und meinen Schwanz schon gar nicht.«

»Sehr schön, Dichter«, flüsterte Verdugo und stieß den mürrischen Blonden um, der gerade versuchte, unter dem Tisch seine Pistole zu ziehen. Er war aber nicht schnell genug und konnte den Schuss nicht verhindern, der ihm den Hut vom Kopf fegte und einen Scheitel zog, aus dem Blut hervorquoll. Mit der Linken griff er zu seiner Pistole, aber noch bevor er sie ziehen konnte, hatte Fermín Valencia sein Gewehr auf den Oberst Martínez und dessen anderen Begleiter abgefeuert und aus ihren Gesichtern Hackfleisch gemacht. In dem Nachtclub regnete es Schrotkugeln.

Der Journalist ließ sich inmitten der Schreie genau in dem Moment nach hinten fallen, in dem die Schüsse aus dem Gewehr des Dichters wie zwei Kanonenschläge am Unabhängigkeitstag erdröhnten. Verdugo rollte sich auf dem Boden zur Seite und nahm den Mann am Tresen ins Visier, der in diesem Moment einen Colt zog und auf den am Boden liegenden Journalisten zielte, dabei aber von drei Kugeln Verdugos getroffen wurde, die ihn zusammensacken ließen. Das Feuer aus der Pistole des Verwundeten ließ das Holz des umgestürzten Tisches zersplittern.

Der Chinese Tomás Wong fixierte derweil mit dem Messer in der Hand die Männer am Nachbartisch, die sich damit begnügten, ihm und der 38-er-Mündung von San Vicente, die auf ihre Mägen zielte, zuzulächeln.

Auf dem Boden entspann sich ein zweites Duell. Der blonde Pistolenschütze hatte zwei Schüsse abgefeuert, die der Journalist mit einem Glückstreffer parierte, der jenem die Schulter zerschmetterte. Verdugo hielt derweil angestrengt nach einer ungewöhnlichen Bewegung Ausschau. Allmählich wurde es still. Tomás näherte sich von seinem Stuhl aus dem Blonden und trat die Pistole des Schützen weg. Der Dichter hüpfte auf und ab und versuchte, sein qualmendes Hosenbein zu löschen.

»Scheiße, fast hätte ich mir die Zehen weggeschossen, weil ich den Knöchel nicht richtig weggedreht habe«, erzählte er denen, die es hören wollten.

Verdugo näherte sich den Leichen des Obersten und seiner Leibwächter. Die Gewehrmunition hatte sie ziemlich entstellt. Das Gesicht des Obersten war eine unförmige Masse aus Blut und Knochensplittern. Ohne etwas dagegen tun zu können, erbrach er sich über den Leichnamen. Manterola erhob sich und setzte mit zitternden Händen seinen Kneifer auf. Nur er und seine vier Genossen standen noch aufrecht in dem Festsaal. Irgendjemand schluchzte hinter einem Tisch. Dies und das Würgen Verdugos vermochten aber kaum die tödliche Stille zu durchbrechen. In diesem Moment vermisste Manterola die Rumba-Musik.

Kapitel 52
In dem die Freunde Domino auf einem Klavier spielen

In der Garage von La Candelaria, wo sie neben dem rubinroten Packard ihre Nächte verbrachten, stand ein wackliges Klavier und Verdugo spielte darauf Chopins Polonaisen, sehr zum Vergnügen und Erstaunen des Dichters, der ein respektvolles Schweigen bewahrte, während er hinten im Wagen bei offener Seitentür saß und arbeitete. Ab und zu machte er sich Notizen für eine Werbekampagne für das Hämorrhoiden-Medikament Hemro de Stuart, weil er der Meinung war, dass die aktuelle Werbung ein Desaster war (*Hemro von Stuart heilt die Hämorrhoiden, die schnell voranschreiten*).

»Guten Abend, Kollegen«, sagte Manterola, der gemeinsam mit Tomás Wong durch die Metalltür eintrat.

»Wir sind vollständig. Soll ich die Spielsteine holen?«

»Ja, natürlich. Aber spielen Sie ruhig weiter, Verdugo. Wir haben keine Eile.«

»Apropos ›nicht haben‹, es gibt keinen Tisch«, sagte der Dichter. »Und Ihr Freund, Tomás?«

»El wollte meditielen, Felmín, und die Dinge in seinem Kopf wiedel ein bisschen oldnen, um helauszufinden, ob das alles lichtig und mit seinen Plinzipien veleinbal wal, was el dulch unsele Schuld diese Woche gemacht hat.«

»Und zu welchem Schluss wird er kommen?«

»Ich nehme an, dass el denken wild, dass es in Oldnung wal. Schließlich haben wil doch indilekt und ilgendwie *sui genelis* dem Staat gehölig die Zähne gezeigt, odel?«

»Ja, dem Militär, der Polizei, der Bank, wirklich nicht schlecht«, sagte der Dichter, der drei klapprige Stühle neben das Klavier stellte.

»Auf dem Klavier?«

»Auf dem Klavier, sobald Verdugo mit Chopin fertig ist.«

»Mit dem werde nicht mal ich fertig«, sagte Verdugo und klappte den Deckel zu.

»Gibt es eigentlich eine Reaktion seitens der Zeitung?«, fragte der Dichter.

»Bisher noch nicht, ich habe angerufen, aber der Herausgeber war nicht da. Verflucht auch, am Ende werden sie die Story womöglich nicht drucken ... Mir ist zu Ohren gekommen, dass sich in der Humboldt-Straße etliche Gendarmen herumdrücken. Außerdem hatte Gómez eine Pressekonferenz einberufen, wahrscheinlich, um zum Gegenangriff überzugehen. Es ist aber kein einziger Journalist erschienen.«

»Die Solidarität des Berufsstands ehrt Sie, mein Freund«, sagte Verdugo lächelnd. Ohne Chopin im Hintergrund klangen die Stimmen in der Garage hohl.

»Die Gendalmen sind nicht in Ihlel Zeitung, die sind alle in San Ángel, del ganze Stadtteil ist abgeliegelt.«

»Wird der Streik losgehen?«

»Wenn sie Málquez nicht fleilassen, schon molgen«, sagte Tomás und verlor sich in seinen Gedanken.

»Was machen wir, wenn sie die Geschichte nicht veröffentlichen? Sollen wir dann alle zusammen Gómez auf die Pelle rücken?«, fragte der Dichter.

»Wenn sie die Story nicht veröffentlichen, bedeutet das, dass die Regierung mit Gómez nicht abrechnen will und ihn deckt. Und das würde für uns bedeuten, dass wir uns gleich begraben lassen können, so viele Schlupfwinkel gibt es in dieser Stadt gar nicht, dass wir uns vor ihrem Zugriff verstecken könnten. Wie Ratten werden sie uns jagen.«

»Warum sollten sie ihn decken? Was könnten sie mit Gómez gewinnen?«

»Polizei und Gendalmelie sind eine einzige Scheiße.«

»Das können wir als bekannt voraussetzen, illustrer Sohn der aufgehenden Sonne. Man muss nicht Anarchist sein, um dem zuzustimmen, aber ich verstehe es einfach nicht. Die Polizei ist eine Scheiße nach allen Regeln der Kunst, aber ich verstehe absolut nichts.«

»Wissen Sie was, Journalist? Mal abgesehen davon, dass ich auch nichts verstehe, bleiben mir insgesamt mehr Zweifel als Klarheiten. Wir wissen, wer uns die bewaffneten Killer auf den Hals geschickt hat, aber wer hat den Auftrag erteilt, Sie zu vergiften?«

»Gómez wahrscheinlich.«

»Und warum hat er die Brüder Zevada umgebracht?«

»Ich hätte da eine Erklärung«, sagte Verdugo. »Zevada war der dumme Junge in dieser Geschichte. Nach der Rebellion von Agua Prieta hatten die Verschwörer keine Chance mehr, eine Erhebung in der Erdölregion zu organisieren. Neue Kräfte waren nach oben gelangt, und die Spannungen zwischen den Obregonisten und Carranza waren verschwunden, nachdem der Alte den Löffel abgegeben hatte. Sowohl in San Luis Potosí als auch in Monterrey konnte Obregón auf loyale Generäle zählen, die sich außerhalb ihres Einflussbereiches befanden. Der Staatsstreich löste sich in Luft auf. Gómez sprang auf den Karren der siegreichen Kräfte auf und war damit beschäftigt, in Mexiko-Stadt seine Geschäfte aufzubauen. Martínez Fierro behielt die Befehlsgewalt über seine Truppen. Der Dritte im Bunde dagegen, Zevada, war zu langsam und ging leer aus. Ich vermute, dass er versucht hat, Gómez zu erpressen, der ihn zuerst mit Juwelen und dann mit einem Flug aus dem dritten Stock aufs Straßenpflaster bezahlte.«

»Wollen Sie wirklich wissen, was passiert ist, Dichter? Lassen Sie uns lieber die Daumen drücken, dass der Plan veröffentlicht wird«, kommentierte Manterola leicht gähnend.

Die Tage waren lang, die Nächte kurz und unruhig, die Angst allgegenwärtig.

»Ich gebe auf, holen Sie schon die Steine und lassen Sie uns sehen, wer mit wem spielt.«

»Ein 6-er/1-er«, sagte Manterola.

»Ein 6-er/4-er«, sagte Verdugo.

»Die Doppel-Null«, sagte Tomás.

»Ein 1-er/3-er«, sagte Fermín Valencia.

Kapitel 53
Die Ehre eines Obersten und der Tod einer Witwe

»*El Demócrata*, Sektion 2, Manterola hier«, sagte der Journalist ins Sprachrohr.

»Manterola, hier spricht Oberst Gómez«, antwortete eine hallende Stimme am anderen Ende des Telefons. »Ich werde Ihnen eine Chance geben, obwohl ich das eigentlich nicht nötig habe. Sie haben meine Ehre beschmutzt. Wir werden uns deshalb duellieren. Sie und ich allein. Bringen Sie die Courage auf und bieten Sie mir als Mann die Stirn, treten Sie aus Ihrem Schatten heraus.«

»Von welcher Ehre sprechen sie?«, fragte der Journalist nach einem Moment des Schweigens. »Oberst, stecken Sie sich das Telefon in Ihren Hintern.« Mit diesen Worten hängte er auf. Nachdenklich blickte er eine Weile den Apparat an. Ihm wurde bewusst, dass er diese Stimme und die wenigen Worte aufbewahren musste, sie waren das Einzige, was er von seinem Feind besaß, der einzige direkte Kontakt, den er mit diesem Mann gehabt hatte, der sein Leben in »eine von einem Idioten erzählte Geschichte« verwandelt hatte, wie Verdugo es ausgedrückt hatte.

»Hören Sie, hören Sie doch mal«, sagte Gonzaga, der wie immer in den Wolken schwebte. »Was für Freunde haben Sie denn!«

Manterola antwortete dem Zeichner nicht, sondern konzentrierte sich auf seine Schreibmaschine wie ein von einer heiligen Furie besessener Schriftsteller. Seine Finger hämmerten in die Tasten, die Zeit verrann. Er war Profi, und obwohl er sich nur in der Redaktion aufhielt, weil er auf die Entscheidung des Direktors wartete, konnte er doch nicht aufhören, der Zeitung seinen täglichen Artikel zu liefern. So ging er einer haltlosen Geschichte nach, die auf Gerüchten beruhte, wonach Pancho Villa die Hacienda Canutillo verlassen hätte, um einen Schatz auszugraben. Gonzaga, der ihm über die Schulter blickte, begann mit der Zeichnung eines Pancho Villa, der in einer Höhle auf den Knien hockte und Münzen aus einer Truhe scheffelte, während einer seiner Gefolgsleute ihm mit einer Fackel Licht spendete.

In der Redaktion herrschte die übliche Hektik kurz vor Redaktionsschluss. Ruvalcaba sah in aller Eile die Kommentare durch, die aus der Chefredaktion kamen und gingen. Zwei

Reporter aus der Sektion Nationales arbeiteten an der ersten Seite, deren Leitartikel die Erklärungen des Finanzministers Adolfo de la Huerta nach seiner Rückkehr aus New York, wo er mit den amerikanischen Banken verhandelt hatte, sowie den Generalstreik der Weber von San Ángel, der als Antwort auf die Entführung von Márquez durch die Gendarmerie ausgerufen worden war, zum Gegenstand hatten.

Plötzlich wehte ein leichter Veilchenduft über die Tasten, sodass der Journalist seinen Kneifer zurechtrückte, den Kopf hob und Margarita Herrera, verwitwete Roldán, erblickte.

»Gestatten Sie mir, dass ich Ihnen Gesellschaft leiste?«, sagte die Witwe, die von Gonzaga peinlich genau beobachtet wurde.

»Ich stehe sofort zu Ihrer Verfügung, gnädige Frau«, sagte der Journalist und fuhr fort, wie wild auf die Tasten einzuhämmern, wobei er versuchte, dem Bild der Frau zu entkommen, deren Augen sich in seinen Rücken bohrten. Als er die letzte Seite zur Korrektur aus der Maschine zog, zog ein Aufruhr am Eingang der Redaktion seine Blicke auf sich.

»Du Hure, du elende Hure!«, rief Ramón, der Spanier, und näherte sich der Witwe mit einem Messer in der Hand.

Manterola wollte dazwischengehen, wurde aber von Gonzaga und dem Schreibtisch blockiert. Die Frau erhob sich, oder zumindest versuchte sie es, ihre Beine versagten, und als sie auf den Stuhl zurückfiel, bohrte ihr der Spanier zwei Mal den Dolch in die Brust. Manterola stolperte, konnte aber gerade noch einen Arm der zusammenbrechenden Frau erfassen, ohne sich um den Spanier zu kümmern, der ihm mit dem blutbefleckten Messer noch einen unnützen Stich versetzte. Gonzaga hatte sich nur ein paar Meter entfernt, um jedes Detail der Szene zu erfassen, damit er sie anschließend zeichnen konnte. Wenn man nicht aufpasste, entwischte einem das flüchtige Leben.

Zum Glück für den Journalisten traf Rufino, der Zeitungsbote, die Schläfe des Spaniers mit einem bronzenen Briefbeschwerer, sodass dieser wie vom Blitz getroffen zusammenbrach.

»Ich sterbe, mein Herr, und ich bedaure, dass wir uns so spät kennengelernt haben«, hauchte die Witwe in den Armen des Journalisten, dessen Hemd von dem Blut durchtränkt wurde, das langsam aus der Brust der Frau quoll und die Bluse einfärbte, die ihre Verletzungen verbarg.

»Es gibt verrückte Lieben und tragische, so wie unsere, Margarita«, sagte der Journalist, dem nichts Besseres einfiel, während die Frau versuchte, nach Luft zu schnappen, die es aber nicht mehr bis zu ihrer Lunge schaffte.

Die gesamte Redaktion hatte sich rund um die Tragödie versammelt. Wie bei einer Totenwache bildeten die Kollegen Manterolas in ihren Unterhemden und mit ihren erloschenen Zigaretten zwischen den Lippen einen Kreis um die Tote und erwiesen so einer Witwe die letzte Ehre, die ihren Ehemann vergiftet, mit einem korrupten Oberst zusammengelebt hatte, von einem aus Spanien stammenden Juwelendieb ermordet worden und in den Armen eines Polizeiberichterstatters gestorben war, der sich nur zu gern in sie verliebt hätte.

»Der Messerstecher ist tot, Manterola ... Du hast ihn mit dem Briefbeschwerer k.o. geschlagen, Rufino. Was für eine Kraft!«, fasste Valverde, der Neuling in der Sportredaktion, der zwei Jahre Medizin studiert hatte, die Ereignisse zusammen.

Gonzaga, der seine Blei- und Kohlestifte wie ein Zauberer handhabe, zeichnete mit flinken Handbewegungen die Szene, bevor die Schatten des anbrechenden Abends das blutrote Gesicht der verblichenen Witwe in Dämmerlicht tauchten.

Kapitel 54
Das Massaker von San Ángel

Angefangen hatte alles in der Fabrik Santa Teresa, wo zwei Abende zuvor drei Agenten der Polizei Julio Márquez, den Sekretär der Textilarbeitergewerkschaft, nach seiner Identifizierung durch den Fabrikdirektor Julio Imbert, entführt hatten. Auch am nächsten Tag blieb Márquez verschwunden.

Am folgenden Morgen strömte um fünf nach sechs eine Menge von Arbeitern in das Büro von Imbert und forderte Aufklärung über den Aufenthaltsort von Márquez, wobei Imbert beleidigt und für den Fall bedroht wurde, dass dem Textil-Gewerkschaftsführer etwas zustoßen sollte. Imbert nahm seine Pistole aus dem Schreibtisch, konnte aber entwaffnet werden. Die Fabrik trat spontan in den Streik, die Webstühle wurden angehalten. Eine Gruppe von Arbeitern ging auf die Straße und begann, mit Eisenstangen gegen die Laternenpfähle zu schlagen.

Beim Vernehmen der metallischen Schläge stoppten die Fabriken in ganz Contreras ihre Arbeit. Die Werktätigen von La Magdalena, La Alpina und La Hormiga legten die Arbeit nieder und gingen auf die Straße, wo sie das rhythmische Schlagen gegen die Laternenmasten wiederholten. Die Demonstration begann am Fabriktor von Santa Teresa mit fünfhundert und war in Tizapán bereits auf fünftausend Teilnehmer angewachsen.

Tomás erwachte in der Kohlenhandlung durch den metallischen Widerhall des fernen Aufpralls der Eisenstangen auf die Laternenpfähle.

»Was ist los?«, fragte ihn San Vicente, der aus dem Bett aufsprang.

»Genelalstleik. Hölst du nicht die Latelnenpfähle?«

»Ich wusste nicht, dass er auf diese Weise angekündigt wird. Verdammte Hacke, was sind wir modern!«

Rosa nahm die Hand des Chinesen und drückte sie sanft.

»Pass gut auf dich auf, es wird da von Gendarmen nur so wimmeln.«

»Wil welden mehl sein. Hölst du nicht?«

Tomás, der in einen Mantel gekleidet war und dessen Kopf von einem gewaltigen Strohhut bedeckt war, und San Vicente, der sein Gesicht mit einem Tuch vermummt hatte, erreichten die Demonstration, als diese die Puente Sierra hinunterkam. Während sie noch nach Bekannten Ausschau hielten, die ihnen erzählen konnten, was geschehen war, kam es zu einem Zusammenstoß, als die Demonstranten von Santa Teresa ein

Automobil entdeckten, in dem Imbert und vier Polizisten saßen. Die Demonstranten bewarfen den Wagen mit Steinen und brachten den Fabrikdirektor, der im Gesicht aufgrund eines Schlags leicht blutete, in ihre Gewalt. Sie schrieen ihn an und verlangten, dass er im Rathaus von San Ángel eine öffentliche Erklärung die Entführer von Márquez betreffend abgeben sollte.

Tomás und San Vicente versuchten, mit ihren Freunden Paulino Martínez und dem Schwarzen Héctor an die Spitze der Demonstration zu gelangen, wo die wütenden Arbeiter von Santa Teresa liefen.

Um fünf nach acht versuchten fünf Gendarmen unter Anführung eines Sergeanten und in Begleitung einiger Angestellter der Betriebsleitung auf der Brücke von Ansaldo, ihren Direktor zu befreien. Die Demonstration antwortete mit einem Steinhagel. Die Gendarmen gaben Warnschüsse in die Luft ab.

San Vicente steckte die Hand in die Tasche seines Gabardine-Mantels. Tomás hielt sie fest.

»Halt, wenn wil mit Schüssen auf ihle Schüsse antwolten, liefeln wil ihnen den Volwand, um mit Schüssen gegen die Demonstlation volzugehen.«

Das leuchtete dem Spanier ein. Von der Spitze der Demonstration aus entlud sich ein weiterer Steinhagel auf die Gendarmen, die die Flucht ergriffen.

Um halb neun bogen rund siebentausend Demonstranten auf den Rathausplatz von San Ángel ein, wo sie von berittener Polizei erwartet wurden. Imbert versuchte wegzurennen, wurde dabei aber von einem Stein am Ellbogen getroffen. Die Gendarmerie lud ihre Waffen. Tomás versuchte, sich einen Weg durch die Menge zu bahnen, kam aber nicht an den Massen vorbei, die sich in den engen Gassen stauten, während die ersten Reihen den Platz vor dem Rathaus betraten. Er stieg auf ein Fenstersims, um zu sehen, was auf dem Platz vor sich ging. Die Gendarmen versperrten in Zweierreihen den Eingang zum Rathaus. Hinter ihnen befanden sich zwei Offiziere auf ihren Pferden. Tomás erkannte in dem einen von ihnen

Oberst Gómez, der mit angespanntem Gesichtsausdruck auf dem Pferd saß und irgendetwas rief. Vor dem Ansturm der Demonstranten, die bereits bis auf ein paar Meter auf die Gendarmerie vorgerückt waren, zogen sich diese in Richtung San-Jacinto-Platz zurück. Die Demonstration wollte zum Rathaus gelangen, um Imbert zu zwingen, Aussagen zur Entführung von Márquez zu machen.

Der Druck der Menge, die aus den Gassen auf den Platz strömte, trieb die Demonstrationsspitze ebenfalls in Richtung San-Jacinto-Platz. Aber kaum hatten vier- oder fünfhundert Demonstranten den Platz betreten, da feuerte die Gendarmerie das erste Mal ihre Waffen ab: Sechs oder sieben Arbeiter brachen zusammen, und die Menge versuchte, sich zurückzuziehen. Tomás und San Vicente bemühten sich, nach vorn zu kommen, was jetzt aber so gut wie unmöglich war.

»Es ist Gómez. Hast du gesehen? Del die Befehle gibt, ist Gómez.«

»Los, den schnappen wir uns.«

Aber in diesem Moment eröffnete die Gendarmerie das zweite Mal das Feuer auf die Massen und bedeckte den Platz von San Jacinto mit von den Kugeln getroffenen Körpern der Arbeiter. Einige Demonstranten versuchten, sich zu verteidigen, allerdings richteten die Steine gegen die Feuerwaffen wenig aus. Tomás wurde von der Menge ein paar Meter mitgerissen, während San Vicente hinter einem Baum in Deckung ging, seine Pistole zog und auf den berittenen Oberst schoss. Die Kugel zersplitterte ein Fenster hinter dem Militär, der in die Richtung blickte, aus der der Schuss gefallen war. Ein dritter Feuerstoß der Gendarmen fegte den Platz fast völlig leer. Der Oberst brachte sein Pferd zum Aufbäumen und verschwand dann in entgegengesetzter Richtung von dem Platz. San Vicente hob ein zehn- oder zwölfjähriges Kind auf, das eine Schussverletzung am Bein hatte, und wich mit der Pistole in der Hand zurück, wobei er die Linie der Gendarmen nicht aus den Augen ließ. Tomás half ihm, dem Kind in einem Hauseingang Erste Hilfe zu leisten. Nach und nach näherten sich einige Demonstranten im Angesicht der Gewehrmündungen den Verletzten auf dem Platz. Zwei Dutzend Verletzte lagen dort, neun davon schwer verwundet. Zwei von ihnen, der betagte Emilio López, ein alter Textilarbeiter, sowie der Arbeiter Florentino Ramos, der zwei Bauchschüsse abbekommen hatte, würden in den nächsten Stunden sterben.

Die Alarmglocken des Roten und Weißen Kreuzes durchbrachen die knisternd angespannte Atmosphäre. Tomás benutzte das Tuch San Vicentes, um am Bein des Kindes, das ohnmächtig geworden war, einen Verband anzulegen.

Eine neue Schwadron Gendarmen ritt auf den Platz und näherte sich der Gasse, wo die Demonstration fünf Minuten zuvor aufgehalten worden war.

»Lass uns verschwinden, Tomás, sie werden gleich mit den Verhaftungen beginnen.«

»Deshalb wollen sie nicht mit Gómez blechen, sie blauchen ihn fül solche Schweineleien.«

»Verflixt und zugenäht, ich hatte ihn genau vor mir und das Scheißpferd hat sich bewegt, die Hand soll mir abfallen, weil ich ein himmelschreiender Idiot bin.«

»Los, Sebastián, wil knöpfen ihn uns vol, wahlscheinlich ist el zum Lepolt ins Hauptqualtiel in Peledo. Da hat die Gendalmelie ihlen Sitz.«

»Wir werden da nicht reinkommen.«

»Wil knöpfen ihn uns vol, Sebastián. Das hat jetzt nichts mit dem von volhel zu tun. Das ist allein unsele Sache mit Gómez, unsele und die von all denen hiel«, sagte der Chinese und deutete auf die Körper, die auf dem Platz von San Jacinto lagen.

Kapitel 55
Geschichten aus vergangener Zeit: Tomás Wong

Ich wäre gerne mit all den Schiffen gefahren, die ich beladen habe, mit all den Dampfern, deren Passagieren ich geholfen habe, an Land zu gehen, und deren Koffer mit den vielen farbigen Aufklebern von Hotels, Zollstellen und Schiffslinien ich getragen habe. Ich wäre gern an Bord dieser weißen und in der Sonne glänzenden Schiffe gegangen, um wegzufahren.

Ich bin nicht von hier. Ich bin nicht aus diesem Land, in dem ich geboren bin. Im Leben lernt man, zumindest derjenige, der zu lernen gewillt ist, dass niemand daher kommt, wo er geboren ist. Dass niemand von einem festen Ort kommt. Einige versuchen, diese Fiktion aufrechtzuerhalten, indem sie nostalgische Geschichten erfinden, Nationalhymnen und Flaggen. Wir alle sind Teil der Orte, an denen wir uns aufgehalten haben. Wenn die Sehnsucht existiert, dann nach den Dingen, die wir nie gesehen haben, nach den Frauen, mit denen wir nie geschlafen und von denen wir nie geträumt haben, und nach den Freunden, die wir noch nicht gefunden haben, den Büchern, die wir noch nicht gelesen, und den in den Kochtöpfen dampfenden Gerichten, die wir noch nicht probiert haben. Das ist die wahre und einzige Nostalgie.

Man lernt im Leben auch, dass der Weg manchmal in eine falsche Richtung führt und dass die Dinge eigentlich nicht so sein dürften, wie sie sind. Niemand dürfte gezwungen sein, Reis mit Maden oder fast verfaulten Mais in den Erdölfeldern zu essen und dafür das Dreifache zu bezahlen, weil die Läden den Konzernen gehören. Niemand dürfte gezwungen sein, in strömendem Regen bis zur Erschöpfung zu malochen, um die Ventile am Bohrloch sieben zu schließen; gezwungen sein, im Urwald im Matsch mit Rohren zu kämpfen, im Sumpf Löcher zu bohren, auf feuchtem Boden zu schlafen, einen Hungerlohn zu verdienen, während der Vorarbeiter Schinken und Butter aus den Konservendosen verspeist, die wir dorthin transportiert haben, und der Besitzer noch viel weiter von uns entfernt in einem Bett schläft, ohne uns zu kennen und als Quelle seines Vergnügens und seiner Macht zu erkennen, ohne zu begreifen, dass wir die Ameisen sind, die auf ihren Schultern seine Aktien an der New Yorker Börse nach oben tragen.

Genau deshalb will ich nicht auf eines von diesen weißen und glänzenden Schiffen steigen, weil ich meine Träume dort mit täglich elf Stunden Arbeit als Kellner bezahlen müsste, mit dem Polieren der bronzenen Handläufe, dem Schwitzen im Dampf der Küche. Deshalb bleiben die Schiffe unerreichbar, die ich in alle Häfen ein- und auslaufen sehe, deshalb bleiben sie ein Ort unserer Träume, ein Ort unserer Sehnsüchte.

Kapitel 56
»Irgendwann wird irgendjemand all das erzählen«

Am späten Vormittag erreichten die Nachrichten über die Schießerei von San Ángel die Redaktion. Manterola, der die Nacht in einem Sessel im Vorzimmer des Direktors verbracht hatte, lief in der Redaktion herum, traute sich aber nicht, sich der Sache anzunehmen. Angespannt verfolgte er jedes Detail der einlaufenden Informationen: die Berichte vom Weißen und Roten Kreuz, die Erklärung Gascas, des Gouverneurs des Bundesdistrikts, den Aufruf der CGT zum Generalstreik für den folgenden Tag, Berichte von Kollegen, die die Verletzten und Demonstranten interviewt hatten, die Erklärung aus dem Rathaus von San Ángel, die betonte, dass die Demonstration friedlich verlaufen sei, und die der Gendarmerie die Schuld gab.

»Manterola, der Chef ruft sie.«

Lustlos lief er den Flur entlang. Als er an dem Fenster vorbeikam, von dem aus er den Sturz des Obersten Zevada beobachtet hatte, bemerkte er einen Lastwagen mit Gendarmen, der vor dem Hauseingang stand. Am Abend vorher hatte ihm Ruiz, der die Anlaufstelle für die Informanten aus der Hauptstadt war, flüsternd bedeutet, vorsichtig zu sein, da ein Gerücht in Umlauf sei, wonach die Gendarmen den Befehl hätten, ihn ohne viel Federlesens zu töten. Gómez hätte eine Belohnung auf seinen Kopf ausgesetzt, und der Hauptmann Palomera habe gewettet, dass er sie sich verdienen werde. Am frühen Morgen hatten zwei Polizeiagenten, die den Eingang der Zeitung bewachten (zumindest Alessio Robles hielt sein Versprechen, ihn zu beschützen), einen vermeintlichen Händler aufgehalten, der bewaffnet war und schwor, dass er nur eine Anzeige aufgeben wollte, sich aber nicht ausweisen konnte. Einem der Polizisten kam sein blasses Gesicht aus der Verbrecherkartei bekannt vor.

»Sie wünschen, Herr Direktor?«

»Major Martínez hat mich um ein kurzes Gespräch mit Ihnen gebeten, und ich sehe eigentlich keinen Grund, ihm das zu verweigern«, sagte Vito Alessio.

Martínez, der Offizier und ehemalige angebliche Maurer, saß in einem Ledersessel. Der Zivilist neben ihm mit seinem Ring im Ohr und der untrüglichen Ausbeulung unter seiner schwarzen Jacke schien den gesamten Raum zu beherrschen.

»Vergessen Sie nicht, Manterola, es ist Ihre Entscheidung. Ich halte mein Wort, wenn Sie weitermachen wollen, dann geht eben die Welt zugrunde. Ich bin schließlich nicht Herausgeber einer Zeitung geworden, um meine Reporter zu verkaufen.«

»Ich danke Ihnen, Chef.«

Vito Alessio lächelte Manterola zu und verließ das Büro, indem er leise die Tür hinter sich schloss.

»Das ist mein Freund, den man den Zigeuner nennt. Sie kennen ihn noch nicht, nicht wahr, Manterola?«

»Nein, Major, ich habe allerdings schon von ihm gehört.«

Der Zigeuner grüßte mit einer leichten Kopfbewegung. Manterola ging zum Schreibtisch des Direktors und setzte sich auf den Chefsessel. Auf dem Tisch stand ein Foto der drei Brüder: der Herausgeber des *El Demócrata*, sein Bruder, der Sekretär des Präsidenten, und ein Dritter, ein Militär, der sein Leben auf mysteriöse Art und Weise in einem Automobil verloren hatte, das von Kugeln durchsiebt worden war.

»Also gut, Major, was haben Sie an schlechten Nachrichten für mich?«

»Ich möchte das Dokument und Ihr Schweigen, Herr Manterola.«

»In wessen Namen stellen Sie diese Forderung, Major?«

»Im Namen der Regierung der Republik, mein Herr«, antwortete Martínez, wobei seine Stimme bei den Worten »Regierung« und »Republik« an die ruhm- und blutreichen Tage appellierte.

»Kennt die Regierung den Inhalt des Plans und die Aufzeichnungen über die Tarife des Obersten Gómez und seiner Freunde?«

»So ist es. Eine Kopie des Plans wurde dem Gouverneur von Tamaulipas in Tampico von den Angloholländern des Konzerns El Águila gestern zugestellt.«

»Das bedeutet also, dass die Regierung darauf verzichtet, publik zu machen, dass die nordamerikanischen Konzerne einen Aufstand finanzieren wollten, um die Erdölregion von unserem Land abzutrennen?«

»Genauso ist es, sie will das nicht. Zumindest nicht zum gegenwärtigen Zeitpunkt. Ich nehme an, Sie verstehen, warum.«

»Dann ist es um die Regierung aber schlecht bestellt. Wenn der Direktor dieser Zeitung Wort hält, wird der Plan morgen veröffentlicht.«

»Das glaube ich nicht, Herr Journalist.«

»Wollen Sie mich töten?«

»Ganz und gar nicht. Ich würde sogar sagen, dass wir Ihnen, jenseits meiner Befehle, Respekt zollen.«

»Was dann, Major?«

»Ich werde den Plan gegen etwas für Sie viel Wertvolleres tauschen. Vor zwei Stunden haben Agenten der Polizei einen Chinesen und einen Spanier verhaftet, die einen Anschlag auf Oberst Gómez in der Kaserne von Peredo verübt haben.«

»Ist er tot?«

»Nein, leider nicht. Es wäre für alle Beteiligten wirklich viel vorteilhafter gewesen, aber Gómez hat sich nur einen Arm gebrochen und ein paar Quetschungen zugezogen, als er die Treppe herunterkam und stürzte, weil auf ihn geschossen wurde. Außerdem sieht es nach dem letzten Bericht, der mir vorliegt, so aus, als würde er die Sehkraft des linken Auges einbüßen.«

»Und Tomás und Sebastián?«

»Sie haben ein paar Schläge abbekommen, sind aber wohlauf. Die Agenten der Polizei haben ihnen das Leben gerettet, als die Gendarmen sie füsilieren wollten. Sie befinden sich jetzt in meiner Gewalt, und ich tausche sie gegen den Plan und die

Dokumente, Manterola. Zwingen Sie mich nicht, noch mehr Druck auszuüben, aber wenn Sie wollen, kann ich Ihnen noch mitteilen, dass wir eine Garage in Candelaria umstellt haben und dass ich mir dort jederzeit mit Feuer und Schwert Zugang verschaffen und die Mörder von Oberst Martínez Fierro zur Rechenschaft ziehen kann.«

»Feuer und Schwert werden die beiden Ihrer Heerschar entgegenschleudern, wenn Sie versuchen sollten, da einzudringen.«

»Daran hege ich keinen Zweifel, aber ich kann dort auch, wenn es nötig sein sollte, ein Maschinengewehr aufbauen. Verstehen Sie denn wirklich nicht, Manterola? Ich kann noch ganz andere Saiten aufziehen. Ich verfüge über zwei Regimenter berittener Dragoner, über den gesamten militärischen Fuhrpark einschließlich der Artillerie. Kommen Sie, nehmen Sie doch Vernunft an. Der Plan und Ihr Schweigen gegen die Freiheit und Ruhe von allen Ihren Freunden und Ihnen selbst.«

»Und Gómez?«

»Meinen Sie Oberst Jesús Gómez Reyna, unseren neuen Militärattaché in Spanien, der sich noch heute Nacht in Veracruz einschiffen wird, damit das Meerwasser seinen Genesungsprozess unterstützt?«

»Fahrt doch alle zur Hölle!«, resignierte der Journalist. »Auf dem dritten Schreibtisch, wenn Sie hier den Flur lang gehen, liegt ein brauner Briefumschlag mit dem Logo einer Theatergruppe. Darin finden Sie, was Sie suchen, Major.«

»Vielen Dank ... Ich gehe davon aus, dass ich auf Ihr Schweigen zählen kann.«

»Irgendwann wird irgendjemand all das erzählen.«

»Ich hoffe, das werden weder Sie noch ich erleben, Manterola.«

Manterola sah nicht mehr, wie sie das Büro verließen, sein Blick blieb auf den Schreibtisch des Direktors gesenkt. Er fühlte sich alt und müde. Wie gerne hätte er diese letzte Entscheidung gemeinsam mit seinen drei Kollegen an einem Dominospieltisch getroffen. Wie gerne hätte er in großen Bleibuchstaben über acht Spalten hinweg die Geschichte der Obersten Zevada,

Martínez Fierro und Gómez im Innenteil der Zeitung gesehen, oder sogar als Titelgeschichte. Gómez? Von ihm blieben ihm nur eine vage Erinnerung und die Stimme, die am Telefon über Ehre gesprochen hatte. Eigentlich zu wenig, um wirklich hassen zu können: Der Hass verwandelte sich so in etwas zu Rationales. Wie viele Personen vom Kaliber Gómez' tauschten ihr Vaterland gegen einen Haufen Geldscheine ein? Wie viele vom Kaliber Gómez' waren mit der Revolution aufgestiegen, um im Blut zu waten und ihre Geschäfte zu machen? Aber trotzdem gehörte Gómez irgendwie ihm; ihm und dem Dichter und dem Anwalt Verdugo und dem Chinesen, und ein gutes Stück des Obersten Gómez gehörte sogar San Vicente. *Jetzt sind wir wirklich der Schatten eines Schattens*, sagte er zu sich selbst und starrte auf die geschlossene Tür.

Kapitel 57
In dem die Freunde Domino spielen

In der Bar des Hotels Majestic verkündete die Kuckucksuhr ein Uhr morgens. Eustaquio, der Barkeeper, betrachtete zufrieden die Marmorplatte, auf der Domino gespielt wurde. Alles ist in Ordnung, dachte er, während er die Lichter über den restlichen Tischen löschte, bis nur noch das über dem Tisch in der Mitte blieb, der allein unter dem Strahler stand, eingetaucht in das kreisrunde, gespenstische Licht, das der schwarze Lampenschirm mitten in den leeren Salon warf. Vom Tisch her hörte man die Geräusche, die Elfenbeinsteine verursachen, wenn sie auf Marmor stoßen. Von der Straße drang das Motorengeräusch eines Autos herein und vermischte sich mit dem Wiehern eines Pferdes und dem Klappern der Hufe auf dem Asphalt.

»Schade, dass Ihr Freund San Vicente Domino nicht mag, er ist mir gerade sympathisch geworden«, sagte Verdugo, auf dessen Steine der Schatten seiner Hutkrempe fiel.

»El ist wiedel im Untelglund untelwegs und will eine Zeitung olganisielen. Ich soll Ihnen allen abel eine Umalmung von ihm auslichten«, sagte Tomás Wong und legte den 2-er/3-er an. »Andels als ich hat el die Affinität zwischen Analchismus und Domino leidel noch nicht velstanden.«

»Und Sie, Dichter, haben Sie schon das Dankesschreiben gelesen, das uns der Präsident der Republik geschickt hat? Es steckt in meiner Jackentasche, da hinten am Kleiderhaken.«

»Manterola, ich drücke mich nur ungern prosaisch aus, aber der Präsident der Republik könnte mir, wenn er nicht einarmig wäre, beidhändig einen runterholen.«

»Wir leben in einem gottverdammten Land, meine Herren«, seufzte Manterola, wobei er sich an der hinter dem Ohr hervorkriechenden Narbe kratzte und umsichtig den Doppel-Dreier ausspielte.

Nach dem Roman

Im Laufe der Handlung sind die frei erfundenen Personen anderen Personen und Situationen der Zeitgeschichte begegnet und haben sich mit ihnen vermischt.

Um die Neugier des Lesers ein wenig zu befriedigen, möchte ich Folgendes nachtragen:

Die vier Hauptpersonen gehören der Welt der Fiktion an; in *Band XX* des Buches *México, historia de un pueblo* (Mexiko, Geschichte eines Volkes) habe ich bereits eine frühere Geschichte von ihnen erzählt. Das Wandgemälde von Fermín Revueltas wurde trotz der Attacken der Studenten fertiggestellt und kann heute an den Wänden des Universitätsgebäudes von San Ildefonso betrachtet werden.

Sebastián San Vicente wurde 1923 nach seiner Beteiligung an dem heroischen Streik der Straßenbahnarbeiter das zweite Mal deportiert. Die Geschichte seines kurzen mexikanischen Lebensabschnitts habe ich in einem Kapitel des Buches *Erzengel* und in romanhafter Form in *Auf Durchreise* erzählt. Er soll Jahre später auf Seiten der libertären Kräfte im Kampf gegen den faschistischen Militärputsch in Spanien ums Leben gekommen sein.

1926 ging die Zeitung *El Demócrata* an ihren Schulden ein, nachdem sie von ihren kurzsichtigen Besitzern verkauft worden war. Zwei Jahre vorher war die Zeitung des Generals Alvarado, *El Heraldo de México,* eingestellt worden. Mit dem Ende der beiden besten Tageszeitungen, die es in diesem Land jemals gegeben hat, hörte auch die Polizeiberichterstattung auf zu existieren. Erst 1930 wurde sie von *La Prensa* wieder aufgenommen, allerdings ohne den Witz, den Biss und die Brillanz ihrer Vorgängerinnen. Der Chronist, der als Vorbild für die Person des Journalisten Pioquinto Manterola diente, starb ein Jahr vor dem Ableben seiner Zeitung an Tuberkulose.

Die Dolores-Straße passte sich dem Lauf der Zeit an und die Triaden verließen sie (so glaubt man zumindest) nach der Kampagne der Zeitschrift *Sucesos* in den 1930er Jahren.

Die Anarchosyndikalisten aus dem Süden von Mexiko-

Stadt gewannen diesen Streik und viele andere, bis ab 1926 die Repression durch die Regierung des Präsidenten Calles ihre Wirkung zeigte.

Die Rebellion eines Militärs in Diensten der Ölbarone hat wirklich stattgefunden, sie wurde von General Martínez Herrera ein Jahr später als in diesem Roman beschrieben durchgeführt. Die Ölbarone ließen in ihrem Druck auf die mexikanische Regierung nicht locker, obwohl es 1923 auf der Konferenz von Bucareli zu ersten Vereinbarungen über die Lizenzen für Förderrechte und Export kam. Der Ausgang dieser turbulenten Beziehung ist hinreichend bekannt: Präsident Lazaro Cárdenas verstaatlichte die Erdölindustrie im Jahr 1938.

Die Werbung für Heilmittel aller Art, die unmittelbar nach der Revolution omnipräsent war, ließ in dem Maße nach, in dem sich in den Städten eine größere Anzahl von Ärzten niederließ. Im Jahr 1930 war der Umfang von Anzeigen für Medikamente in der Presse von 110 an einem einzigen Tag auf weniger als fünf zurückgegangen. Das System der Arzneimittelvertreter hatte sich durchgesetzt und die Werbekampagnen richteten sich jetzt an die Ärzte.

La Araña, das Café Paris, der Circo Negro und andere Kneipen und Spelunken, die hier erwähnt wurden, sind verschwunden und von anderen, ähnlichen oder schlechteren ersetzt worden.

Die Unterwelt gab ihren marginalen Status auf und existierte fortan im Einklang mit dem Gesetz. Sie streifte ihren exotischen Habitus ab, um sich als Bestandteil der Polizei zu institutionalisieren.

Die Militärkapellen haben aufgehört, gratis in den öffentlichen Parks zu spielen, der Mieterstreik wurde niedergeschlagen, ohne ein Mieterschutzgesetz zustande zu bringen, die Gendarmerie verschwand und wurde von den Grenadieren ersetzt, gepanzerte Packards werden nicht mehr produziert, es gibt keine schönen Passagierdampfer mehr in Veracruz und Tampico, der Zirkus Krone hat seit 1928 nicht mehr in Mexiko gastiert, und sowohl Tlalpan als auch San Ángel sind von der Stadt geschluckt worden.

Die Revolution hat sich in Staatsmacht verwandelt und ist in den Händen der Bourgeoisie gelandet. Es gibt keine Rennen mehr auf der Pferderennbahn in La Condesa; selbst die Pferderennbahn existiert nicht mehr. Die Dinge haben sich geändert.

Sanborns, American Foto und die Bank von London und Mexiko befinden sich immer noch dort, wo sie vorher waren. Vito Alessio Robles, De la Huerta und Obregón sind heute Straßennamen.

Heute wird niemand mehr in einem Kriminalroman hypnotisiert.

Zum Glück ist das Dominospiel immer noch der große Nationalsport und wundersamerweise bislang nicht in den Klauen des Fernsehens gelandet.

Paco Ignacio Taibo II
Mexiko-Stadt 1982 – Ahuatepec 1985

Kleines mexikanisches Schattenglossar

Carranza, Venustiano (1859–1920): Führt nach der Ermordung Maderos die Truppen der Konstitutionalisten gegen den Putschgeneral Victoriano Huerta an und zieht im August 1914 triumphierend in Mexiko-Stadt ein. 1917 wird er nach der Verabschiedung einer neuen Verfassung zum Präsidenten gewählt. Während seiner Amtszeit kommt es zu Konflikten mit ausländischen Ölfirmen und Konzernen. Gegen seine Pläne, einen ihm genehmen Kandidaten für die Präsidentschaftswahl 1920 aufzustellen, schließen sich im Plan von Agua Prieta mehrere Generäle aus dem Norden des Landes unter Führung Álvaro Obregóns zusammen. Carranza flieht mit seinem Kabinett aus Mexiko-Stadt nach Veracruz, wird aber im Mai 1920 ermordet.

Carrillo Puerto, Felipe (1872–1924): Setzt sich für die Mayabevölkerung Yucatáns ein. Mitglied der 1916 gegründeten Sozialistischen Partei des Südostens. 1922/23 Gouverneur von Yucatán. 1923 wird er von Anhängern de la Huertas gefangen genommen und im Januar 1924 füsiliert.

CGT (*Confederación General de Trabajadores*): 1921 in Mexiko in Abgrenzung zur CROM als Zusammenschluss von Gewerkschaften anarchosyndikalistischer Prägung gegründet, ihr gehören u.a. die anarchistischen Gewerkschaftsorganisationen der Textilarbeiter aus Mexiko D.F. an. Ihre zentralen Leitmotive sind die direkte Aktion und der Klassenkampf.

CROM (*Confederación Regional Obrera Mexicana*): Zusammenschluss verschiedener Gewerkschaften, der sich 1918 nach der Phase der bewaffneten Auseinandersetzungen in Mexiko explizit gegen die direkte Aktion gründet und sich für die politische Einflussnahme im staatlichen Rahmen ausspricht. Unterstützt die Politik des Präsidenten Obregón.

Díaz, Porfirio (1830–1915): Präsident Mexikos 1876–1880 und 1884–1911. Der autoritäre Regierungsstil Díaz' ist ein Auslöser für die Mexikanische Revolution unter der Führung Francisco Maderos, die den Präsidenten 1911 zum Rücktritt und zum Verlassen des Landes zwingt. Die Anhänger von Díaz werden Porfiristen genannt.

Huerta, Adolfo de la (1881–1955): Unterstützt an der Seite Obregóns den Plan von Agua Prieta und wird 1920 vom Kongress zum Übergangspräsidenten ernannt. Er schafft die Todesstrafe ab und nimmt den militärischen Rücktritt Pancho Villas an, dem er ein Stück Land auf der Hacienda Canutilla zuweist.

Huerta, Victoriano (1850–1916): Schließt sich als Brigadegeneral zunächst der Bewegung gegen Díaz an. Als Madero Präsident wird, schmiedet er einen Putschplan, um ihn verhaften und ermorden zu lassen und selbst die Präsidentschaft zu übernehmen. Diese Zeitphase geht in die mexikanische Geschichte als die *decena trágica*, die tragischen zehn Tage vom Februar 1913, ein. Huerta wird von einer Koalition aller Kräfte der mexikanischen Revolution bekämpft und in der Schlacht von Zacatecas im Juni 1914 besiegt.

Iturbide, Agustín de (1783–1824): Als Sohn eines spanischen Großgrundbesitzers macht er eine steile Karriere im Militärapparat, läuft aber kurz vor dem Sieg der Unabhängigkeitsbewegung 1821 mit seinen Truppen auf die Seite der Rebellen über. 1822 proklamiert er sich selbst zum Kaiser August I., wird aber bereits ein Jahr später zur Abdankung gezwungen. Nach seiner Rückkehr aus dem europäischen Exil wird er 1824 verhaftet und erschossen.

Madero, Francisco Ignacio (1873–1913): Organisiert die Bewegung, die gegen die Wiederwahl des diktatorisch regierenden Präsidenten Díaz im Jahr 1910 antritt. Wird während des Wahlkampfes verhaftet und flieht anschließend nach Texas, wo er im November 1910 das mexikanische Volk zum Aufstand aufruft. Nach dem Sieg über Díaz tritt er 1911 das Präsidentenamt an. Im Februar 1913 wird er vom Oberbefehlshaber der Armee, Victoriano Huerta, gestürzt und anschließend ermordet.

Magón, Ricardo Flores (1874–1922): Anarchistischer Schriftsteller, Politiker und Journalist. Gründer der *Partido Liberal Mexicano*. Die Bewegung Maderos kritisiert er als bürgerlich und geht ins Exil nach Kalifornien, wo er 1918 ein anarchistisches Manifest verfasst. In den USA wird er wegen Wehrkraftzersetzung zu 20 Jahren Haft verurteilt, die er nicht überlebt.

Morones, Luis Napoleón (1890–1946): Ab 1920 Generalsekretär der CROM, tritt für die politische Allianz mit dem Präsidenten Obregón ein. Er vertritt 1922–24 als Abgeordneter die *Partido Laborista Mexicano*, den politischen Arm der Gewerkschaft, und schafft einen neuen Stil des Gewerkschaftsführers, der im eleganten Anzug mit Limousine vorfährt und sich persönlich bereichert. Im Volksmund wird die CROM deshalb »*Como Roba Oro Morones*« genannt: »Wie sich Morones das Gold zusammenraubt«.

Obregón, Álvaro (1880–1928): General und Kriegsminister unter Carranza, unter dessen Präsidentschaft er die Truppen Pancho Villas in mehreren Schlachten besiegt. Nach Verabschiedung der neuen Verfassung von 1917 zieht er sich aufs Land zurück, erhebt sich aber 1920 mit dem Plan von Agua Prieta gegen Carranza und wird Ende desselben Jahres zum Präsidenten gewählt, welches Amt er bis 1924 ausübt.

Villa, Pancho (1878–1923): Sozialrebell. Zunächst Parteigänger Maderos, wird er 1912 gefangen genommen, kann aber entkommen und flüchtet in die USA. Nach dem Putsch Huertas 1913 Rückkehr nach Mexiko. General der Norddivision der Konstitutionalistischen Truppen. Am 23. Juni 1914 versetzt er mit seinen revolutionären Truppen den Kräften Huertas in

Zacatecas den entscheidenden Schlag, geht aber anschließend in Opposition zu Carranza und Obregón, von dessen Truppen er schließlich besiegt wird. 1923 wird Pancho Villa ermordet. Paco Ignacio Taibo II hat ihm mit seiner monumentalen Biografie *Pancho Villa. Una biografía narrativa* (2007) ein literarisches Denkmal gesetzt.

Zapata, Emiliano (1879–1919): Agrarrevolutionär und Anführer der revolutionären Bewegung des Südens. Schließt sich der Front um Madero an. Verfasst den Plan von Ayala, der die gewaltsame Enteignung des Großgrundbesitzes vorsieht, falls die Regierung keine entsprechende Landreform in Angriff nimmt, und gerät so in Opposition zur Regierung Carranzas. Nachdem Obregón die Truppen Pancho Villas militärisch besiegt hat, wird Zapata 1919 in Morelos auf Anweisung Carranzas ermordet.

Subcomandante Marcos & Paco Ignacio Taibo II

Unbequeme Tote

Dieser Thriller ist das Ergebnis eines einzigartigen literarischen Experiments: Der wortgewandte Sprecher der zapatistischen Guerilla und der bekannteste Krimi-Schriftsteller Mexikos schreiben vierhändig einen Roman, der in wöchentlichen Vorabdrucken in der größten linken Tageszeitung des Landes erscheint.

»Eine geniale Mischung aus hochkarätiger Literatur, spannungsreichem Krimi und politischem Statement. Klasse!« (Jochen Knoblauch).

ISBN 978-3-935936-39-2 | 240 S.

Paco Ignacio Taibo II

Erzengel

Geschichten von 12 Häretikern der Revolution

Die »Erzengel« sind Taibos persönliche Geschichte des 20. Jahrhunderts, gespiegelt in den heldenhaften Niederlagen von zwölf querköpfigen Revolutionären, die quer über den Globus die herrschenden Mächte und Parteiorthodoxien herausforderten.

»Sie alle suchten die Revolution und begaben sich mehrere Male in die Hölle, um sie zu finden. Was sie verbindet, ist ihre wunderbare Sturheit bei dem Versuch, diesen Planeten radikal zu verändern.«

ISBN 3-922611-77-X | 318 S.

Paco Ignacio Taibo II

Die Rückkehr der Schatten

Mexiko zu Beginn des Zweiten Weltkrieges: Ein Nazi-Komplott versucht das Land zu destabilisieren, in Chiapas üben deutsche Kaffeebarone ihre Willkürherrschaft aus, die Abwehr des Dritten Reichs hat eine Agentin lanciert. Die mexikanische Regierung zögert zu handeln. Sie alle haben die Rechnung ohne den Chinesen Tomás Wong, den Journalisten Manterola, den Dichter Fermín Valencia und den Anwalt Verdugo gemacht. Als moderne Musketiere und soziale Kämpfer nehmen sie die Auseinandersetzung auf und lassen ihrer Unversöhnlichkeit freien Lauf. Darüber hinaus taucht ein betrunkener Hemingway in Mexiko-Stadt auf, und antifaschistische Emigranten und Interbrigadisten mischen sich ein.

Wie kein anderer versteht es Paco Ignacio Taibo II historische Dokumentation, überbordende Fantasie und politische Leidenschaft zu einem Amalgam zu verschmelzen, das alle Genregrenzen sprengt.

»Allein die Spannung und literarische Schönheit dieses Romans rechtfertigen die Aufmerksamkeit und die Lobeshymnen, die dieses Buch verdient« (El País).

»Paco Ignacio Taibo II ist der neue Zapata der mexikanischen Literatur« (L'Express).

ISBN 978-3-935936-31-6 | 440 Seiten